COLLECTION JULES VERNE

COLLECTION JULES VERNE
BAND 25

Reise durch die Sonnenwelt

Band 1

Pawlak Taschenbuch Verlag, Berlin, Herrsching

Nachdruck mit freundlicher Genehmigung des
Verlages A. Hartleben, Inh. Dr. Walter Rob, Wien I.
Die Vorlagen für die Umschlagillustrationen der
Collection Jules Verne sind Jules Verne Bänden,
erschienen im A. Hartleben's Verlag, Wien, entnommen.
Umschlaggestaltung: Bine Cordes, Weyarn
Die Orthographie wurde der heutigen Schreibweise angeglichen.

Gesamtherstellung: Elsnerdruck GmbH, Berlin
Printed in Germany
ISBN: 3-8224-1025-X

Inhalt

Erstes Kapitel

Der Graf: Hier meine Karte! Der Kapitän: Und hier die meine!

»Nein, Kapitän, es konveniert mir nicht, Ihnen den Platz zu räumen!«

»Bedaure, Herr Graf, Ihre Prätensionen werden aber die meinigen nicht verringern.«

»Gewiß nicht?«

»Gewiß nicht.«

»Ich mache Sie indessen darauf aufmerksam, daß der Zeit nach mir der Vorrang gebührt.«

»Und ich antworte Ihnen hierauf, daß die Anciennität allein keinerlei Recht begründen kann.«

»Ich werde Sie zu zwingen wissen, mir den Platz zu räumen.«

»Das glaube ich nicht, Herr Graf.

»Ich denke, so ein Hieb mit dem Degen . . .«

»Nicht mehr, als ein Pistolenschuß . . .«

»Hier meine Karte!«

»Und hier die meine!«

Nach diesen Schlag auf Schlag hervorgestoßenen Worten wechselten die beiden Gegner ihre Karten.

Auf der einen las man:

Hector Servadac.
Kapitän im Generalstabe.

Auf der anderen:

Graf Wassili Timascheff.
An Bord der Goëlette Dobryna.

»Wo und wann treffen meine Sekundanten die Ihrigen?« fragte Graf Timascheff, bevor sich beide trennten.

»Heute um zwei Uhr, wenn es Ihnen beliebt, im Generalstabsamte«, erwiderte Hector Servadac.

»In Mostagenem?«

»Zu dienen.«

Nach diesen Worten grüßten sich Kapitän Servadac und Graf Timascheff kalt aber höflich.

Als sie schon im Fortgehen waren, machte Graf Timascheff noch eine Bemerkung.

»Kapitän«, sagte er, »ich glaube, es ist besser, über den wahren Grund unseres Renkontres zu schweigen.«

»Ganz meine Meinung«, antwortete Servadac.

»Es wird kein Name genannt!«

»Keiner.«

»Nun, aber der Vorwand?«

»Der Vorwand ...? Nun, sagen wir eine musikalische Diskussion, wenn das Ihnen recht ist, Herr Graf.«

»Gewiß«, erwiderte Graf Timascheff; »ich habe z. B. Wagners Partei genommen, das entspräche ganz meinen Anschauungen.«

»Und ich die Rossinis, das harmonierte mit den meinigen«, entgegnete lächelnd Kapitän Servadac.

Nach diesen Worten grüßten sich der Stabsoffizier und Graf Timascheff noch einmal und gingen auseinander.

Die eben geschilderte, mit einer Herausforderung endende Szene spielte um die Mittagszeit am äußersten Ende eines kleinen Kaps der algerischen Küste zwischen Tenez und Mostagenem, etwa drei Kilometer von der Mündung des Cheliff. Jenes Kap erhob sich gegen zwanzig Meter aus dem Meere; an seinem Fuße erstarben die blauen Wellen des Mittelmeeres und leckten an den von Eisenoxyd geröteten Felsen des Ufers. Die Sonne, deren schräge Strahlen sonst an jedem vorspringenden Punkt der Küste sich flimmernd widerspiegelten, war jetzt hinter einem dichten Wolkenschleier verborgen. Ein undurchdringlicher Nebel lagerte über Land und Meer. Unerklärlicherweise hüllten diese Nebelmassen schon seit länger als zwei Monaten die ganze Erdkugel ein und legten der Kommunikation zwischen den verschiedenen Erdteilen recht empfindliche Hindernisse in den Weg. Indes, hiergegen war nichts zu tun.

Als Graf Wassili Timascheff den Stabsoffizier verließ, lenkte er seine Schritte nach einem Boote mit vier Ruderern, das ihn in einer der kleinen Buchten des Ufers erwartete. Sobald er darin Platz genommen, stieß das leichte Fahrzeug ab und legte an einer Goëlette an, welche in der Entfernung weniger Kabellängen verankert lag.

Kapitän Servadac rief durch einen kurzen Pfiff einen Soldaten herbei, der gegen zwanzig Schritte hinter ihm gewartet hatte. Schweigend führte der Soldat ein prächtiges arabisches Pferd heran. Der Kapitän sprang gewandt in den Sattel und wandte sich von seiner ebenso gut berittenen Ordonnanz begleitet auf Mostagenem zu.

Es war Mittag, als die beiden Reiter den Cheliff auf der erst unlängst von den Genietruppen geschlagenen Brücke passierten, und genau 1 ¾ Uhr, als ihre schaumbedeckten Rosse durch das Tor von Maskara stürmten, eine der fünf Pforten, welche die krenelierte Umfassungsmauer der Stadt entfalten.

Jenerzeit zählte Mostagenem ziemlich 15 000 Einwohner, darunter gegen 3000 Franzosen. Es bildete von jeher eine wichtige Arrondissements-Hauptstadt der Provinz Oran und war nicht minder von Bedeutung in militärischer Hinsicht. Hier fabrizierte man noch verschiedene Nahrungsmittel für das Ausland neben kostbaren Geweben, zierlichen Mattengeflechten und Artikeln aus Maroquin. Der Export nach Frankreich lieferte Getreide, Baumwolle, Wolle, Tiere, Feigen und Weintrauben. Zur Zeit, in der unsere Erzählung spielt, hätte man aber vergeblich den alten Ankerplatz gesucht, auf dem sich ehedem die Schiffe vor den gefährlichen West- und Nordwestwinden nicht zu halten vermochten. Mostagenem besaß jetzt einen wohlgeschützten Hafen, welcher der Verwertung der reichen Produkte der Mina und des unteren Cheliff ungemein förderlich war.

Dank diesem sicheren Zufluchtsorte konnte es die Goëlette Dobryna wagen, an einer Küste zu überwintern, welche sonst fast nirgends einen Schutz gewährte. Hier flatterte schon seit zwei Monaten an ihrer Gaffel die russische Flagge und am Top des Großmastes der Wimpel der Yacht *Club de France* mit dem unterscheidenden Zeichen: M. C. W. T.

Kapitän Servadac eilte, sobald er in die Stadt kam, nach dem Militärquartier von Matmore. Dort begegnete er einem Offizier vom 2. Tirailleur- und einem Kapitän vom 8. Artillerie-Regimente – zwei Kameraden, auf welche er sich verlassen konnte.

Mit großem Ernste vernahmen die beiden Offiziere das Verlangen Hector Servadacs, ihm bei dem bevorstehenden Ehrenhandel als Zeugen zu dienen; aber sie lächelten, als ihr Freund ihnen als wirkliche Ursache dieses Zweikampfes eine musikalische Diskussion angab, die zwischen ihm und Graf Timascheff stattgefunden habe.

»Vielleicht ließe sich das beilegen?« äußerte der Kommandant der Tirailleure.

»Das darf selbst nicht versucht werden«, entgegnete Hector Servadac schnell.

»Einige unwesentliche Zugeständnisse . . .« fuhr der Artillerie-Kapitän fort.

»Zwischen Wagner und Rossini ist keine Annäherung möglich«, erwiderte ernsthaft der Stabsoffizier. »Beide sind Originale. Übrigens ist Rossini in diesem Falle der Beleidigte. Dieser Narr, der Wagner, hat über Rossini verschiedene Albernheiten geschrieben; ich will Rossini rächen.«

»Im schlimmsten Falle«, meinte der Kommandant, »ist ein Degenhieb nicht allemal tödlich.«

»Vorzüglich, wenn man, wie ich, entschlossen ist, einen solchen gar nicht zu erhalten«, bestätigte Hector Servadac.

Nach dieser Antwort hatten die beiden Offiziere nichts anderes zu tun, als sich nach dem Generalstabsgebäude zu begeben, woselbst sie, genau um zwei Uhr, die Sekundanten Graf Timascheffs treffen sollten.

Es sei hier die Bemerkung eingeschoben, daß der Kommandant der Tirailleure und der Kapitän der Artillerie sich von ihrem Kameraden keineswegs hatten düpieren lassen. Doch, was war in Wirklichkeit der Grund, der ihm die Waffen in die Hand drückte? Sie ahnten ihn vielleicht, hatten aber nichts Besseres zu tun, als jenen Vorwand gelten zu lassen, den er Kapitän Servadac gefallen hatte, ihnen mitzuteilen.

Zwei Stunden später waren sie zurück, nachdem sie die Zeugen des Grafen getroffen und mit ihnen die Einzelheiten des Duells verabredet hatten. Graf Timascheff, Adjutant des Kaisers von Rußland, wie so viele Russen, welche sich im Auslande aufhalten, hatte sich für den Degen, die Waffe des Soldaten, entschieden. Beide Gegner sollten sich nächsten Tages, am 1. Januar morgens neun Uhr, an einer drei Kilometer von der Mündung des Cheliff entfernten Stelle treffen.

»Also morgen, mit soldatischer Pünktlichkeit«, versicherte Hector Servadac.

Kräftig drückten die beiden Offiziere die Hand ihres Freundes und begaben sich nach dem Café Zulma, um dort ihre gewohnte Partie Piquet zu spielen.

Kapitän Servadac dagegen drehte wieder um und verließ eiligst die Stadt.

Seit etwa vierzehn Tagen befand sich Hector Servadac nicht in seiner gewöhnlichen Wohnung in dem Waffenplatze. Betraut mit einer topographischen Aufnahme, hauste er jetzt in einem Gourbi (arabische Hütte) an der Küste von Mostagenem, etwa acht Kilometer vom Cheliff, wo ihm nur seine gewöhnliche Ordonnanz Gesellschaft leistete. Es war daselbst nicht gar zu reizend und jeder andere, als der Kapitän des Generalstabes, würde sein Exil auf diesem abscheulichen Posten mehr für eine Strafe angesehen haben.

Er machte sich also in der Richtung nach seinem Gourbi auf den Weg und quälte sich mit einigen Reimen ab, die er sich Mühe gab, in die etwas veraltete Form eines Rondeaus einzufügen. Dieses beabsichtigte Rondeau – es ist ja unnütz, es verheimlichen zu wollen – war für eine junge Witwe bestimmt, die er heimzuführen gedachte; jetzt suchte er ihr dichterisch zu beweisen, daß, wenn man in seiner Lage sei, eine der höchsten Achtung würdige Person zu lieben, dieses »auf die einfachste Weise von der Welt« geschehen müsse. Ob diese Aphorisme viel Wahrheit enthalte oder nicht, darüber grämte sich Kapitän Servadac nicht im mindesten; er reimte eben, um Verse zu machen.

»Ja, ja!« murmelte er, während die Ordonnanz schweigsam an seiner Seite dahintrottete, ein tiefgefühltes Rondeau verfehlt nie seinen Zweck. Sie sind rar, diese Rondeaus, hier an der Küste Algiers, und das meinige wird deshalb hoffentlich eine desto bessere Aufnahme finden!«

Und der Dichter-Kapitän begann folgendermaßen:

Bei Gott! Wenn innig liebt der Mann,
ist es voll Einfachheit ...

»Jawohl! Einfach, d. h. ehrlich, sowohl dem winkenden Ehebunde, als auch mir gegenüber, der so zu Ihnen spricht ... Ja, zum Teufel, das reimt sich aber nicht! Die fatalen Reime auf ›an‹ sind doch recht umbequem. Eine sonderbare Idee, daß ich mein Rondeau gerade so anfangen mußte. He! Ben-Zouf!«

Ben-Zouf war die Ordonnanz des Kapitän Servadac.

»Herr Kapitän«, erwiderte Ben-Zouf.

»Hast du wohl manchmal Verse gemacht?«

»Nein, Herr Kapitän, aber ich habe welche machen sehen.«

»Von wem?«

»Nun, in der Bude einer Hellseherin, eines Abends, bei einem Feste auf dem Montmartre.«

»Und hast du sie wohl noch im Kopfe?«

»Gewiß, hören Sie, Herr Kapitän:

Herein! Das höchste Glück hier blüht,
es reut keinen, der's probiert.
Denn die ihr liebt, hier jeder sieht,
und die geliebt er wird!«

»Mordio, deine Verse sind aber abscheulich!«

»Das kommt daher, weil ihnen die Begleitung einer Flöte fehlt, mein Kapitän! Sonst wären sie gewiß so gut wie viele andere.«

»Schweig still, Ben-Zouf!« rief Hector Servadac. »Schweig still. Jetzt finde ich eben den dritten und vierten Reim!«

Bei Gott! Wenn innig liebt der Mann
ist's voller Einfachheit ...
Vertrau dich mehr der Liebe an,
als selbst dem Eid!

Weiter vermochte den Kapitän Servadac aber nicht die größte poetische Anstrengung vorwärts zu bringen, und als er gegen sechs Uhr seinen Gourbi erreichte, stand er noch immer bei seinem ersten Quatrain.

Zweites Kapitel

In welchem Kapitän Servadac und seine Ordonnanz Ben-Zouf körperlich und geistig fotografiert werden.

In der Offiziersliste des Kriegsministeriums für jenes Jahr, von dem wir sprechen, konnte man lesen:

»Servadac (Hector), geb. am 19. Juli 18 . . in St. Trelody, Kanton und Arrondissement Lespare, Department der Gironde.

Vermögensverhältnisse: 1200 Francs Rente.

Dienstzeit: 14 Jahre, 3 Monate, 5 Tage.

Spezialisierung des Dienstes und etwaiger Feldzüge: Schule von St.-Cyr: 2 Jahre. Schule für praktische Ausbildung: 2 Jahre. Beim 87. Linienregimente: 2 Jahre. Beim 3. Jägerregimente: 2 Jahre. In Algier: 7 Jahre. Feldzug in Sudan. Feldzug in Japan.

Rang: Kapitän des Generalstabes in Mostagenem.

Dekorationen: Ritter der Ehrenlegion am 13. März 18 . .«

Hector Servadac zählte dreißig Jahre. Eine Waise, ohne Familie, fast ohne Vermögen, ehrgeizig, etwas Tollkopf, voll Mutterwitz; immer bereit zum Angriff wie zur schlagenden Verteidigung, edelmütig, tapfer, offenbar ein Schützling des Gottes der Schlachten, dem er freilich manche Angst machte, für einen Spößling seiner Heimat nicht gerade ein Schwätzer, zwanzig Monate genährt von einer kräftigen Winzerin, ein leibhaftiger Abkömmling jener Helden, welche zur Zeit der kriegerischen Großtaten blühten – das war, nach geistiger Seite, unser Kapitän Servadac, einer jener liebenswürdigen Leutchen, welche die Natur schon zu Außerordentlichem bestimmt zu haben scheint, und an deren Wiege die Fee der Abenteuer und die des glücklichen Erfolges Patenstelle vertraten.

Äußerlich repräsentierte Hector Servadac einen hübschen Offizier: 5 Fuß 6 Zoll groß, schlank und graziös, natürliche dunkle Locken, schöne Hände und proportionierte Füße, wohlgepflegter Schnurrbart, blaue Augen mit offenem Blicke, mit einem Worte, geschaffen zu gefallen, und gefallend, ohne sich darauf besonders etwas einzubilden.

Wir müssen zugeben, daß Hector Servadac, der es übrigens offen eingestand, nicht klüger war, als eben notwendig. »Wir treiben keine Torheiten«, sagen gern die Offiziere der Artillerie. Bei Hector Servadac war das nicht der Fall. Zu mancher Tollheit aufgelegt, war er von Natur Flaneur und schreckenerregender Poet; bei seiner leichten Auffassungsgabe und der Gewandtheit, sich alles ohne Anstrengung zu assimilieren, hatte er seine Vorschule doch mit so gutem Erfolge absolviert, daß er in den Generalstab Eintritt fand. Er zeichnete ziemlich gut, saß bewunderungswürdig zu Pferde, ja selbst der sonst unübertroffene Springer der Manege von St.-Cyr, der Nachfolger des weitberühmten Onkel Tom, hatte in ihm seinen Meister gefunden. Seine Dienstzeugnisse meldeten, daß er mehrmals in den Tagesbefehlen erwähnt worden war – jedenfalls nur ein Akt der Gerechtigkeit.

Man erzählte sich folgenden Zug von ihm:

In einem Laufgraben führte er einmal eine Abteilung Jäger zu Fuß. An einer Stelle hatte die von Geschossen durchwühlte Schulterwehr vor dem Graben nachgegeben und bot den Soldaten keine hinreichende Deckung mehr gegen den Kugelregen. Jene zauderten, vorüber zu marschieren. Da stieg Kapitän Servadac aus dem Graben herauf und legte sich quer vor die Bresche, welche er gerade mit seinem Leibe ausfüllte.

»Nun, marsch vorüber!« kommandierte er.

Die Kompanie zog inmitten des heftigen Gewehrfeuers vorbei; der mutige Stabsoffizier blieb unverletzt.

Seit seinem Austritt aus der Schule für praktische Ausbildung diente Hector Servadac, mit Ausnahme der beiden Feldzüge in Sudan und Japan, ununterbrochen in Algier. Zur Zeit funktionierte er als Offizier beim Stabe der Subdivision von Mostagenem. Vertraut mit mehreren topographischen Aufnahmen der Küstenstrecke zwischen Tenez und der Mündung des Cheliff, bewohnte er den erwähnten Gourbi, der ihm wohl oder übel Obdach gewährte. Er war indes nicht der Mann, sich wegen Kleinigkeiten graue Haare wachsen zu lassen. Er liebte es, in der freien Gottesluft und derjenigen Freiheit zu leben, die einem Offizier eben nachgelassen ist. Bald mühte er sich zu Fuß durch den Sand der flachen Ufer, bald strich er zu Pferde über andere Küstenstrecken, jedenfalls beeilte er sich aber nicht über die Maßen mit der ihm zugeteilten Arbeit.

Dieses so gut wie unabhängige Leben sagte ihm besonders zu. Dazu nahm ihn seine Bechäftigung nicht so unausgesetzt in Anspruch, daß es ihm nicht möglich geworden wäre, wöchentlich zwei- oder dreimal die Eisenbahn zu benützen, um entweder zu den Empfangsabenden des Generals in Oran oder bei den Festlichkeiten des Gouverneurs in Algier zu erscheinen.

Bei einer solchen Veranlassung sah er zum ersten Male auch Madame L . . ., der jenes prächtige Rondeau, von welchem freilich nur die ersten vier Zeilen das Licht der Welt erblickt hatten, gewidmet werden sollte. Jene junge, schöne, sehr zurückhaltende, ja vielleicht etwas hochmütig stolze Frau, die Witwe eines Obersten, bemerkte die ihr dargebrachten Huldigungen entweder wirklich nicht oder wollte sie nicht beachten. Auch Kapitän Servadac hatte sich noch zu keiner Erklärung ermutigt gefühlt, trotz seiner Kenntnis mehrerer Rivalen, zu denen, wie der Leser nun wohl erriet, auch jener Graf Timascheff gehörte. Eben diese Wettbewerbung hatte den beiden Gegnern jetzt, ohne daß die junge Frau davon das geringste ahnte, die Waffen in die Hände gegeben. Wie uns bekannt, war ihr Name bei dieser Affäre auch völlig außer dem Spiele geblieben.

Mit Hector Servadac hauste in dem Gourbi dessen Ordonnanz, Ben-Zouf.

Dieser Ben-Zouf war dem Offizier, bei dem er die Ehre hatte, als »Bursche« zu dienen, mit Leib und Seele ergeben. Zwischen der Stellung eines Adjutanten beim Generalgouverneur von Algier und der einer Ordonnanz bei Kapitän Servadac wäre ihm die Wahl nie schwer geworden. Wenn er aber in bezug auf seine Person jedes Ehrgeizes ermangelte, so war das doch ganz anders bezüglich seines Offiziers, und jeden Morgen unterwarf er die Uniform seines Herrn der sorgsamsten, eingehendsten Musterung.

Sein Name Ben-Zouf könnte zu der Annahme verleiten, daß dessen Träger ein Landesabkömmling aus Algier wäre. Nicht im mindesten. Es war jenes nur ein Zuname. Warum nannte man den Burschen, der ursprünglich Laurent hieß, aber Zouf? – Warum Ben, da er doch aus Paris und noch dazu vom Montmartre stammte? Das ist so eine jener Sprachanomalien, welche auch die gelehrtesten Etymologen niemals zu ergründen vermögen.

Ben-Zouf entsproß nun nicht allein dem Quartier Montmartre, sondern speziell dem berühmten Erdhügel dieses Namens, da er seinerzeit zwischen dem Solferinoturm und der Galette-Mühle das Licht der Welt erblickte. Hatte man aber das Glück, unter solchen exzeptionellen Verhältnissen geboren zu werden, so erscheint eine rückhaltlose Bewunderung seines Geburtshügels, neben dem in der Welt nichts Großartiges existiert, nur zu natürlich. Auch in den Augen des Offiziersburschen galt der Montmartre als der einzige ernsthafte Berg in der Welt, und das Quartier dieses Namens setzte sich für seine Anschauung aus allen Weltwundern zusammen. Ben-Zouf war auch gereist. Hörte man ihn reden, so hatte er in jedem beliebigen Lande nur lauter Montmartres gesehen, die vielleicht etwas höher sein mochten, aber jedenfalls minder pittoresk waren, als sein Berg in der Heimat. Besitzt der Montmartre nicht tatsächlich eine Kirche, die der Kathedrale von Burgos die Wage hält? Nicht Marmorbrüche, die denen des Penthelikon nicht nachgeben? Eine Wasserfläche, welche das Mittelmerr zur Eifersucht reizt? Eine Mühle, welche nicht nur gemeinsames Mehl, sondern auch die weitberühmten Brotkuchen liefert? Den Solferinoturm, der wahrhaftig gerader steht, als jener Turm in Pisa? Einen Rest von Wäldern, die beim Einfalle der Kelten gewiß noch jungfräuliche Wälder zu nennen waren? Und endlich einen Berg, ja, einen wirklichen, leibhaftigen Berg, den nur Neid und Mißgunst durch den entehrenden Namen »Erdhaufen« zu erniedrigen versuchen konnten? Ben-Zouf hätte sich eher in Stücke hacken lassen, ehe er zugegeben hätte, daß dieser »Berg« nicht 5000 Meter hoch wäre.

Wo auf dem weiten Erdboden könnte man so viele Wunder auf einen einzigen Punkt vereinigt wiederfinden?

»Nirgends, nirgends!« behauptete Ben-Zouf gegenüber jedem, der seine Ansichten etwas übertrieben fand.

Bei dieser gewiß unschuldigen Manie beherrschte Ben-Zouf nur eine Sehnsucht, einmal nach dem Montmartre zurückzukehren, um seine Tage auf dem Erdhügel zu schließen, auf dem sie einst einmal begonnen hatten – natürlich mit seinem Kapitän, das verstand sich von selbst. Auch Hector Servadacs Ohren hallten unausgesetzt wider von den unvergleichlichen Wundern des XVIII. Arrondissements von Paris und wurden ihm allmählich zu Schrecken.

Indes, Ben-Zouf zweifelte niemals an der endlichen Bekehrung seines Herrn und beharrte bei dem Entschlusse, jenen nun und nimmer zu verlassen. Seine Dienstzeit war abgelaufen. Er hatte schon zweimal den Abschied erhalten und wollte im Alter von achtundzwanzig Jahren den Dienst verlassen, ein einfacher berittener Jäger erster Klasse vom 8. Regiment, als er zur Ordonnanz Hector Servadacs erhoben wurde. Er zog mit seinem Herrn ins Feld. Er schlug sich mehrmals an seiner Seite, und zwar mit solcher Auszeichnung, daß ihm ein Kreuz verliehen werden sollte; er schlug das aber aus, um als Ordonnanz bei seinem Kapitän bleiben zu können. Rettete Hector Servadac in Japan einst Ben-Zouf das Leben, so vergalt ihm Ben-Zouf diesen Liebesdienst in dem Feldzuge von Sudan. Das sind Sachen, welche sich nun und nimmermehr vergessen lassen.

Kurz, das ist der Grund, weshalb Ben-Zouf dem Dienste bei seinem Stabsoffizier zwei »durch und durch gehärtete« Arme widmete; eine durch alle Klimate erprobte Gesundheit von Eisen; eine physische Kraft, die ihm gewiß das Prädikat »das Bollwerk des Montmartre« erworben hätte, und endlich ein Herz, das alles wagte, und eine Ergebenheit, die alles ausführte.

Hier sei auch erwähnt, daß, wenn Ben-Zouf auch nicht für einen Dichter, wie sein Herr, gelten konnte, er doch eine lebendige Enzyklopädie darstellte, eine unerschöpfliche Buchsammlung aller unsinnigen Redensarten und aller Possenstreiche des Soldatenhandwerks. Nach dieser Seite besiegte er leicht jedermann, da sein wunderbares Gedächtnis ihm die Witze und Spottreden gleich dutzendweise lieferte.

Kapitän Servadac kannte den Wert seines Mannes. Er schätzte ihn und sah seiner Montmartre-Manie durch die Finger, da sie der ungetrübte Humor der Ordonnanz meist erträglicher erscheinen ließ; bei Gelegenheit wußte er ihm auch Sachen zu sagen, die den Diener nur noch unlösbarer an den Herrn zu fesseln pflegen.

Eines Tages, als Ben-Zouf so recht gemütlich im Sattel saß und sein Steckenpferd weidlich im XVIII. Arrondissement herumtummelte, begann der Kapitän:

»Weißt du wohl, Ben-Zouf, wenn der Montmartre nur 4705 Meter höher wöre, daß er dann sogar den Montblanc erreichte?«

Bei dieser Bemerkung schossen des ehrlichen Burschen Augen zwei Blitze der innigsten Befriedigung, und von dem Tage ab verschmolzen der heimatliche Erdhügel und der Kapitän in seinem Herzen zu einer anbetungswürdigen Vorstellung.

Drittes Kapitel

Worin man sieht, wie die dichterische Begeisterung Kapitän Servadacs durch einen fatalen Stoß unterbrochen wird.

Ein Gourbi ist nichts anderes als eine aus Rüststangen erbaute und mit Stroh, das die Eingeborenen »Driß« nennen, gedeckte Hütte. Etwas mehr als ein arabisches Zelt, bleibt eine solche Wohnung doch weit hinter einem Haus aus Bruch- oder Backsteinen zurück.

Der von Kapitän Servadac bewohnte Gourbi bestand alles in allem aus einem einzigen Zimmer, das seinen Gästen kaum den notdürftigsten Raum gewährt hätte, wenn er nicht mit einem verlassenen, aus Steinen errichteten Wachthause zusammengehangen hätte, das Ben-Zouf und die beiden Pferde beherbergte. Früher diente dieses Wachthaus einer Genieabteilung und enthielt noch einige Werkzeuge wie Hacken, Äxte, Schaufeln, usw.

Von Komfort konnte in dem Gourbi natürlich keine Rede sein, er bildete ja auch nur einen provisorischen Zufluchtsort. In bezug auf Nahrung und Wohnung waren übrigens weder der Kapitän noch seine Ordonnanz besonders wählerisch.

»Mit ein wenig Philosophie und einem guten Magen ist man überall gut aufgehoben«, wiederholte Hector Servadac gern.

Mit der Philosophie stand's bei ihm aber wie mit dem Geld beim Gaskogner, der immer etwas in der Börse hat, und was den Magen betraf, so hätte das ganze Wasser der Garonne durch den des Kapitäns laufen können, ohne ihn nur einen Augenblick zu belästigen.

Ben-Zouf, wenn wir einmal die Metempsychose gelten lassen, mußte in seinem früheren Leben ein Strauß gewesen sein, von dem er sich noch jene phänomenalen Eingeweide bewahrt hatte, welche Kieselsteine ebenso leicht verdauen wie Hühnerpastete.

Die beiden Einsiedler in dem Gourbi waren übrigens mit Vorräten für einen Monat wohlversorgt; eine Zisterne lieferte ihnen Trinkwasser im Überfluß, die Dachsparren des Stalles strotzten voll Futter, und dazu konnte die überaus fruchtbare Ebene zwischen Tenez und Mostagenem mit den reichen Gegenden der Mitidja wetteifern. Das Wild war hier nicht gar so selten, und einem Offizier des Stabes ist es niemals verboten, bei seinen Streifzügen eine Jagdflinte mitzuführen, wenn er nur seine Winkelmaßinstrumente und das Zeichenbrett nicht vergißt.

Als Kapitän Servadac nach dem Gourbi zurückgekehrt war, aß er mit einem Appetite, den die Promenade fast zum Heißhunger ausgebildet hatte. Ben-Zouf verstand sich ausgezeichnet auf die Verwaltung der Küche. Aus seiner Hand konnten geschmacklose Gerichte gar nicht hervorgehen. Er salzte und würzte und pfefferte militärisch. Aber, wie gesagt, er sorgte auch für zwei Magen, welche der schärfsten Gewürze spotteten und über die die Gastralgie keine Herrschaft hatte.

Nach dem Essen und während seine Ordonnanz die Reste der Mahlzeit sorgfältig in seinem »Unterleibsschranke« unterzubringen suchte, verließ Kapitän Servadac den Gourbi, um frische Luft zu schöpfen, und promenierte rauchend am Rande der Küste.

Die Nacht sank herab. Schon seit einer Stunde war die Sonne verschwunden hinter den dichten Wolken und unter dem Horizonte, den die Ebene in der Richtung nach dem Cheliff zu scharf abgrenzte. Der Himmel bot einen eigentümlichen Anblick, den kein Beobachter kosmischer Erscheinungen ohne Erstaunen wahrgenommen hätte. Gegen Norden nämlich, wo es schon so dunkel war, daß sich der Gesichtskreis etwa bis auf einen halben Kilometer einengte, zitterte ein rötlicher Lichtschein auf den oberen Dunstschichten der Atmosphäre. Man entdeckte weder regelmäßige Streifen, noch eine deutliche Lichtstrahlung von einem gemeinsamen Mittelpunkte aus. Nichts ließ also etwa ein Nordlicht vermuten, dessen prächtige Erscheinung übrigens fast ausschließlich nur unter dem Himmel höherer Breitengrade sichtbar wird. Ein Meteorolog wäre also gewiß in Verlegenheit gekommen, zu sagen, von welchem Phänomen diese herrliche Beleuchtung der letzten Nacht des Jahres herrührte.

Kapitän Servadac war aber kein Meteorolog vom Fach. Man darf annehmen, daß er seit dem Verlassen der Schule seine Nase wohl niemals wieder in das Lehrbuch der Kosmographie gesteckt hatte. Gerade diesen Abend war er auch keineswegs in der Stimmung, die Himmelskugel mit besonderer Aufmerksamkeit zu betrachten. Er flanierte und rauchte. Dachte er vielleicht allein an das Rencontre, das ihn morgen früh mit Graf Timascheff zusammenführen sollte? Wenn ein solcher Gedanke manchmal sein Hirn durchkreuzte, so geschah es gewiß nicht, um ihn mehr als nötig gegen den Grafen einzunehmen. Die beiden Gegner fühlten in der Tat keinen Haß gegeneinander, trotzdem sie Rivalen waren. Es handelte sich hierbei ja nur darum, einer Situation ein Ende zu machen, bei der einer von zweien allemal zuviel ist. Hector Servadac hielt Graf Timascheff gewiß für einen Ehrenmann, und der Graf seinerseits konnte für den Offizier nur die höchste Achtung haben.

Um acht Uhr abends kehrte Kapitän Servadac zurück in das einzige Zimmer des Gourbi, das neben seinem Feldbette einen kleinen Arbeitstisch auf Stellhölzern und einige Koffer enthielt, die den Dienst von Schränken verrichteten. Die nötigen Küchenarbeiten besorgte die Ordonnanz nicht in dem Gourbi, sondern in dem benachbarten Wachthause, und dort schlief der brave Bursche auch, wie er sagte, den »Schlaf des Gerechten«! Das hinderte ihn aber nicht, volle zwölf Stunden zu schlafen, und auch darüber hinaus wäre er noch eine Wette mit einem Murmeltiere eingegangen.

Kapitän Servadac, der gar nicht solche Eile hatte, zu schlummern, setzte sich an den mit seinen Instrumenten bedeckten Tisch. Mechanisch ergriff er mit der einen Hand den roten und blauen Stift und mit der anderen den Reduktionszirkel. Dann begann er auf dem Pauspapier vor sich verschieden gefärbte ungleiche Linien zu ziehen, welche einer strengen topographischen Aufnahme nicht im geringsten ähnlich sahen.

Unterdessen wartete Ben-Zouf, der noch keinen Befehl

erhalten hatte, sich schlafen zu legen, in einer Ecke, und versuchte zu schlafen, was ihm nur die sonderbare Aufgeregtheit seines Kapitäns sehr erschwerte.

In der Tat hatte nicht der Stabsoffizier, sondern der gaskognesche Poet an dem Arbeitstische Platz genommen. Ja? Hector Servadac quälte sich auf die beste Art und Weise. Er bearbeitete mit aller Kraft dieses Rondeau, das sich so ungeheuer bitten ließ. Focht er wohl mit dem Zirkel, um seinen Versen eine genaue mathematische Form zu sichern? Verwandte er einen mehrfarbigen Stift, um den rebellischen Reimen mehr Abwechslung zu geben? Fast hätte man das glauben können. Doch, wie dem auch sei, es war eine sauere Arbeit.

»Ei, zum Kuckuck!« rief er, »was mußte ich auch diese Form eines Quatrain wählen, die mich zwingt, die Reime, wie die Flüchtlinge in einer Schlacht, immer wieder vorzuführen? Aber bei allen Teufeln, ich werde kämpfen! Man soll nicht sagen, daß ein französischer Offizier vor einigen Reimen Reißaus genommen hätte. Ein einzelner Vers, der gleicht etwa einem Bataillon! Die erste Kompanie hat schon Feuer gegeben! – Er wollte sagen, das erste Quatrain. – Nun, vorwärts die anderen!«

Die bis aufs Messer verfolgten Reime schienen endlich zu gehorchen, denn bald entstand eine rote und eine blaue Linie auf dem Papier:

Was nützt das schöne Reden all,
das sich Vertrauen stiehlt! . . .

»Was Teufel quält sich nur mein Kapitän?« fragte sich Ben-Zouf, der sich hin- und herdrehte. »Da ficht er nun schon eine Stunde herum, wie ein Gelbschnabel, der vom halbjährigen Urlaub zurückkehrt.«

Hector Servadac durchmaß den Gourbi, eine willenlose Beute seiner dichterischen Begeisterung:

Wenn bei der leeren Worte Schwall
das Herz nichts fühlt?

»Es steht fest, er macht Verse», sagte sich Ben-Zouf, indem er sich in seine Ecke zurückzog. »Ja, das ist ein geräuschvolles Geschäft, da ist nicht an schlafen zu denken.«

Er ließ ein dumpfes Knurren hören.

»He, Ben-Zouf, was hast du denn?« fragte Hector Servadac.

»Nichts, mein Kapitän, mich drückt nur der Alp!«

»Der Teufel soll dich holen!«

»Wäre mir schon recht, und zwar gleich auf der Stelle«, murmelte Ben-Zouf, »vorzüglich wenn der Gottseibeiuns keine Verse macht!«

»Dieser Esel hat mich im schönsten Fluß unterbrochen!« wetterte der Kapitän. »Ben-Zouf!«

»Hier, Herr Kapitän!« versetzte die Ordonnanz und erhob sich, die eine Hand an der Mütze, die andere an der Hosennaht.

»Muckse nicht, Ben-Zouf! Muckse nicht, ich bin eben bei der glücklichen Vollendung meines Rondeau!«

Und mit begeisterter Stimme und den Gestikulationen eines großen Poeten fügte Hector Servadac hinzu:

Oh, glaub mir, meine Lieb' ist echt,
ich ruf dir's ehrlich zu,
daß ich dich liebe heiß und recht.
Und für ...

Das letzte Wort war noch nicht gesprochen, als Kapitän Servadac und Ben-Zouf mit unerhörter Gewalt zu Boden geworfen wurden.

Viertes Kapitel

Welches dem Leser Gelegenheit gibt, die Ausrufungs- und Fragezeichen beliebig zu vermehren.

Wie kam es, daß der Horizont sich eben jetzt so auffallend und plötzlich verändert hatte, daß auch das geübte Auge eines Seemanns die Kreislinie nicht hätte erkennen können, in der sonst Himmel und Wasser verschmolzen? Warum türmte das Meer jetzt seine Wogen auf eine Höhe empor, welche die Gelehrten bis dahin nie für möglich gehalten hätten?

Auf welche Weise entstand bei dem Krachen des zerreißenden Bodens ein solcher Höllenlärm mit den verschiedensten Geräuschen, mit dem Knirschen der gewaltsamen Verschiebung der Rippen der Erdkugel, mit dem Rauschen des bis dahin auf ungeahnte Tiefen aufgewühlten Wassers, mit dem Pfeifen der Luftmassen, die in eine Zyklone hereingerissen schienen?

Woher dieser außergewöhnliche Glanz am Himmel, der die Strahlung eines Nordlichtes bei weitem übertraf, ein Glanz, der das ganze Firmament einnahm und vorübergehend die Sterne jeder Größe verlöschte?

Wie kam es, daß das für einen Augenblick scheinbar entleerte Mittelmeer sich ebenso plötzlich wieder mit entsetzlich wild empörten Wogen füllte?

Warum schien die Scheibe des Mondes sich unverhältnismäßig zu vergrößern, als habe das Gestirn der Nacht sich der Erde in wenig Sekunden von 48 000 Meilen auf 5000 Meilen genähert?

Woher erschien das neue, ungeheure, flammende Sphäroid am Firmamente, das sich bald hinter der dichten Wolkenschicht verlor?

Welch außerordentliche Erscheinung lag überhaupt dieser Umwälzung zugrunde, welche die Tiefen der Erde, des Meeres, den Himmel und den ganzen Weltraum erschütterte?

Wer hätte es sagen können?

War auf der Erdkugel denn noch ein Bewohner übrig, um auf diese Fragen zu antworten?

Fünftes Kapitel

In welchem von der Abänderung einiger physikalischer Gesetze die Rede ist, ohne daß man den Grund dafür anzugeben weiß.

Alles in allem schien mit dem algerischen Küstenstriche, der im Westen durch das rechte Ufer des Cheliff und im Norden durch das Mittelmeer begrenzt ist, keine Veränderung vor sich gegangen zu sein. Trotz des fürchterlichen Stoßes zeigte sich weder an dieser fruchtbaren, nur hier und da etwas wellenförmigen Ebene, noch an der unregelmäßigen Uferlinie etwas besonders Auffälliges in der äußeren Erscheinung. Auch das steinerne Wachthaus hatte bei seiner festen Verbindung der einzelnen Mauerteile hinreichend Widerstand geleistet, der Gourbi freilich lag platt auf dem Boden wie ein Kartenhaus, das ein Kind umblies, und seine beiden Bewohner waren unter den mit dem Strohdach bedeckten Trümmern vergraben.

Erst zwei Stunden nach der Katastrophe kam Kapitän Servadac wieder zu sich. Er hatte natürlich einige Mühe, seine Gedanken zu sammeln, die ersten Worte aber, welche über seine Lippen kamen – wen könnte das wundernehmen – waren die letzten Silben des berühmten Rondeaus, bei denen er auf eine so ungewöhnliche Weise gestört worden war:

. . . heiß und recht,
und für . . .

Erst nach diesen fragte er sich: »Was zum Teufel ist denn geschehen?«

Die Antwort auf diese an sich selbst gerichtete Frage fiel ihm freilich schwer. Er bohrte mit den Armen nach oben; es gelang ihm, die Strohdecke zu durchbrechen und den Kopf durch das zusammengestürzte Dach zu drängen.

Kapitän Servadac sah sich verwundert um.

»Der Gourbi umgeworfen!« sagte er. »Da wird eine Trombe über die Küste gestürmt sein!«

Er schwieg. Er fühlte keine Verrenkung, überhaupt keine

Wunde.

»Mordio, und mein Bursche?«

Er arbeitete sich in die Höhe und rief:

»Ben-Zouf!«

Bei der Stimme des Kapitäns wühlte sich ein zweiter Kopf durch das Strohdach.

»Hier!« antwortete Ben-Zouf.

Es schien, als habe die Ordonnanz nur auf den Appell gewartet, um auf Soldatenart anzutreten.

»Hast du eine Idee davon, was vorgefallen ist, Ben-Zouf?« fragte Hector Servadac.

»Mir sieht es aus, mein Kapitän, als wären wir nahe an der letzten Parade gewesen.«

»Ei was, eine Trombe war es, Ben-Zouf, eine einfache Trombe.«

»Nun, meinetwegen eine Trombe!« erwiderte philosophisch die Ordonnanz. »Nichts Wichtiges gebrochen, Herr Kapitän?«

»Nichts, Ben-Zouf.«

Bald waren beide auf den Füßen; sie räumten den Trümmerhaufen des Gourbi zusammen und fanden die Instrumente, Werkzeuge, Waffen und alles Übrige so ziemlich intakt wieder. Jetzt fragte der Stabsoffizier:

»Um wieviel Uhr mag es wohl sein?«

»Mindestens um acht Uhr«, erwiderte Ben-Zouf, indem er die Sonne betrachtete, welche schon ziemlich hoch über dem Horizonte stand.

»Um acht Uhr?«

»Mindestens, Herr Kapitän.«

»Wäre das möglich?«

»Ja, wir werden aufbrechen müssen.«

»Aufbrechen? Wohin?«

»Nun, nach unserem Rendezvous.«

»Welches Rendezvous?«

»Ei, das Renkontre mit dem Grafen . . .«

»Mordio«, rief der Kapitän, »das hätte ich fast vergessen!«

Er zog seine Uhr.

»Was sagst du, Ben-Zouf? Du bist ein Narr, es ist kaum zwei Uhr.«

»Zwei Uhr früh oder zwei Uhr Nachmittag?«

Hector Servadac hielt die Uhr ans Ohr.

»Sie geht«, sagte er.

»Und die Sonne auch«, bemerkte die Ordonnanz.

»Wahrhaftig, nach der Höhe über dem Horizont zu urteilen . . . ah, bei allen Weinbergen Medocs . . .«

»Was ist Ihnen, Herr Kapitän?«

»Es muß ja um acht Uhr abends sein?«

»Abends?«

»Gewiß, die Sonne steht im Westen, sie ist offenbar beim Niedergehen.«

»Im Untergehen, nein, nein, mein Kapitän«, antwortete Ben-Zouf; »sie steht jetzt auf, wie ein Konskribierter beim Morgenschluß. Da sehen Sie, während wir sprechen, ist sie schon höher gestiegen.«

»So geht die Sonne also jetzt im Westen auf«, murmelte Servadac. »Ach was, das ist ja unmöglich!«

Immerhin war die Tatsache nicht wegzuleugnen. Das Strahlengestirn stieg scheinbar über den Wellen des Cheliff auf und beschrieb seinen Bogen über dem westlichen Horizonte, den es früher erst nachmittags durchmessen hatte.

Hector Servadac sah nun wohl ein, daß ein absolut unerhörtes und ebenso unerklärliches Ereignis, wenn auch nicht die Lage der Sonne in der siderischen Welt, so doch die Richtung der Erdrotation um ihre Achse verändert habe.

Es war zum Verstandverlieren. Konnte das Unmögliche zur Wahrheit werden? Hätte Kapitän Servadac eines der Mitglieder des Längenvermessungsbüros bei der Hand gehabt, er würde einige Aufklärung zu erlangen gesucht haben. Da er ganz auf sich allein angewiesen war, so tröstete er sich mit den Worten:

»Meiner Treu, die ganze Sache geht im Grunde nur die Astronomen an, ich werde ja in acht Tagen sehen, was sie in den Zeitungen darüber veröffentlichen.«

Ohne sich noch unnötig lange bei der Untersuchung des Grundes dieser seltsamen Erscheinung aufzuhalten, rief er nach seiner Ordonnanz.

»Nun vorwärts! Was hier auch passiert ist und ob die ganze Erde und Himmelsmechanik in Unordnung geraten ist, jedenfalls muß ich der erste am Platze sein, um Graf Timascheff die Ehre zu erweisen . . .«

»Ihm den Degen durch den Leib zu bohren«, vervollständigte Ben-Zouf den Satz.

Wären Hector Servadac und seine Ordonnanz besonders aufgelegt gewesen, auf die physischen Veränderungen zu achten, die in dieser Nacht vom 31. Dezember zum 1. Januar mit ihnen so plötzlich vorgegangen waren, nachdem sie doch die Modifikation in der scheinbaren Bewegung der Sonne konstatiert hatten, ihr Erstaunen wäre sicher noch mehr gewachsen. Um zuerst von ihnen selbst zu sprechen, so fühlten sie sich etwas beengt, mußten häufiger Atem holen, wie es den Bergsteigern zu ergehen pflegt, so als sei die umgebende Luft minder dicht und folglich auch minder reich an Sauerstoff; dazu erschien ihre Stimme sehr schwach. Entweder also waren sie über Nacht halb taub geworden, oder sie mußten annehmen, daß die Luft plötzlich eine Verminderung ihrer Leitungsfähigkeit für Schallwellen erfahren habe.

Diese physikalischen Veränderungen bekümmerten im gegenwärtigen Augenblicke aber weder Kapitän Servadac noch Ben-Zouf, und beide trabten auf den Cheliff zu, wobei sie dem Wege auf dem steilen Ufer folgten.

Auch das gestern noch sehr dunstige Wetter zeigte sich wesentlich verändert. Ein eigentümlich gefärbter Himmel, der sich schnell mit niedrigen Wolken bedeckte, versteckte bald die Sonne, so daß das Auge ihren Lauf nicht mehr verfolgen konnte. Es drohte ein wahrer sintflutlicher Regen, wenn nicht ein gewaltiges Gewitter, doch gelangten diese Dunstmassen nicht zur Kondensation und schlugen sich also auch nicht nieder.

Zum ersten Male an dieser Küste schien das Meer ganz und gar verlassen. Kein Segel, keine Rauchsäule war auf dem bläulichen Wasser oder an dem grauen Himmel zu sehen. Der Horizont selbst – beruhte das nur auf optischer

Täuschung – schien sich ungemein verengt zu haben, und zwar der über dem Meere ebenso, wie der, welcher nach der anderen Seite die Ebene begrenzte. Die ungeheuren Fernsichten waren gleichsam verschwunden, so als ob die Konvexität der Erdkugel sehr stark zugenommen habe.

Kapitän Servadac und Ben-Zouf gingen schnell dahin, ohne ein Wort zu wechseln, und mußten bald die fünf Kilometer zurückgelegt haben, die den Gourbi von dem Platze des Stelldicheins trennten. Beide hätten an diesem Morgen empfinden müssen, daß sie physiologisch ganz anders organisiert waren. Ohne sich besondere Rechenschaft zu geben, fühlten sie sich körperlich so leicht, als ob sie Flügel an den Füßen trügen. Die Ordonnanz mochte ihre Gedanken etwa dahin zusammengefaßt haben, daß heute alles »ferm und flott« gehe.

»Nicht zu vergessen«, murmelte er, »daß wir heute nicht einmal eine ordentliche Ration zu uns genommen haben.«

Es muß anerkannt werden, daß ein derartiges Versehen bei dem braven Soldaten sonst nicht vorzukommen pflegte.

Da ließ sich ein recht widerliches Gebell zur Linken des Fußweges hören. Fast gleichzeitg sprang ein Schakal aus einer dichten Gruppe Mastixbäume. Das Tier gehörte einer besonderen Art der afrikanischen Fauna an, deren Fell regelmäßige schwarze Flecken und einen ebenso gefärbten Streifen an der Vorderseite der Beine hat.

Der Schakal kann gefährlich werden, wenn er in der Nacht in Herden auf Raub auszieht. Einzeln ist er nicht mehr zu fürchten als ein Hund. Ben-Zouf war gewiß nicht der Mann, sich von jenem ängstigen zu lassen, aber Ben-Zouf liebte auch die Schakale nicht – wahrscheinlich weil sie nicht mit einer besonderen Art in der Fauna des Montmartre vertreten waren.

Von dem Dickicht aus lief das Tier auf einen Felsen zu, der mindestens zehn Meter Höhe haben mochte. Mit offenbarer Unruhe betrachtete es die beiden Wanderer. Ben-Zouf tat, als ob er auf dasselbe anlegte, auf welche drohende Haltung das Tier zum größten Erstaunen des Kapitäns und seiner Ordonnanz mit einem einzigen Satz auf die Höhe des

Felsens sprang.

»Das nenn' ich einen Springer!« rief Ben-Zouf, »die Bestie schnellte sich mindestens dreißig Fuß in die Höhe.«

»Wahrhaftig«, antwortete Kapitän Servadac tiefsinnend, »einen solchen Sprung hab' ich niemals fertiggebracht!«

Der Schakal setzte sich auf dem Gipfel des Felsens nieder und stierte die beiden mit glotzenden Augen an. Ben-Zouf erhob einen Stein, um ihn zu vertreiben.

Der Stein war sehr groß und doch wog er in der Hand der Ordonnanz scheinbar nicht mehr als ein Stück Bimsstein.

»Verdammter Schakal«, sagte Ben-Zouf, »dieser Stein schadet ihm auch nicht mehr als ein Käsekeulchen! Doch warum in aller Welt ist der so groß und doch so leicht?«

Da er indes nichts anderes zur Hand hatte, schleuderte er genanntes Käsekeulchen mit aller Kraft fort.

Er traf den Schakal nicht. Jedenfalls genügten dem klugen Tiere aber Ben-Zoufs nichts Gutes verheißende Bewegungen, um sich aus dem Staube zu machen. Schnell verschwand er wieder hinter anderen Bäumen und entfloh mit solchen riesigen Sprüngen, wie man sie höchstens einem Känguruh aus Gummi elasticum zugetraut hätte. Statt sein Ziel zu treffen, beschrieb der Stein einen sehr flachen Bogen zum größten Erstaunen Ben-Zoufs, der ihn etwa fünfhundert Schritt hinter dem Felsen niederfallen sah.

»Vermaledeiter Beduine!« rief er; »aber warte, ich werfe nun bloß noch mit vierpfündigen Kanonenkugeln!«

Ben-Zouf befand sich einige Schritte vor seinem Herrn dicht an einem mit Wasser gefüllten, gegen zehn Fuß breiten Graben, den sie überschreiten mußten. Er nahm einen Anlauf und sprang darüber, daß es einem Gymnastiker zur Ehre gereicht hätte.

»Halt, halt, Ben-Zouf, wo willst du hin? Was fällt dir denn ein? Du wirst dir die Rippen zerbrechen, du Waghals!« Kapitän Servadac stieß diese Worte hervor, weil er seine Ordonnanz eben etwa vierzig Fuß hoch in der Luft schweben sah.

Bei dem Gedanken an den gefährlichen Fall Ben-Zoufs versuchte nun auch Hector Servadac über den Graben zu springen; sein Aufwand von Muskelkraft schnellte auch ihn selbst zu einer Höhe von wenigstens dreißig Fuß. Er kreuzte beim Aufspringen Ben-Zouf, der eben im Herabfallen war. Später sank auch er infolge der Gravitationsgesetze wieder mit wachsender Schnelligkeit nach dem Erdboden zurück, doch ohne einen heftigeren Stoß zu empfinden, als ob er etwa vier bis fünf Fuß hoch gesprungen wäre.

»Alle Wetter, Herr Kapitän«, rief da Ben-Zouf hell auflachend, »wir sind ja zu leibhaftigen Clowns geworden!«

Nach einigem Nachsinnen trat Hector Servadac näher an seine Ordonnanz heran und legte dem Soldaten die Hand auf die Schulter.

»Fliege mir nicht davon, Ben-Zouf«, begann er, »und sieh mich aufmerksam an. Ich bin noch nicht ganz wach; wecke mich, stich mich, wenn es sein muß. Wir sind entweder Narren oder wir träumen.«

»Tatsache ist, Herr Kapitän«, antwortete Ben-Zouf, »daß so etwas noch nirgends anders vorgekommen ist als im Lande der Träume; wenn ich mich im Traume z. B. für eine Schwalbe hielt und über den Montmartre wegflog, so leicht, als ob ich über mein Käppi spränge. Die ganze Geschichte geht nicht mit natürlichen Dingen zu. Uns ist etwas passiert, aber etwas, was noch keiner lebenden Seele vorgekommen ist. Ist das etwa eine besondere Eigentümlichkeit der Küste von Algier?«

Hector Servadac war in dumpfes Sinnen versunken.

»Das ist zum Verrücktwerden!« fuhr er auf. »Wir schlafen ja nicht, wir träumen doch nicht . . .«

Doch er war nicht der Mann, sich eine halbe Ewigkeit mit diesem unter den gegebenen Verhältnissen ohnehin schwer löslichen Probleme herumzuschlagen.

»Nun, so mag meinetwegen geschehen, was da will!« rief er, entschlossen, sich über nichts mehr zu wundern.

»Recht, mein Kapitän«, bekräftigte Ben-Zouf, »vor allen Dingen wollen wir die Sache mit Graf Timascheff in Ordnung bringen.«

Jenseits des Grabens breitete sich eine mäßig große Wiese mit weichem Grase aus. Verschiedene vor etwa fünfzig Jahren angepflanzte Bäume, Eichen, Palmen, Johannisbrotbäume, Sykomoren, dazwischen verschiedene Aloës und über alle hinausragend, einige ungeheure Eukalypten, bildeten einen herrlichen Rahmen um dieselbe.

Hier war der verabredete Platz, auf dem der Ehrenhandel der beiden Gegner zum Austrag kommen sollte.

Hector Servadac ließ die Blicke über die Wiese schweifen.

»Mordio«, rief er, da er niemand sah, »wir sind also doch die ersten beim Rendezvous.«

»Oder vielleicht die letzten!« versetzte Ben-Zouf.

»Was, die letzten? – Noch ist es nicht neun Uhr«, versicherte Kapitän Servadac, der seine Uhr beim Aufbruch aus dem Gourbi nach der Sonne gestellt hatte.

»Herr Kapitän«, fragte da die Ordonnanz, »sehen Sie dort durch die Wolken jene weißliche Kugel?«

»Gewiß«, antwortete der Kapitän, der eine in Dunst verhüllte Scheibe erblickte, welche jetzt im Zenit stand.

»Nun gut«, fuhr Ben-Zouf fort, »diese Kugel kann nur die Sonne oder höchstens deren Stellvertreter sein.«

»Die Sonne im Zenit – Mitte Januar und im neununddreißigsten Grade der Breite?« rief Hector Servadac.

»Sie ist es, Herr Kapitän, sie zeigt Mittag, wenn Sie erlauben. Es scheint, sie hat's sehr eilig heute, und ich wette mein Käppi gegen eine Schüssel Brei, daß sie in drei Stunden schon untergegangen sein wird.«

Die Arme gekreuzt, blieb Hector Servadac einige Minuten unbeweglich stehen. Dann drehte er sich einmal ganz um sich selbst, um alle Punkte des Horizontes ins Auge fassen zu können, und sagte:

»Die Gesetze der Schwere verändert, die Himmelsgegenden verwechselt, die Dauer des Tages um fünfzig Prozent verkürzt ... das könnte freilich mein Zusammentreffen mit Graf Timascheff unbestimmt lange verzögern. Zum Teufel, es ist doch mein Gehirn nicht und auch nicht das Ben-Zoufs, die jetzt außer Rand und Band wären.«

Der gleichgültige Ben-Zouf, dem auch die außerordentliche kosmische Erscheinung keinen Ausruf der Verwunderung entlockt hätte, sah seinen Offizier sehr seelenruhig an.

»Herr Kapitän?«

»Du siehst hier niemand.«

»Ich sehe niemand. Der Russe ist wieder weg.«

»Angenommen, er wäre zurückgekehrt, so wären doch meine Sekundanten hier geblieben oder bei meinem Ausbleiben nach dem Gourbi gekommen.«

»Das stimmt allerdings, Herr Kapitän.«

»Ich schließe daraus also, daß sie überhaupt nicht hier waren.«

»Und wenn sie wirklich nicht kommen?...«

»Daß sie jedenfalls nicht haben kommen können. Was den Grafen Timascheff...«

Statt den Satz zu vollenden, näherte sich Kapitän Servadac dem felsigen, das Meer überragenden Ufer und schaute hinaus, ob die Goëlette Dobryna vielleicht nahe der Küste vor Anker läge. Es war ja möglich, daß Graf Timascheff zu Wasser nach dem Orte des Stelldicheins kam, wie es auch gestern der Fall war.

Die Wasserfläche war leer, auch bemerkte Hector Servadac jetzt, daß dieselbe trotz der unzweifelhaften Windstille ungemein bewegt erschien, so als ob das Wasser lange über dem Feuer im Sieden erhalten wäre. Sicherlich vermochte die Goëlette gegen diesen Seegang nur sehr schwer standzuhalten.

Zu seinem größten Erstaunen sah er auch jetzt zum ersten Male, wie sich die Kreislinie, an der sich Himmel und Wasser scheinbar berührten, so auffallend verengt hatte.

Für einen auf dem Kamme des hohen Ufers befindlichen Beobachter hätte der Gesichtskreis in der Tat einen Halbmesser von 40 Kilometern (5 ⅓ geogr. Meilen) haben müssen. Hier schloß er schon mit höchstens 10 Kilometern ab, als habe sich das Volumen der Erdkugel binnen wenigen Stunden beträchtlich vermindert.

»Das ist alles doch gar zu sonderbar!« sagte der Stabsoffizier.

Inzwischen hatte Ben-Zouf, ein ebenso fertiger Kletterer wie der gewandte Vierhänder, den Wipfel einer Eukalypte erstiegen. Von diesem hohen Punkte aus übersah er die Umgebung sowohl in der Richtung nach Tenez und Mostagenem, als nach der Südseite zu. Als er herabgestiegen, meldete er seinem Kapitän, daß die ganze übersehbare Fläche vollkommen öde erscheine.

»Wir wollen nach dem Cheliff gehen«, sagte Hector Servadac. »Der Fluß wird uns über unsere Lage aufklären.«

»Also an den Cheliff!« antwortete Ben-Zouf.

Höchstens drei Kilometer lagen zwischen der Wiese und dem Flusse, den der Kapitän überschreiten wollte, um sich bis Mostagenem zu begeben. Er mußte eilen, um die Stadt noch vor Untergang der Sonne zu erreichen. Durch den dichten Wolkenschleier sah er, wie sie sich rasch senkte und – ein neues Wunder zu den früheren – statt den schrägen Bogen zu beschreiben, wie er der Breitenlage Algiers entsprochen hätte, bewegte sie sich fast lotrecht gegen den Horizont.

Unterwegs überlegte sich Kapitän Servadac noch mehrfach diese verschiedenen Sonderbarkeiten. Wenn durch ein wahrhaft unerhörtes Ereignis die Achsendrehung der Erde verändert erschien; wenn man in Anbetracht der durch den Zenit wandelnden Sonne zu der Annahme kam, daß die Küste Algiers nach jenseits des Äquators versetzt worden sei, so schien es doch wiederum, als habe die Konvexität der Erdrinde, wenigstens in diesem Teile Afrikas, keine nennenswerte Veränderung erlitten. Das Ufer bildete noch wie zuvor eine Reihe von steilen und flachen sandigen Strecken, sowie von nackten, roten, scheinbar eisenhaltigen Felsen. So weit der Blick reichte, entdeckte er an der Küste keine neue Gestaltung. Ebenso verhielt es sich zur Linken, nach Süden zu, wenigstens nach der Himmelsgegend hin, welche Hector Servadac noch den Süden nannte, obwohl die Lage der beiden Kardinalpunkte des Himmels offenbar gewechselt hatte – denn augenblicklich wenigstens konnte man sich nicht verhehlen, daß sie direkt vertauscht erschienen. In einer Entfernung von etwa drei Stunden erhoben sich die ersten Anfänge des Gebirges Merjejah und zeichnete sich die Linie ihrer Gipfel in gewohnter Form am Firmamente ab.

»Mordio«, rief Kapitän Servadac, »ich bin doch begierig zu hören, was sie in Mostagenem von dem ganzen Zauber denken! Was wird der Kriegsminister sagen, wenn er per Telegramm erfährt, daß seine Kolonie Afrika in ihrer physikalischen Lage plötzlich so ergreifend umgewandelt ist, wie es nach der moralischen Seite noch niemals hat gelingen wollen?«

»Die Kolonie Afrika«, erwiderte Ben-Zouf, »kommt einfach in Polizeiarrest.«

»Und daß die Himmelsgegenden mit den militärischen Reglements in schreiendem Widerspruch stehen.«

»Die Himmelsgegenden werden in eine Strafkompanie versetzt.«

»Und daß die Sonne im Monat Januar mich gerade auf den Kopf trifft.«

»Einen Offizier zu beleidigen! Die Sonne wird standrechtlich erschossen!«

Oh, Ben-Zouf war sattelfest in dem Kapitel der Disziplin.

Hector Servadac und er beeilten sich nach Möglichkeit. Unterstützt durch ihre geringe spezifische Schwere, die ihnen schon zur zweiten Natur geworden war, ebenso wie sie die verdünntere, das Atmen beschleunigende Luft gewöhnt waren, liefen sie schneller als Hasen, sprangen sie wie Gemsen. Sie folgten gar nicht mehr dem Fußpfade auf dem Kamme des Ufers, dessen Windungen ihren Weg verlängert hätten. Sie drangen in kürzester Richtung vorwärts, mit Vogelflügeln, wie man in der Neuen Welt sagt. Eine Hecke – sie hüpften darüber; ein Bach – sie überschritten ihn mit einem Satze; eine Reihe Bäume – sie sprangen mit gleichen Füßen darüber hinweg; ein Hügel – sie passierten ihn im Fluge. Unter den gegebenen Verhältnissen hätte der Montmartre Ben-Zouf nur einen Schritt gekostet. Beide hatten nur die eine Befürchtung, sie möchten zu große Bogen in vertikaler Richtung machen, da sie doch horizontal vorwärts wollten. In der Tat berührten sie kaum den Erdboden, der für sie nur als Schwungbrett mit unbegrenzter Elastizität diente.

Endlich ward das Ufer des Cheliff sichtbar, und mit wenigen Sprüngen standen Kapitän Servadac und seine Ordonnanz an dessen rechter Seite.

Doch hier mußten sie haltmachen. Die Brücke war verschwunden.

»Keine Brücke mehr!« rief Kapitän Servadac. »Hier hat's also eine Überschwemmung gegeben, so eine kleine Wiederholung der Sintflut.«

»Bah?« machte sich Ben-Zouf bemerkbar.

Und doch war hier das Staunen am rechten Orte. Der Cheliff als solcher existierte nicht mehr. Sein linkes Ufer war spurlos verschwunden. Das rechte, früher der Rand eines fruchtbaren Landes, bildete jetzt eine Seeküste. Im Westen vertrat ein tobendes Wasser, statt der murmelnden, friedlichen Wellen, von blauer, statt der früheren gelben Farbe, bis auf Sehweite sein freundliches Bett. Ein Meer schien den Fluß verdrängt zu haben. Hier endete vorläufig die Gegend, welche früher das Territorium von Mostagenem bildete.

Hector Servadac wollte Klarheit. Er ging bis dicht ans Ufer, schöpfte etwas Wasser mit der Hand und führte diese zum Munde ...

»Salzig!« rief er. »In wenigen Stunden hat das Meer den ganzen Westen von Algier verschlungen.«

»Dann, Herr Kapitän«, meinte Ben-Zouf, »wird das etwas länger dauern als eine gewöhnliche Überschwemmung.«

»Das ist die verkehrte Welt!« erwiderte kopfschüttelnd der Stabsoffizier. »Und die Umwälzung kann wahrhaft unberechenbare Folgen haben. Was mag aus meinen Freunden, meinen Kameraden geworden sein?«

Ben-Zouf hatte Hector Servadac noch nie so erregt gesehen. Er suchte also sein Gesicht mit dem des anderen in Einklang zu bringen, obgleich er für seine Person noch keine so rechte Vorstellung von dem hatte, was hier vorgegangen sei. Auch hätte er schon als Philosoph seine Partei genommen, wenn er sich nicht »militärisch« verpflichtet gefühlt hätte, die Empfindungen seines Kapitäns zu teilen.

Das neu entstandene, vom rechten Ufer des Cheliff gebildete Ufer verlief in leicht gerundeter Linie von Norden nach Süden. Es schien nicht, als habe die Erdrevolution, deren Schauplatz dieser Teil Afrikas war, dasselbe besonders berührt. Noch immer entsprach es auf den ersten Blick mit seinen Gruppen großer Bäume, seinem launenhaft abgeschnittenen Ufer und dem grünen Teppich der benachbarten Wiesen der früheren topographischen Aufnahme. Nur bildete es jetzt, statt der einen Wand eines Flußbettes, die Küste eines unbekannten Meeres.

Kaum gelang es aber dem Kapitän Servadac, der jetzt sehr ernst geworden war, die eingreifenden Veränderungen genauer ins Auge zu fassen. Als die Sonne im Osten den Horizont erreicht hatte, versank sie unter diesen so schnell wie eine Kanonenkugel im Meere. Wäre man am 21. März oder 21. September unter den Tropen gewesen, zur Zeit wo die Sonne die Eklyptik schneidet, der Übergang vom Tage zur Nacht hätte sich nicht schneller vollziehen können. Keine Dämmerung begleitete diesen Abend, und voraussichtlich fehlte auch das Morgenrot dem anderen Tage. Himmel, Erde und Meer, alles ward fast augenblicklich in tiefer Finsternis begraben.

Sechstes Kapitel

Welches den Leser veranlaßt, Kapitän Servadac beim ersten Ausfluge in sein neues Gebiet zu begleiten.

Erinnert man sich des abenteuerlustigen Charakters unsers Kapitän Servadac, so begreift man auch leicht, daß er sich angesichts so ganz außergewöhnlicher Ereignisse doch keineswegs bestürzt zeigte. Nur wollte er, da er weniger indifferent als Ben-Zouf beanlagt war, gern die letzte Ursache der Dinge kennenlernen. Die Folgen berührten ihn weit weniger, wenn die Ursache einer Erscheinung ihm klar vor Augen lag. Die Aussicht, von einer Kanonenkugel zerrissen zu werden, hätte ihm keinen Kummer gemacht von dem Augenblick an, da er wußte, nach welchen Gesetzen der Ballistik und in welcher Flugbahn sie gerade die Mitte der Brust treffen mußte. Das war so seine Art, die Dinge in der Welt anzusehen. Ohne sich also weiter, als sein Temperament das zuließ, um die Konsequenzen des vorliegenden Phänomens zu kümmern, dachte er an nichts anderes als an die Ergründung der Ursache desselben.

»Donnerwetter!« rief er, als es so plötzlich Nacht wurde, »das muß man hier bei vollem Tageslichte sehen . . . in der Voraussetzung, daß es überhaupt wieder mehr oder weniger hell wird, denn mich soll doch der erste beste Wolf verschlingen, wenn ich weiß, wo die Sonne hingekommen ist.«

»Herr Kapitän«, begann da Ben-Zouf, »ohne Ihnen Vorschriften machen zu wollen, was beginnen wir aber nun?«

»Wir bleiben vorläufig an Ort und Stelle und morgen, wenn's überhaupt ein Morgen gibt, kehren wir nach dem Gourbi zurück, nachdem wir die Küste im Westen und Süden in Augenschein genommen haben. Das Wichtigste ist, zu wissen, wo und woran wir sind, solange wir uns nicht über das ganze wunderbare Ereignis Rechenschaft geben können. Dann nach Untersuchung der Küste im Westen und Süden . . .«

»Wenn es überhaupt noch eine Küste gibt!« fiel Ben-Zouf ein.

»Und wenn noch ein Süden vorhanden ist!« vervollständigte Kapitän Servadac.

»Also kann man nun schlafen?«

»Jawohl, wer das fertigbringt!«

Fußend auf diese Autorisation, verkroch sich Ben-Zouf, dessen Gleichmut auch so viel wunderbare Ereignisse nicht zu erschüttern vermochten, in einer Ausbuchtung des Ufers, legte die Hand über die Augen und schlief den Schlaf des Nichtswissers, der manchmal noch tiefer ist als der des Gerechten.

Kapitän Servadac dagegen irrte an der Küste des neuen Meeres umher und quälte sich mit unzählbaren Fragen ab, die vor seinem inneren Auge schwirrten.

Welche Wichtigkeit mochte zunächst der ganzen Katastrophe beizulegen sein? Beschränkte sie sich nur auf einen gewissen Teil Afrikas? Waren Algier, Oran und Mostagenem, jene so nahe beieinanderliegenden Städte, jetzt voneinandergerissen worden? Sollte Hector Servadac glauben, daß seine Freunde und Kameraden von der Subdivision zugleich mit den zahlreichen Einwohnern der Küste jetzt verschlungen waren, oder daß das durch irgendeine Erderschütterung aufgewühlte Mittelmeer nur diesen Teil des algerischen Gebietes neben der Mündung des Cheliff überdeckt habe? Diese Annahme würde zwar das Verschwinden des Flusses bis zu einer gewissen Grenze erklären, verbreitete aber über die anderen kosmischen Erscheinungen keinerlei Licht.

Eine andere Hypothese. War vielleicht anzunehmen, das afrikanische Küstengebiet sei plötzlich unter die Äquatorialzone versetzt worden? Damit erklärte sich sowohl der neue, von der Sonne beschriebene Tagesbogen, als auch das totale Fehlen der Dämmerung, wiederum aber nicht, warum die Tage jetzt nur zwölf Stunden lang zu sein schienen, noch wie es zuging, daß die Sonne jetzt im Westen auf- und im Osten unterging.

»Nichtsdestoweniger steht es fest«, wiederholte sich Hector Servadac mehrmals, »daß wir heute nur sechs Stunden lang Tag hatten und daß die Kardinalpunkte des Himmels jetzt Steven gegen Steven gewechselt haben, wie der Seemann sagen würde, mindestens bezüglich des Sonnen-Auf- und Unterganges. Nun, wir werden ja morgen sehen, wenn die Sonne wiederkommt – ja *wenn* sie überhaupt wiederkommt!« Kapitän Servadac war sehr mißtrauische geworden.

Wirklich, abscheulicherweise blieb der Himmel bedeckt und das Firmament zeigte nicht seine gewöhnliche Illumination durch die Sterne. Obwohl wenig bewandert in der Kosmographie, kannte Hector Servadac doch die hauptsächlichstens Sternbilder. Er hätte also sehen müssen, ob der Polarstern an seiner Stelle war, oder ob ein anderer Stern diese eingenommen habe, was unwiderleglich bewiesen hätte, daß die Erdkugel um eine neue Achse und vielleicht in entgegengesetztem Sinne rotierte, wodurch sich über viele Erscheinungen Licht verbreitet hätte. Aber keine Öffnung entstand in den Wolken, welche dick genug schienen, um eine ganze Sintflut zu enthalten, kein Sternlein zeigte sich dem Auge des verzweifelten Beobachters.

Auf den Mond war jetzt nicht zu hoffen, denn zu dieser Zeit des Monates war gerade Neumond, und jener mußte also zugleich mit der Sonne unter dem Horizonte verschwunden sein.

Wer mißt aber das Erstaunen Hector Servadacs, als er nach anderthalbstündiger Promenade am Horizonte einen hellen Schein bemerkte, der auch den Rand der Wolken beleuchtete.

»Der Mond!« rief er. »Doch nein, der kann es ja nicht sein. Sollte die keusche Diana auch ihrerseits Torheiten machen und im Westen aufstehen? Nein, der Mond ist das nicht. Er könnte kein so intensives Licht verbreiten, er müßte sich denn der Erde ganz über die Maßen genähert haben.«

In der Tat erglänzte das Licht dieses Gestirns, mochte es nun sein, welches es wollte, so stark, daß es den Schirm von Dünsten durchbrach und sich eine halbe Tageshelle über die Umgebung verbreitete.

»Sollte es wohl die Sonne sein«, fragte sich der Offizier. »Aber sie ist ja kaum seit zehn Minuten im Osten verschwunden! Doch wenn es weder der Mond noch die Sonne ist, was ist es dann? Eine ungeheure Feuerkugel vielleicht? Ei, tausend Teufel, wollen denn diese verwünschten Wolken niemals zerreißen?«

Dann begann er mit einem Rückblick auf seine Vergangenheit:

»Es wäre doch wohl besser gewesen, ich hätte einen Teil der manchmal so töricht verschwendeten Zeit darauf verwendet, etwas Astronomie zu treiben. Wer weiß? Vielleicht ist alles das, worüber ich mir hier den Kopf zerbreche, etwas ganz Einfaches?«

Die Geheimnisse dieses neuen Himmels blieben in undurchdringliches Dunkel gehüllt. Der enorme Lichtschein, der offenbar von einer hellglänzenden Scheibe mit ungeheuren Dimensionen ausging, strömte etwa eine Stunde lang auf die obere Fläche der Wolkendecke nieder. Nachher aber – wiederum eine erstaunliche Seltsamkeit – schien die Scheibe, statt nach dem entgegengesetzten Horizonte hinabzusinken, sich in einer zur Ebene des Äquators perpendikulären Linie zu entfernen und das dem Auge so angenehme Halbdunkel, welches in der Atmosphäre schimmerte, mit sich fortzunehmen.

Alles versank wieder in Dunkelheit, und das Gehirn des Kapitän Servadac war davon nicht ausgeschlossen. Der Kapitän wußte sich nach keiner Seite Rat. Die elementarsten Regeln der Mechanik waren hier verletzt, die Himmelskugel glich einer Uhr, in der die Feder außer Ordnung gekommen ist; die Planeten entzogen sich den Gesetzen der Gravitation und es lag somit gar kein Grund für die Annahme vor, daß die Sonne jemals wieder über irgendeinen Punkt des Erdhorizontes aufsteigen werde.

Drei Stunden später jedoch ward das Tagesgestirn ohne vermittelnde Dämmerung im Westen wieder sichtbar; das Morgenlicht erhellte die Wolkenbank, der Tag folgte wieder auf die Nacht, und Kapitän Servadac überzeugte sich durch Vergleichung seiner Uhr, daß die Nacht genau sechs Stunden gedauert hatte.

Sechs Stunden reichten für Ben-Zouf freilich nicht aus; der unerschrockene Schläfer mußte geweckt werden.

Hector Servadac rüttelte ihn ohne Umstände munter.

»Allons, steh auf, und vorwärts!« rief er.

»Ah, Herr Kapitän!« antwortete Ben-Zouf, sich die Augen reibend, »mir scheint, ich habe meine Ration noch nicht. Ich war doch eben erst im Einschlafen.«

»Du hast die ganze Nacht verträumt.«

»Eine Nacht! Das wäre . . .«

»Ja, freilich nur eine Nacht von sechs Stunden, aber du wirst dich an solche Nächte gewöhnen müssen.«

»Das wird auch noch geschehen.«

»Vorwärts denn, es ist keine Zeit zu verlieren. Wir wollen schnellstens nach dem Gourbi zurückkehren und sehen, was aus den Pferden geworden ist und was sie über das alles denken.«

»Sie werden sich wundern«, antwortete die Ordonnanz, »daß ich sie seit gestern nicht gefüttert habe. Ich werde ihnen dafür eine ordentliche Mahlzeit vorsetzen.«

»Schon gut, aber mach's nur schnell ab, und sobald sie gesattelt sind, beginnen wir unsere Rekognoszierung. Mindestens müssen wir doch in Erfahrung bringen, was aus den anderen Teilen Algiers geworden ist.«

»Und dann?«

»Und dann – nun, sollten wir Mostagenem im Süden nicht erreichen können, so werden wir uns im Osten bis Tenez durchschlagen.«

Kapitän Servadac und seine Ordonnanz folgten wieder dem Fußwege längs der Küste, um nach dem Gourbi zu gelangen. Da sie einen tüchtigen Appetit verspürten, so machten sie sich kein Gewissen daraus, unterwegs Feigen, Datteln und Orangen zu pflücken, die ihnen eben handrecht hingen. Auf diesem jetzt gänzlich verlassenen Teil des Territoriums, aus dem neuere Anpflanzungen einen reichen, ausgedehnten Fruchtgarten gemacht hatten, brauchten sie deshalb keinen Prozeß zu fürchten.

Anderthalb Stunden nach ihrem Aufbruche von der Küste, dem früheren rechten Ufer des Cheliff, erreichten sie den Gourbi, wo sich alles in der früheren Ordnung vorfand. Unzweifelhaft war während ihrer Abwesenheit kein Mensch hier gewesen und schien der östliche Teil des Landes ebenso wüst und verlassen zu sein wie der westliche, durch den sie eben gekommen waren.

Schnell wurden alle kleinen Vorbereitungen zum Aufbruch getroffen. Etwas Zwieback und konserviertes Wild brachte Ben-Zouf in einer Reisetasche unter. Für Getränke hatten sie nicht zu sorgen, da sich zahlreiche klare Bäche durch die Ebene schlängelten. Diese früheren Nebenarme eines Flusses bildeten jetzt selbst Flüsse und mündeten unmittelbar in das Mittelmeer.

Zephir – das Pferd des Kapitän Servadac – und Galette (eine Reminiszenz an den Montmartre) –, der Zelter Ben-

Zoufs, wurden im Handumdrehen gesattelt. Die beiden Reiter saßen auf und galoppierten nach dem Cheliff zu.

Hatten sie selbst aber vorher schon die Folgen der verminderten Schwerkraft verspürt, war ihnen ihre Muskelkraft mindestens verfünffacht erschienen, so unterlagen auch die Pferde jetzt in demselben Verhältnisse den auffallendsten physikalischen Veränderungen. Das waren keine einfachen Vierfüßler mehr. Als wirkliche Hippogryphe berührten sie kaum den Boden. Glücklicherweise saßen Hector Servadac und Ben-Zouf so sicher im Sattel, daß sie den Tieren die Zügel schießen ließen und sie eher noch antrieben, als zu zähmen suchten.

In zwanzig Minuten waren die acht Kilometer vom Gourbi nach der Cheliff-Mündung durchflogen, von wo aus die Pferde in langsamerem Tempo nach Südosten längs des früheren rechten Flußufers dahintrabten.

Das Ufergelände hatte auch jetzt sein früheres Aussehen bewahrt. Das entgegengesetzte nur war, wie wir wissen, plötzlich verschwunden, und an seine Stelle ein weiter Meereshorizont getreten. Folglich mußte, mindestens bis auf die Entfernung dieses scheinbaren Horizontes, dieser ganze Teil der vor Mostagenem gelegenen Provinz Oran in der Nacht vom 31. Dezember zum 1. Januar untergegangen und überflutet worden sein.

Kapitän Servadac kannte das von ihm persönlich vermessene Terrain sehr genau. In Erinnerung der früher ausgeführten Triangulation fiel es ihm nicht schwer, sich in jeder Richtung genau zu orientieren. In seiner Absicht lag es, nach Besichtigung des möglichst größten Teiles der betroffenen Landstrecke einen Rapport zu erstatten, den er zu adressieren gedachte an ... ja, an wen, das wußte er selbst noch nicht.

Im Laufe der vier noch übrigen Tagesstunden legten die Reiter von der Mündung des Cheliff ab etwa noch fünfunddreißig Kilometer zurück. Mit einbrechender Nacht lagerten sie sich an einer kleinen Bucht des früheren Flusses, der gegenüber noch gestern ein linksseitiger Nebenfluß, die jetzt in dem neuen Meere aufgegangene Mina, seine Wellen ergoß.

Während dieser Exkursion war man, was ja nicht wundernehmen kann, keiner lebenden Seele begegnet.

Ben-Zouf machte ein Nachtlager zurecht, so gut es eben ging, die Pferde wurden angebunden und konnten nach Belieben das fette Gras des Ufers abweiden. Die Nacht verstrich ohne Zwischenfall.

Am nächsten Tage, dem 2. Januar, d. h. zu dem Zeitpunkte, wo nach dem alten Erdenkalender erst die Nacht vom 1. zum 2. Januar beginnen sollte, bestiegen Kapitän Servadac und seine Ordonnanz wieder die Pferde und setzten die Untersuchung des Ufergebietes fort. Mit der Sonne aufbrechend, legten sie während der sechs Stunden des Tages eine Strecke von siebzig Kilometern zurück.

Die Grenze des Landes bildete fort und fort das frühere rechte Ufer des Flusses. Nur etwa zwanzig Kilometer von der Mündungsstelle der Mina war ein beträchtlicher Teil des Ufers verschwunden und mit ihm ein Vorort von Surkelmittu samt seinen achthundert Einwohnern. Und wer weiß, ob die größeren, am Cheliff gelegenen Städte Algiers, wie Mazagran, Mostagenem, Orleansville, nicht dasselbe Schicksal teilten?

Nach Umgehung der kleinen durch den Abbruch des Ufers entstandenen Bai kehrte Hector Servadac wieder nach dem Flußrande zurück und betrat diesen gerade der Stelle gegenüber, wo die gemischte Gemeinde Ammi-Mussa, das alte Khamis der Beni-Uragh, liegen mußte. Es fand sich aber keine Spur von diesem Kreis-Hauptorte, nicht einmal von dem 1126 Meter hohen Pic von Mankura, vor dessen Fuße jenes Städtchen erbaut war.

An diesem Abend rasteten unsere beiden Forscher an einem Winkel, der ihr neues Gebiet von dieser Seite scharf abgrenzte. Diese Stelle entsprach ungefähr dem Punkte, wo sich der bedeutende Flecken Memounturroy, von dem kein Restchen übrig schien, hätte finden müssen.

»Und ich hatte darauf gerechnet, heute abend in Orleansville zu speisen und zu übernachten», sagte der Kapitän, während er das dunkle, vor seinen Augen ausgedehnte Meer betrachtete.

»Unmöglich, Herr Kapitän«, erwiderte Ben-Zouf, »im Falle wir nicht zu Schiff dahin gelangen können.«

»Weißt du, Ben-Zouf, daß wir beide ganz besonderes Glück haben?«

»Recht gut, Herr Kapitän, das ist unsere alte Gewohnheit! Sie werden sehen, daß wir auch Mittel finden, dieses Meer zu überschreiten und an der Seite von Mostagenem daran spazierenzugehen.«

»Hm, wenn wir uns, wie zu hoffen ist, auf einer Art Halbinsel befinden, so möchten wir uns eher aus Tenez neuere Nachrichten holen ...«

»Oder solche dahin bringen«, bemerkte sehr verständig Ben-Zouf.

Beim Wiedererscheinen der Sonne, sechs Stunden später, konnte Kapitän Servadac die Formation des Landes genauer überblicken.

Von der Stelle des letzten Nachtlagers aus verlief das Küstengebiet ziemlich genau von Süden nach Norden. Es endete dasselbe hier mit keinem natürlichen Ufer, wie an anderen Stellen mit dem des Cheliff. Ein frisch entstandener Bruch begrenzte die weite Ebene. An dieser Ecke fehlte, wie erwähnt, der Flecken Memounturroy. Ben-Zouf vermochte auch nach Besteigung eines etwas landeinwärts gelegenen Hügels jenseits des Meereshorizontes nichts Weiteres zu erblicken. Kein Land war in Sicht. Folglich auch Orleansville nicht, das von hier aus gegen zehn Kilometer südwestlich lag.

Kapitän Servadac und sein Begleiter verließen ihre Lagerstätte und folgten der neuen Küste durch quer übereinander geworfenes Land, wild zerrissene Felsstücke, halb entwurzelte und nach dem Wasser überhängende Bäume, unter welchen sich auch einige uralte Olivenbäume befanden, deren wunderbar gekrümmter Stamm wie mit der Axt abgehauen erschien.

Nur langsam drangen die beiden Reiter weiter vor, da das buchten- und landzungenreiche Ufer sie zu manchem Umwege nötigte. So hatten sie bei Sonnenuntergang nach einer

Tour von etwa fünfunddreißig Kilometern erst den Fuß der Berge von Dj Merjejah erreicht, welche vor der Katastrophe nach dieser Seite zu die Kette des Kleinen Atlas abschlossen.

Hier zeigte sich die Gebirgskette gewaltsam abgeschnitten und erhob sich nur noch in einzelnen Bergspitzen längs des Ufers.

Nachdem sie am anderen Morgen eines der tiefen Zwischentäler zu Pferde durchzogen hatten, erstiegen Hector Servadac und Ben-Zouf einen der höchsten Gipfel und gewannen dadurch eine Totalübersicht über diesen beschränkten Teil des algerischen Gebietes, dessen einzige Bewohner sie zu sein schienen.

Da setzte sich die neue Küste vom Fuße der Merjejah-Berge fort bis zu den entfernten Ufern des Mittelländischen Meeres, und zwar in einer Gesamtlänge von etwa dreißig Kilometern. Keine Landenge verband dieses Gebiet mit dem verschwundenen Distrikt von Tenez.

Die beiden Reiter rekognoszierten also nicht eine Halbinsel, wie sie noch immer gehofft hatten, sondern eine wirkliche Insel. Mit Hilfe seines hohen Beobachtungspunktes mußte Kapitän Servadac zu seinem großen Schrecken konstatieren, daß ihn das Meer von allen Seiten umflutete und er, so weit auch sein Blick jetzt reichte, nirgends sonst Land entdecken konnte.

Diese vor kurzem aus dem Boden Algiers herausgeschnittene Insel entsprach der Form nach etwa einem unregelmäßigen Viereck, beinahe einem Dreieck, dessen Seiten folgende Verhältnisse zeigten: 120 Kilometer an dem früheren Ufer des Cheliff, 35 Kilometer von Süden nach Norden aufsteigend zur Kette des Kleinen Atlas; 30 Kilometer einer schief nach dem Meere verlaufenden Linie und 100 Kilometer längs der alten Küste des Mittelländischen Meeres. Alles in allem ein Umfang von 285 Kilometern.

»Sehr schön, aber wozu das nun?«

»Bah! Wozu sollte es denn nicht sein?« meinte Ben-Zouf. »Das ist so, weil es eben so ist! Wenn es der ewige Vater so gewollt hat, wird man sich eben dreinfügen müssen.«

Sie stiegen wieder von dem Berge herab und holten die Pferde, welche sich ruhig an dem saftigen Grase gütlich taten. Denselben Tag ritten sie noch bis zu dem Ufer des Mittelmeeres, ohne eine Spur des kleinen Städtchens Montenotte zu finden, das wie Tenez verschwunden und von dem auch kein Trümmerhaufen eines Hauses zu entdecken war.

Am anderen Tage, dem 5. Januar, streiften sie in forciertem Marsch längs der Küste des Mittelmeeres hin. Das Ufer desselben war nicht so vollständig verschont geblieben, als der Stabsoffizier dachte, denn es fehlten hier vier Flecken, Callaat-Chimah, Agmiß, Marabut und Pointe-Basse.

Die Landvorsprünge, auf welchen dieselben lagen, hatten dem Stoße nicht zu widerstehen vermocht und sich von dem übrigen Lande getrennt. Nebenbei mußten sich unsere Wanderen überzeugen, daß ihre Insel außer ihnen selbst keine Bewohner habe, während die Fauna noch durch einige Wiederkäuer Vertretung fand, welche auf der Ebene umherschweiften.

Kapitän Servadac und seine Ordonnanz hatten zu dieser Reise um ihre Insel fünf der neuen Tage, in Wirklichkeit also zweiundeinhalb frühere Erdentagen gebraucht. Sechzig Stunden nach dem Aufbruch kehrten sie wieder zum Gourbi zurück.

»Und nun, Herr Kapitän?« begann Ben-Zouf.

»Nun, Ben Zouf?«

». . . sind Sie Generalgouverneur von Algier!«

»Von Algier ohne Einwohner!«

»Was? Werde ich denn gar nicht gezählt?«

»Gewiß, du bist also . . .«

»Die Bevölkerung, Herr Kapitän, die Einwohnerschaft.«

»Und mein Rondeau?« murmelte der Kapitän, als er sich niederlegte, »diese Mühe hätt' ich mir wohl auch ersparen können.«

Siebtes Kapitel

In welchem sich Ben-Zouf über einige Vernachlässigung seitens des Generalgouverneurs zu klagen berechtigt glaubt.

Zehn Minuten später lagen der Generalgouverneur und die »Bevölkerung« in tiefem Schlafe, und zwar in einem Raume des Wachthauses, da der Gourbi aus seinen Ruinen noch nicht wieder erstanden war. Den Schlummer des Offiziers störte freilich immer noch ein wenig der Gedanke, daß es ihm trotz Konstatierung so zahlreicher, neuartiger Tatsachen nicht gelingen wollte, deren letzte veranlassende Ursache zu ergründen. Ohne eben gerade Kosmograph zu sein, erinnerte er sich bei einiger Anstrengung seines Gedächtnisses doch gewisser Grundgesetze, die er schon gänzlich vergessen zu haben glaubte. Er überlegte, ob nicht eine plötzliche Veränderung der Neigung der Erdachse zur Ekliptik alle jene Erscheinungen hervorrufen könne. Erklärte eine solche Veränderung aber auch den Ortswechsel der Meere und etwa den der Kardinalpunkte des Horizontes, so konnte sie doch weder eine Verkürzung der Tage, noch eine Verminderung der Schwerkraft auf der Oberfläche der Erdkugel zur Folge haben. Hector Servadac mußte diese Hypothese bald fallenlassen – was ihn nicht wenig wurmte, da er, wie man zu sagen pflegt, mit seinem Latein nun so ziemlich zu Ende war. Höchstwahrscheinlich schloß die Reihe der Überraschungen jetzt noch nicht ab, und dann konnte ihn ja eine weitere fremdartige Erscheinung vielleicht auf den rechten Weg führen.

Am nächsten Morgen beschäftigte Ben-Zouf zunächst die Bereitung eines kräftigen Frühstücks. Zum Kuckuck, der Mensch muß sich doch einmal stärken! Und er, er hatte ja Hunger für drei Millionen Algerier. Jetzt oder nie war es an der Zeit, mit einem Dutzend Eiern fertig zu werden, welche die Erdrevolution, die »das Land zerbrach«, doch verschont hatte. Mit einer nicht zu kleinen Schüssel Kuskussu, für deren Zubereitung die Ordonnanz den Meistertitel ehrlich verdiente, versprach das eine köstliche Mahlzeit.

Der Kochofen fand sich ja im Wachthause vor, die Kasserolen glänzten, als kämen sie eben aus des Kupferschmieds Händen, und frisches Wasser stand zur Hand in einem großen Alkazara, dessen poröses Material durch Verdunstung den Inhalt sehr kühl erhält. Durch drei Minuten langes Eintauchen in siedendes Wasser hoffte Ben-Zouf schmackhafte, halbweiche Eier zu gewinnen.

Sofort zündete er also Feuer an und trällerte dazu wie gewöhnlich den Refrain eines Soldatenliedchens:

»Gibt es denn Salz?
Fehlt's nicht an Schmalz?
Fleisch hast du wohl
im Kasseroll?«

Auf- und abgehend beobachtete Kapitän Servadac neugierigen Blickes diese kulinarischen Vorbereitungen. In der Erwartung neuer Erscheinungen, welche ihn seiner Ungewißheit entreißen könnten, achtete er gespannt auf alles, was vor seinen Augen vorging, ob der Ofen wohl seine Schuldigkeit tun, ob die jetzt modifizierte Luft ihm den nötigen Sauerstoff zuführen werde u. dergl.

Ja, der Ofen kam in Gang; mit hörbarem Blasen half Ben-Zouf etwas nach, und bald schlug eine helle Flamme aus den mit Reisig gemischten Kohlen. Hier war also nichts Übernatürliches zu sehen.

Die Kasserolle ward auf das Feuer gesetzt, mit Wasser gefüllt und Ben-Zouf wartete, bis es ins Sieden kam, um die Eier hineinzulegen, die ihm so leicht vorkamen, als wären sie hohl.

Das Gefäß befand sich kaum zwei Minuten im Ofen, als das Wasser schon kochte.

»Alle Teufel, das Feuer macht jetzt aber eine tüchtige Hitze«, rief Ben-Zouf.

»Das Feuer heizt nicht mehr als sonst«, erwiderte Kapitän Servadac nach einigem Nachdenken, »doch das Wasser siedet schneller.«

Er ergriff ein Zentesimal-Thermometer, das noch an der Wand hing, und tauchte es in das wallende Wasser.

Das Instrument zeigte nun sechsundsechzig Grad.

»Recht hübsch!« sagte der Offizier, »jetzt kocht das Wasser schon bei sechsundsechzig Grad statt sonst bei hundert!«

»Und dann, Herr Kapitän?«

»Dann, Ben-Zouf rate ich dir, deine Eier getrost eine Viertelstunde in der Kasserolle zu lassen, und auch dann werden sie kaum gekocht sein.«

»Aber hart?«

»Nein, mein Freund, höchstens dürften sie dann so weit gesotten sein, um unser Brot mit Eierschnittchen belegen zu können.«

Die Ursache dieser Erscheinung lag offenbar in einer Höhenabnahme der Atmosphärenschichten, was auch schon mit der beobachteten Verringerung der Dichtigkeit der Luft übereinstimmte. Hierin täuschte sich Kapitän Servadac nicht. Die Luftsäule über der Erdoberfläche hatte ungefähr um ein Viertel abgenommen, und aus demselben Grunde kochte auch das unter einem geringeren Drucke stehende Wasser schon bei niedrigeren Wärmegraden.

Dieselbe Erscheinung würde sich auf einem etwa 10000 Meter hohen Berge gezeigt haben, und wäre Kapitän Servadac im Besitze eines Barometers gewesen, so hätte er die Abnahme der Luftschwere nachzuweisen vermocht. Aus eben der Ursache leitete sich ferner bei ihm und Ben-Zouf die Abschwächung der Stimme, die lebhaftere Atmung her, ebenso wie die hohe Spannung in den Blutgefäßen, an welche sie sich schon gewöhnt hatten.

»Und doch«, sagte er zu sich selbst, »ich kann doch unmöglich annehmen, daß unser Aufenthaltsort zu einer solchen Höhe emporgehoben worden wäre, denn dort sieht man ja das Meer, dessen Brandung sich an dem steilen Ufer bricht.«

Trotz Hector Servadacs richtiger Schlußfolgerungen war er doch nicht im Stande, die Ursache jener Phänomene zu erklären. *Inde irae.*

Infolge des längeren Verweilens im Wasser erschienen die Eier wirklich nahezu gekocht. Dasselbe war mit dem Kuskussu der Fall. Ben-Zouf überzeugte sich sehr bald, daß er seine Küchenverrichtungen in Zukunft einfach eine Stunde früher beginnen müsse, und setzte seinem Herrn die Speisen vor.

Als dieser nun trotz seiner wechselnden Empfindungen mit größtem Appetite aß, begann Ben-Zouf, der jedes Gespräch mit einer unbestimmten Frage einzuleiten liebte:

»Und nun, Herr Kapitän?«

»Nun, Ben-Zouf!« erwiderte der Offizier, nach der ebenso unabänderlichen Gewohnheit seiner Ordonnanz zu antworten.

»Was werden wir nun beginnen?«

»Ei, wir werden warten.«

»Warten? Auf was?«

»Bis jemand uns abholt.«

»Auf dem Seewege?«

»Natürlich, da wir vorläufig auf einer Insel kampieren.«

»Sie meinen also, Herr Kapitän, daß die Kameraden . . .«

»Ich denke, oder vielmehr ich hoffe, daß die Verwüstungen der unerklärlichen Katastrophe auf vereinzelte Punkte der algerischen Küste beschränkt geblieben sind und unsere Kameraden sich demnach wohl und gesund befinden.«

»Ja, freilich, Herr Kapitän, das wollen wir hoffen.«

»Es unterliegt ferner keinem Zweifel, daß der Generalgouverneur infolge dieser Vorgänge gewisse Maßregeln anordnen wird. Er muß z. B. von Algier aus notwendig ein Fahrzeug aussenden, um das jetzige Ufer zu untersuchen, und ich hoffe auch, daß er unser nicht ganz vergessen habe. Hab' also acht auf das Meer, Ben-Zouf, wenn ein Schiff in Sicht kommt, müssen wir ihm Signale geben.«

»Doch wenn sich keines sehen läßt?«

»Dann bauen wir selbst ein solches und fahren zu denen, die nicht zu uns kamen.«

»Recht schön, Herr Kapitän. Sie sind also auch Seemann?«

»Seemann ist man immer, wenn es sein muß«, erwiderte mit unerschütterlicher Ruhe der Stabsoffizier.

Wir wissen nun, warum Ben-Zouf im Laufe der nächsten Tage fast unausgesetzt mit einem Fernrohr vor den Augen den Horizont musterte. Kein Segel erschien aber im Gesichtsfelde seines Glases.

»Verdammter Kabyle!« rief er, »seine Exzellenz der Herr Generalgouverneur scheint uns einigermaßen zu vernachlässigen!«

Am 6. Januar hatte sich die Situation der beiden Insulaner nach keiner Seite geändert. Mit diesem sechsten Januar ist übrigens das wahre Datum, d. h. dasjenige des irdischen Kalenders bezeichnet, bevor die Erdentage noch zwölf Stunden von ihren vierundzwanzig verloren hatten.

Kapitän Servadac zog es nicht ohne Grund, und vorzüglich um klarer zu bleiben, vor, nach der gewohnten Methode zu rechnen. Wenn die Sonne also auch schon zwölfmal über dem Horizonte der Insel auf- und untergegangen war, so zählte er vom 1. Januar um Mitternacht, dem Anfange des bürgerlichen Jahres, doch bis jetzt erst sechs Tage. Es liegt auf der Hand, daß eine Pendeluhr ihm infolge der verminderten Schwerkraft nur falsche Zeit hätte weisen können; eine Federuhr aber unterliegt nicht den Gesetzen der allgemeinen Anziehung und, die Güte der Uhr Hector Servadacs vorausgesetzt, mußte diese trotz der Störung der physikalischen Ordnung aller Dinge dennoch regelmäßig weitergehen. Das war aber unter gegenwärtigen Verhältnissen wirklich der Fall.

»Potz Wetter, Herr Kapitän«, ließ sich da Ben-Zouf, der in der schönen Literatur etwas bewandert war, vernehmen, »mir scheint, Sie spielen hier ganz die Rolle des Robinson und ich die Freitags! Bin ich nicht etwa schon zum Neger geworden?«

»Nein, Ben-Zouf«, sagte Kapitän Servadac, »bis jetzt bist du noch immer hübsch – dunkelweiß.«

»Ein weißer Freitag ist zwar nur ein halber«, versetzte Ben-Zouf, »es ist mir aber doch lieber so!«

Als sich auch am 6. Januar nichts zeigte, beschloß der Kapitän, wie es alle Robinsons zu tun pflegen, die vegetabilischen und animalischen Hilfsquellen seines Landes zu untersuchen.

Die Insel Gourbi – diesen Namen legte man ihr bei –

hatte eine Oberfläche von etwa 3000 Quadratkilometer, d. h. von ungefähr 300000 Hektar. Ochsen, Kühe, Ziegen und Schafe fanden sich in großer Menge, ihre Anzahl konnte jedoch nicht sicher festgestellt werden. Wild gab es in Überfluß, ohne daß man zu befürchten brauchte, daß es entfliehen könnte. An Cerealien fehlte es nicht. Drei Monate später mußte die Korn-, Reis- und Maisernte beginnen. Alles in allem schien die nötige Nahrung für den Gouverneur, die Bevölkerung und die beiden Pferde mehr als gesichert. Selbst wenn die Insel noch weitere Einwohner erhielt, konnte sich kein Mangel fühlbar machen.

Vom 6. bis zum 13. Januar regnete es in Strömen. Fortwährend erschien der Himmel mit dicken Wolken bedeckt, welche trotz der stattfindenden Kondensation nicht merkbar abnahmen. Dazwischen traten einige tüchtige Gewitter auf – eine in dieser Jahreszeit sehr seltene meteorologische Erscheinung. Hector Servadac beobachtete dabei auch sehr bald, daß die Temperatur ganz abnormer Weise in raschem Steigen begriffen war. Welch ein wunderbar frühzeitiger Sommer, der schon im Januar begann! Noch mehr. Jene Temperaturzunahme war nicht nur eine sehr konstante, sondern auch entschieden progressiv, so als ob die Erdkugel sich der Sonne regelmäßig und fortwährend näherte.

Mit der Wärme der Luft stieg gleichzeitig die Intensität des Lichtes, und ohne den dichten Wolkenschleier zwischen dem Himmel und der Insel hätte die Bestrahlung der Sonne die irdischen Gegenstände in ganz ungewohnter Weise hell beleuchten müssen. Zu seinem größten Leidwesen konnte Hector Servadac niemals die Sonne, den Mond, die Sterne oder irgendeinen anderen Punkt des Himmels beobachten, der ihm, wenn jene Nebelmassen sich verzogen, doch eine weitere Aufklärung geben mußte. Ben-Zouf versuchte zwar einige Male, seinen Herrn darüber zu beruhigen, indem er auch ihm jene Resignation empfahl, die ihm bis zur Indifferenz eigen war; er kam damit jedoch so übel an, daß er kein Wort mehr davon zu äußern wagte und sich begnügte, seine Wachdienste zu erfüllen. Trotz Regen, Sturm und Ungewitter bezog er Tag und Nacht seinen Posten auf einem Felsen am Ufer und gönnte sich nur wenige Stunden Schlaf. Aber vergeblich durchirrten seine Augen den leeren Horizont. Welches Schiff übrigens hätte diesem abscheulichen Wetter mit seinen wilden Böen zu widerstehen vermocht? Das Meer wälzte seine Wogen zu einer wahrhaft ungeheuren Höhe und der Orkan heulte dazu mit ganz unvergleichlicher Wut. Selbst in der zweiten Schöpfungsperiode, als die ersten, vorher durch die innere Erdwärme in Dampfform erhaltenen Wasser sintflutartig auf die junge Erde niederstürzten, konnten diese Prozesse sich nicht mit größerer Intensität abspielen.

Am 13. hörte die Sintflut wie durch Zauber plötzlich auf.

In der Nacht vom 13. zum 14. Januar verscheuchten die letzten Ausläufer des Sturmes den Rest der Wolken. Sobald Hector Servadac, der sechs Tage lang in dem Wachthause eingesperrt gewesen war, bemerkte, daß Regen und Wind nachließen, begab er sich ins Freie. Er eilte nach dem Ufer, um auch seine Blicke forschend hinausschweifen zu lassen. Was sollte er nun in den Sternen lesen? Zeigte sich vielleicht jene große, in der Nacht vom 31. Dezember zum 1. Januar gesehene Scheibe einmal wieder? Würde das Geheimnis seiner Bestimmung nun enträtselt werden?

Der Himmel strahlte in schönstem Glanze. Kein Nebel verhüllte die Sternbilder. Das Firmament lag einer ungeheuren Himmelskarte gleich vor ihm ausgebreitet, und da und dort sah man leichte Nebelflecke mit bloßem Auge, die sonst ein Astronom ohne Fernrohr nicht zu entdecken im Stande gewesen wäre.

Die erste Sorge des Offiziers war es, den Polarstern ins Auge zu fassen, denn hierin lag seine größte Stärke.

Er fand ihn, aber sehr tief am Horizonte, und es schien, als stelle jener nicht mehr den Angelpunkt für die Umdrehung des ganzen Sonnensystems dar. Mit anderen Worten, die unendlich verlängerte Erdachse traf nicht mehr den Punkt des Firmamentes, den jener Stern sonst einnahm. Wirklich hatte er schon nach einer Stunde seinen Stand merkbar verändert und neigte sich mehr und mehr dem Horizonte zu, als gehörte er zu einem Sternbilde des Tierkreises. Jetzt galt es, das Gestirn aufzufinden, das etwa an dessen Stelle getreten wäre, also den Punkt, welchen die verlängerte Erdachse nun durchschnitt. Dieser Beobachtung widmete sich Hector Servadac mehrere Stunden lang. Der neue Polarstern mußte ebenso unbeweglich erscheinen wie früher der alte; um ihn allein mußte sich die scheinbar tägliche Revolution des gesamten Sternenheeres vollziehen.

Kapitän Servadac erkannte bald, daß ein dem nördlichen Horizonte sehr nahe stehender Stern diese Bedingung der Unbeweglichkeit erfüllte und allein unter allen übrigen stationär erschien.

Dieser Stern war die Wega in der Leier – derselbe übrigens, der infolge des Fortschreitens der Nachtgleichen in 12000 Jahren wirklich die Rolle des Polarsternes zu übernehmen bestimmt ist. Da in vierzehn Tagen aber 12000 Jahre doch unmöglich verflossen waren, so blieb nur die Annahme übrig, daß die Erdachse eine plötzliche Veränderung ihrer Richtung erlitten haben müsse.

»Und nicht die Achsenrichtung allein«, schloß der Kapitän weiter, »ist jetzt eine andere, sondern das Mittelmeer muß auch in die Nähe des Äquators versetzt sein, da jener Stern von hier aus dem Horizonte so nahe zu stehen scheint.«

Er versank in tiefes Sinnen, während seine Blicke vom großen Bären, der jetzt ein Sternbild des Tierkreises darstellte und dessen Schwanz gar nicht mehr zu sehen war, nach jenen neuen Sternen der südlichen Hemisphäre schweiften, die sich zum ersten Male vor seinen Augen erhoben.

Ein Ausruf Ben-Zoufs erinnerte ihn erst wieder an die Erde.

»Der Mond!« rief die Ordonnanz.

»Der Mond!«

»Ja, ja, der Mond!« wiederholte Ben-Zouf, hoch erfreut, den »Begleiter der irdischen Nächte«, wie die Dichter sagen, wiederzusehen.

In der Tat zeigte sich eine Scheibe an der dem jetzt von der Sonne eingenommenen Punkte entgegengesetzten

Stelle.

War das der Mond oder einer der kleineren Planeten, der infolge der Annäherung vielleicht nur größer erschien.

Kapitän Servadac wäre sehr in Verlegenheit gewesen, sich hierüber auszusprechen. Er holte ein starkes Fernrohr, dessen er sich bei seinen geodätischen Arbeiten gewöhnlich zu bedienen pflegte, und richtete es nach dem Gestirn.

»Wenn das der Mond ist«, sagte er dann, »so muß er sich beträchtlich von uns entfernt haben. Ich schätze die Distanz bis zu ihm nicht auf Tausende, sondern auf Millionen von Meilen!«

Nach genauer Beobachtung glaubte er behaupten zu können, daß das der Mond nicht sei. Er fand auf der beleuchteten Scheibe nicht jene Abwechslung von Licht und Schatten, welche ihr einige Ähnlichkeit mit einem Menschenantlitz verleihen; nichts von den Ebenen und Bergen des Mondes, noch von dem bekannten Stern von Streifen, die rings um den berühmten Berg Tycho ausstrahlen.

»Nein, nein, das ist nimmermehr der Mond!« erklärte er.

»Ja, warum denn nicht?« fragte Ben-Zouf, der von seiner vermeintlichen Entdeckung nicht so leicht abzubringen war.

»Weil jenes Gestirn daselbst noch einen kleinen Mond, der ihm als Satellit dient, besitzt.«

Wirklich zeigte sich ein kleiner leuchtender Punkt, etwa ähnlich den Satelliten des Jupiter in mittelstarken Teleskopen anzusehen, in dem Gesichtsfelde des Rohres.

»Wenn das der Mond aber nicht ist, was ist's denn dann?« rief Kapitän Servadac und stampfte mit dem Fuße. »Die Venus ist es nicht und Merkur ist es nicht, denn diese haben keine Satelliten. Unzweifelhaft aber handelt es sich hier nur um einen Planeten innerhalb der Bahn der Erde, da er die Sonne bei ihrer scheinbaren Bewegung begleitet.

Zum Teufel, wenn es Venus und Merkur nicht ist, so kann es aber nur der Mond sein, und wenn es der Mond ist, wo, zum Kuckuck, hat er jenen Satelliten hergestohlen?«

Achtes Kapitel

Worin die Rede ist von der Venus und dem Merkur, welche zu Steinen des Anstoßes zu werden drohen.

Bald stieg die Sonne wieder auf, und das ungezählte Heer der Sterne verschwand vor ihrem mächtigen Glanze. Jetzt war's mit dem Beobachten zu Ende. Bei geeignetem Zustande der Atmosphäre sollte die Fortsetzung in der nächsten Nacht folgen.

Von der Scheibe, welche früher durch die Wolkendecke schimmerte, keine Spur. Sie war entweder infolge einer ungeheuren Entfernung oder der Richtung ihres regellosen Laufes dem Blicke vollkommen verschwunden.

Die Witterung ließ sich wieder prächtig an. Der nach dem früheren Westen umgesprungene Wind hatte sich fast vollständig gelegt. Mit tadelloser Pünktlichkeit ging die Sonne über ihrem neuen Horizonte auf und an dem entgegengesetzten unter. Tage und Nächte währten mathematisch genau je sechs Stunden lang, woraus der Schluß folgte, daß die Sonne sich nicht von dem neuen Äquator entfernte, dessen Kreisbogen über die Insel Gourbi lief.

Gleichzeitig stieg die Temperatur fortwährend. Kapitän Servadac las mehrmals täglich das in seinem Zimmer angebrachte Thermometer ab und fand am 15. Januar, daß es im Schatten 50° C. (= 40° R.) zeigte.

Da der Gourbi auch jetzt noch in Ruinen lag, so versteht es sich von selbst, daß Kapitän Servadac und Ben-Zouf das größte Zimmer des Wachthauses möglichst wohnlich in Stand gesetzt hatten. Erst boten dessen Mauern ihnen einen besseren Schutz gegen die wahrhaft diluvianischen Regengüsse, jetzt wehrten sie erfolgreicher dem Eindringen der versengenden Tageshitze. Letztere ward nach und nach wirklich unerträglich, vorzüglich da kein Wölkchen mehr den entsetzlichen Sonnenbrand auffing, und gewiß brütete weder über dem Senegal noch über den Äquatorialgebieten Afrikas jemals vorher eine solche verzehrende Glut. Wenn diese Temperatur anhielt, mußte alle Vegetation der Insel in kürzester Zeit verkohlen.

Treu seinen Prinzipien gab Ben-Zouf sich alle Mühe, von dieser abnormen Hitze gar nicht belästigt zu erscheinen; der Schweiß aber, der ihm in Strömen herabrann, strafte ihn Lügen. Er hatte trotz der Abmahnungen seines Kapitäns seinen Wachtdienst auf dem Uferfelsen nicht einstellen wollen. Dort ließ er sich, auf dem Ausflug nach dem wie ein Teich so stillen und ganz verlassenen Mittelmeere, gewissensruhig braten. Er mußte wohl eine doppelte Haut und mit einer Außenwand verblendete Hirnschale haben, um die lotrechten Strahlen der Mittagssonne überhaupt aushalten zu können.

Eines Tages machte Kapitän Servadac ihm gegenüber eine derartige Bemerkung.

»Na, du bist doch wohl unter den Tropen geboren?«

»Ei nein, Herr Kapitän, direkt auf dem Montmartre, und da ist's manchmal ebenso!«

Darüber, daß auf Ben-Zoufs Leib- und Lieblingshügel eine ebensolche Hitze herrschen könne wie in den Äquatorgegenden, war mit ihm gar nicht zu diskutieren.

Die außergewöhnliche Temperatur mußte natürlich auch auf die Produkte der Insel Gourbi ihren sichtbaren Einfluß äußern. Auch die Natur empfand ja die Folgen jenes schroffen klimatischen Wechsels. Binnen wenig Tagen schoß der Saft der Bäume bis in deren letzte Zweige in die Höhe, die Knospen sprangen, die Blätter entfalteten sich, die Blumen erblühten und die Früchte erschienen. Nicht anders stand es mit den Cerealien. Korn- und Maisähren wuchsen vor den Augen und die Wiesen bedeckten sich mit einem üppigen grünen Teppich. Heu-, Getreide- und Fruchternte fielen in ein und dieselbe Periode; Sommer und Herbst flossen zu einer einzigen Jahreszeit zusammen.

Warum hatte Kapitän Servadac auch sich nicht eingehender mit Kosmographie beschäftigt? Er hätte sich dann folgendes sagen müssen:

»Wenn die Neigung der Erdachse eine andere wurde und, worauf alles hinzudeuten scheint, einen rechten Winkel mit der Ekliptik bildet, so müssen die Verhältnisse jetzt ganz denen auf dem Jupiter entsprechen. Es kann auf der Erdkugel keine Jahreszeiten mehr, sondern nur noch Zonen eines ewigen Frühlings, Sommers, Herbstes und Winters geben.«

Er hätte aber ohne Zweifel auch noch hinzugefügt:

»Aber bei allen Rebenhügeln der Gascogne, welcher Ursache verdanken (?) wir diese Veränderung?«

Die sich gleichsam selbst übereilende Saison machte den Kapitän und seine Ordonnanz doch einigermaßen bedenklich. Für so viel gleichzeitige Arbeiten mußten ja die helfenden Arme fehlen, selbst wenn »die ganze Bevölkerung« der Insel aufgeboten wurde. Dazu hinderte auch die brennende Sonne ein unausgesetztes Arbeiten auf den Feldern. Jedenfalls drohte noch keine Gefahr im Verzuge. Neben den sehr reichlichen Vorräten des Gourbi lag die Hoffnung nahe, daß bei dem jetzt ruhigen und prachtvollen Wetter ein Schiff in Sicht der Insel passieren werde. Gerade dieser Teil des Mittelländischen Meeres ist ja sehr stark besucht. Hier verkehren die Regierungsschiffe, welche den Dienst längs des Landes haben, neben Küstenfahrern von allen Nationalitäten, welche in lebhafter Verbindung mit den kleineren Seeplätzen stehen.

Ein solches Räsonnement war gewiß ganz begründet, aber aus einem oder dem anderen Grunde erschien leider kein Segel auf dem Meere und Ben-Zouf hätte sich ganz vergeblich auf dem kalzinierten Uferfelsen schmoren lassen, wenn ihm nicht ein improvisierter Sonnenschirm einigermaßen als Schutz diente.

Während dieser Zeit versuchte Kapitän Servadac, leider ziemlich vergeblich, seine alten Erinnerungen aus College und Schule wieder aufzufrischen. Er vertiefte sich in kopfzerbrechende Rechnungen, um bezüglich der neuen Verhältnisse des Erdsphäroids ins reine zu kommen, aber freilich ohne besonderes Resultat. Dabei hätte er sich doch auch sagen müssen, daß neben jener Veränderung der Erdrotation um die Achse des Planeten auch dessen Bahn um die Sonne jedenfalls nicht dieselbe geblieben sein könne und sich damit die Länge des Jahres, entweder durch eine

Zunahme oder durch eine Verminderung derselben, verändert zeigen müsse.

Allem Anscheine nach näherte sich die Erde der Sonne. Ihre Bahn war offenbar eine andere geworden; damit stimmte nicht nur die auffallende Erhöhung der Temperatur überein, sondern auch noch andere Erscheinungen hätten Kapitän Servadac darüber belehren müssen, daß die Erdkugel sich dem Zentrum der Attraktion in unserem Planetensystem nähere.

In der Tat maß der Durchmesser der Sonnenscheibe das Doppelte von früher, vorausgesetzt, daß man jene vor diesen außergewöhnlichen Ereignissen mit unbewaffnetem Auge betrachtete. Ein Beobachter auf der Oberfläche der Venus, d. h. in einer mittleren Entfernung von etwa 12 ½ Millionen Meilen von der Sonne, hätte letztere ungefähr in derselben Größe wahrgenommen. Hieraus ließ sich folgern, daß jetzt die Erde statt durchschnittlich 20 Millionen Meilen nur noch deren 12 ½ Millionen von dem Zentralkörper abstehen könne. Nun wurde es von hohem Interesse, zu wissen, ob diese Entfernung nicht noch weiter abnehmen werde, in welchem Falle ja die Befürchtung entstand, daß die Erdkugel infolge einer Störung des Gleichgewichtes zwischen den sie beherrschenden anstoßenden und abstoßenden Kräften bis zur Sonnenoberfläche selbst gerissen werden könne, was natürlich ihrem totalen Untergange gleich zu achten war.

Wenn die anhaltend schönen Tage jetzt die Beobachtung des Himmelsgewölbes begünstigten, so unterstützten die nicht minder schönen Nächte Kapitän Servadac sehr wesentlich bei seinen Betrachtungen der prächtigen Sternenwelt. Fixsterne und Planeten präsentierten sich da wie Glieder eines ungeheuren Alphabetes – nur daß er dieses so wenig zu entziffern vermochte, machte ihm so manchen Kummer. Die Fixsterne mußten ihm selbstverständlich zwar unter denselben Größen- und relativen Entfernungsverhältnissen erscheinen. Man weiß ja, daß die Sonne, welche mit einer Schnelligkeit von 36 Millionen Meilen im Jahre nach dem Sternbilde des Hercules zueilt, noch keine bemerkenswerte Veränderungen der scheinbaren Stellung der Fixsterne hervorgebracht hat. Dasselbe ist der Fall mit dem Arktur, der sich mit einer Geschwindigkeit von über elf Meilen in der Sekunde, d. i. dreimal so schnell als die Erde, durch den Weltraum bewegt.

Boten aber auch die Fixsterne keine Anhaltepunkte zur Lösung der betreffenden Rätsel, so stand es doch anders bezüglich der Planeten, wenigstens derjenigen, deren Bahn innerhalb der Erdbahn gelegen ist.

Dieser Bedingung entsprechen zwei, die Venus und der Merkur. Die erstere kreist um die Sonne in einer mittleren Entfernung von 16 Millionen Meilen, der letztere in einer solchen von 9 Millionen. Die Bahn der Venus umschließt also die des Merkur, die Erdbahn aber die anderen beiden. Nach langer Beobachtung und anstrengendem Grübeln kam Kapitän Servadac auch zu dem Resultate, daß die Quantität der Wärme und des Lichtes, welche die Erde jetzt tatsächlich empfing, etwa der gleich kam, welche die Venus von der Sonne erhielt, d. h. das Doppelte der früher die Erde treffenden Menge. Sein daraus gezogener Schluß, daß sich die Erdkugel der Sonne merklich genähert haben müsse, wurde nur bestätigt durch den jetzigen Anblick der Venus, die, wenn sie als Morgen- oder Abendstern aus den Strahlen der Sonne hervortritt, auch die Bewunderung der Indifferentesten wachruft.

Phosphorus oder Lucifer, Hesperus oder Vesper, wie ihn die Alten nannten, der Abendstern, der Morgen- oder der Hundsstern – niemals hat ein anderes Gestirn, mit Ausnahme vielleicht des Mondes, soviel Namen erhalten – kurz, die Venus zeigte sich dem Auge des Kapitän Servadac unter der Form einer relativ ungeheuren Scheibe. Sie erschien wie ein kleiner Mond und man konnte ihre Phasen mit bloßem Auge recht gut beobachten. Bald voll, bald in der Quadratur, immer waren alle Teile derselben sichtbar. Wenn sie zu- oder abnahm, sah man deutlich, daß die Strahlen der Sonne auch noch bis nach solchen Punkten hindrangen, für welche jene eigentlich schon untergegangen sein mußte; ein Beweis, daß die Venus eine Atmosphäre besaß,

da sich diese Erscheinungen der Refraktion an ihrer Oberfläche zeigten. Einige neben dem Lichtrande hervorragende helle Stellen gehörten eben so vielen hohen Bergen an, denen Schröter mit Recht eine den Montblanc etwa zehnfach übersteigende Höhe zuschreibt, indem diese etwa den 144. Teil des Durchmessers des Planeten erreicht.
*Kapitän Servadac glaubte zu dieser Zeit annehmen zu dürfen, daß die Venus sich nur gegen eine Million Meilen von der Erde entfernt befand, und teilte seine Mutmaßung auch Ben-Zouf mit.

»Nun, Herr Kapitän«, erwiderte die Ordonnanz, »ich dachte, das wäre recht hübsch, so eine Million Meilen Entfernung zwischen zwei Planeten.«

»Für zwei Armeen im Felde wäre das wohl eine Strecke«, antwortete Kapitän Servadac, »aber für zwei Planeten ist es so gut wie nichts!«

»Und was kann da geschehen?«

»Der Teufel, wir werden auf die Venus fallen.«

»Nun, was ist das weiter, Herr Kapitän? Ist denn daselbst auch noch Luft zu finden?«

»Jawohl.«

»Und Wasser?«

»Gewiß.«

»Nun gut, so besuchen wir einmal Frau Venus.«

»Aber der Stoß bei der Ankunft wird entsetzlich werden, denn die beiden Planeten scheinen sich in entgegengesetztem Sinne zu bewegen, und da ihre Massen so ziemlich gleich sind, muß die Kollision für den einen und den anderen wahrhaft furchtbar ausfallen.«

»Ei, zwei Züge, weiter nichts, zwei Züge, die aufeinanderfahren!« entgegnete Ben-Zouf mit einer Ruhe, die den Kapitän nahezu außer sich brachte.

»Jawohl, zwei Züge, Tölpel!« rief Hector Servadac, »aber zwei solche, welche tausendmal so schnell dahinfliegen wie die Kurierzüge, wodurch einer der Planeten, wenn nicht alle zwei gewaltsam aus der Bahn geschleudert werden, und

*Die höchsten Berge der Erde erreichen nur den 740. Teil ihres Durchmessers.

dann magst du sehen, was von deinem Erdenkloß von Montmartre noch übrig ist!«

Das war Ben-Zouf ein Stich ins Herz. Er preßte die Lippen aufeinander und ballte die Fäuste, aber er bezwang sich, und nach einigen Augenblicken, als er den »Erdkloß« glücklich hinuntergewürgt hatte, sagte er ruhig:

»Herr Kapitän! Hier stehe ich. Befehlen Sie! Wenn es ein Mittel gibt, diesen Zusammenstoß zu verhindern . . .«

»Es gibt keines, Dummkopf – geh zum Teufel!«

Auf diese Antwort hin verließ Ben-Zouf verletzt den Platz und sprach kein weiteres Wort.

Im Laufe der nächsten Tage verminderte sich die Entfernung zwischen den beiden Planeten noch mehr, und offenbar mußte die Erde infolge der Lage ihrer neuen Bahn die der Venus schneiden. Gleichzeitig hatte sie sich auch dem Merkur merkbar genähert. Dieser Planet, der mit bloßem Auge nur selten, und zwar nur dann sichtbar ist, wenn er sich in der größten östlichen oder westlichen Abweichung von der Sonne befindet, strahlte jetzt in vollem Glanze. Seine den Mondphasen ganz analogen Veränderungen, seine Brechung der Strahlen der Sonne, welche ihm siebenmal mehr Licht und Wärme zusendet als der Erde, seine heißen und kalten Zonen, welche infolge der starken Neigung seiner Umdrehungsachse fast durcheinanderfallen, seine Äquatorgegenden und die bis neunzehn Kilometer hohen Berge – alles erhöhte das Interesse an der Beobachtung dieser leuchtenden Scheibe, der die Alten den Namen die »Glänzende« gaben.

Doch vom Merkur drohte ja noch keine unmittelbare Gefahr. Am 18. Januar war die Distanz zwischen den beiden anderen Planeten etwa auf eine halbe Million Meilen reduziert. Die Lichtintensität der Venus warf schon einen deutlichen Schatten hinter die irdischen Gegenstände. Man konnte auf jener bereits Wolken entdecken und schien die mit Dünsten überladene Atmosphäre die Scheibe mit zebraähnlichen Streifen zu überziehen. Man sah die sieben Flecke, welche, wie Bianchini ganz richtig angenommen hat, wirklich unter sich zusammenhängenden Meeren angehören. Endlich war der Planet auch bei hellem Tageslichte zu sehen, was dem Kapitän Servadac jedenfalls weit weniger schmeichelte als seinerzeit dem General Bonaparte, als er, noch unter dem Direktorium, die Venus am hellen Mittag sah und sie nicht ungern als »seinen Stern« bezeichnen hörte.

Am 20. Januar hatte die »reglementmäßig« den beiden Gestirnen vorgeschriebene Distanz noch weiter abgenommen.

»In welcher Angst mögen jetzt unsere Kameraden von der afrikanischen Armee schweben, unsere Freunde in Frankreich und überhaupt alle Bewohner beider Kontinente?« fragte sich wiederholt Kapitän Servadac. »Wie viele Artikel darüber werden jetzt die Zeitungen füllen? Welche andächtige Menge in den Kirchen! Jetzt wird man das Ende der Welt kommen glauben! Ich denke auch, Gott sei mir gnädig, daß es noch nie so nahe war! Und ich, ich erstaune darüber, daß kein Schiff in Sicht der Insel erscheinen will, um uns Verlassene abzuholen. Hat denn der Generalgouverneur, hat der Kriegsminister jetzt die Zeit, um an uns zu denken? Vor Verlauf von zwei Tagen wird die Erde in Millionen Stückchen zertrümmert sein, welche dann ganz nach Belieben im Weltraume umherirren.«

Es sollte aber anders kommen.

Von diesem Tage ab schienen sich die beiden einander drohenden Gestirne nach und nach zu entfernen. Zum Glück fielen die Bahnen der Erde und die der Venus nicht vollständig zusammen, so daß es nicht zur Kollision kam.

Ben-Zouf stieß einen Seufzer des guten Zutrauens aus, als sein Kapitän ihm die frohe Botschaft mitteilte.

Am 25. Januar war die Distanz schon groß genug, um in dieser Hinsicht jede Furcht zu verscheuchen.

»Nun wohl«, sagte Kapitän Servadac, »diese Annäherung hat uns wenigstens dazu gedient, zu zeigen, daß die Venus keinen Mond besitzt!«

Wirklich hatten Dominique Cassini, Short, Montaigne des Limoges, Montbarron und einige andere Astronomen ganz im Ernste an das Vorhandensein eines solchen Satelliten geglaubt.

»Es ist wirklich fatal«, scherzte Hector Servadac, »diesen kleinen Mond hätten wir vielleicht im Vorüberfliegen abfangen können und besäßen dann zwei solche Begleiter. Aber zum Kuckuck, ich komme doch nie dazu, eine Erklärung für diese Umänderung der ganzen Himmelsmechanik zu finden.«

»Herr Kapitän?« ließ sich da Ben-Zouf vernehmen.

»Was willst du?«

»Gibt es nicht in Paris am Ende des Luxemburg ein Haus mit einer großen Haube auf dem Kopfe?«

»Das Observatorium?«

»Ja freilich. Ist es denn nicht die Sache der Herren, die in diesem Haubenhause wohnen, alles das zu erklären.«

»Ohne Zweifel.«

»Nun, so wollen wir den Ausspruch der Herren ruhig abwarten, Herr Kapitän, und uns als Philosophen fügen.«

»Ei, Ben-Zouf, weißt du denn überhaupt, was man unter einem Philosophen versteht?«

»Gewiß, weil ich Soldat bin.«

»Nun, was denn?«

»Sich dem Schicksal zu unterwerfen, wenn man es zu ändern nicht im Stande ist, und das ist ganz unser Fall.«

Hector Servadac gab seiner Ordonnanz keine weitere Antwort, man darf aber wohl mit Recht vermuten, daß er vorläufig wenigstens darauf verzichtete, das zu erklären, was für ihn doch unerklärlich blieb.

Da trat ganz unerwartet ein Ereignis ein, welches von sehr weitreichenden Folgen sein konnte.

Am 27. Januar gegen neun Uhr morgens kam Ben-Zouf ganz seelenruhig nach dem Wachthause, um den Offizier aufzusuchen.

»Herr Kapitän?« begann er, als ob gar nichts passiert sei.

»Was gibt's?« antwortete Kapitän Servadac.

»Ein Schiff!«

»Tölpel, das sagt der Mensch so ruhig, als meldete er, daß die Suppe serviert sei.«

»Ei, ei, wir sind ja Philosophen!« entgegnete Ben-Zouf.

Neuntes Kapitel

In welchem Kapitän Servadac eine Reihe Fragen stellt, die ohne Antwort bleiben.

Hector Servadac war hinausgeeilt, so schnell er konnte, um den gewöhnlich zur Umschau dienenden Uferfelsen zu erreichen.

Ein Fahrzeug segelte in Sicht der Insel, das unterlag keinem Zweifel, nur trennten es noch mindestens zehn Kilometer von der Küste, so daß man bei der starken Konvexität der Erde, welche den Gesichtskreis beschränkte, jetzt nur die Spitze eines Mastes sehen konnte.

Obwohl der Rumpf des betreffenden Schiffes noch lange Zeit vorborgen blieb, verriet doch der schon sichtbare Teil der Takelage, welcher Klasse von Fahrzeugen jenes angehörte. Offenbar war es nämlich eine Goëlette, und zwei Stunden nach Ben-Zoufs Meldung von ihrem Erscheinen wurde sie auch in allen Teilen sichtbar.

Unausgesetzt betrachtete Kapitän Servadac den Segler mit dem Fernrohre.

»Die Dobryna!« rief er aus.

»Die Dobryna?« wiederholte Ben-Zouf zweifelnd. »Das kann sie nicht sein, man sieht ja keinen Rauch.«

»Sie geht nur unter Segel«, versicherte Kapitän Servadac, »aber es ist und bleibt doch die Goëlette des Grafen Timascheff.«

Es war in der Tat die Dobryna, und wenn sich auch der Graf selbst an Bord befand, so führte ein überaus merkwürdiger Zufalle die beiden Nebenbuhler wieder zusammen.

Selbstverständlich sah Kapitän Servadac in dem Manne, den die Goëlette jetzt nach der Insel trug, nur noch seinesgleichen und keinen Gegner mehr, ja, er gedachte jetzt mit keiner Silbe weder seines unterbrochenen Ehrenhandels mit dem Grafen, noch auch der Ursachen zu demselben. Alle Verhältnisse lagen ja so geändert, daß er das lebhafteste Verlangen fühlte, Graf Timascheff zu sehen und sich mit ihm über so viele außerordentliche Ereignisse auszusprechen. Während einer Abwesenheit von siebenundzwanzig Tagen hatte die Dobryna ja recht wohl die benachbarten Küsten Algeriens, vielleicht auch Spanien, Italien, Frankreich, überhaupt die Anländer des so plötzlich veränderten Mittelmeeres besuchen können, und folglich durfte man von ihr Nachrichten über alle jene Ländergebiete erwarten, von denen die Insel Gourbi jetzt abgeschnitten war. Hector Servadac hoffte also nicht nur Näheres über den Umfang der beispiellosen Katastrophe zu erfahren, sondern vielleicht auch deren Ursache kennenzulernen.

»Wo soll die Goëlette aber jetzt, wo die Cheliffmündung nicht mehr existiert, ans Land gehen?« fragte Ben-Zouf.

»Sie wird gar nicht anlegen«, antwortete der Kapitän. »Der Graf sendet gewiß nur ein Boot ans Ufer, um uns abzuholen.«

Die Dobryna näherte sich, wenn auch nur langsam, denn sie hatte Gegenwind und konnte nur durch ganz scharfes Segeln am Winde Fahrt machen. Es mochte auffallen, daß sie ihre Dampfkraft unbenutzt ließ, denn gewiß war man an Bord begierig zu erfahren, welche Insel sich da am Horizonte erhob. Möglicherweise fehlte es der Dobryna etwas an Brennmaterial und sie bediente sich nur ihres Segelwerkes, um jenes zu schonen. Zum Glück hielt sich die Witterung, trotz verdächtiger Streifen von Windwolken am Himmel, recht gut, die Brise günstig, das Meer verhältnismäßig ruhig, und so kam die Goëlette ohne widrigen Seegang ziemlich gut von der Stelle.

Hector Servadac zweifelte keinen Augenblick, daß die Dobryna die ihr auftauchende Küste nicht anzulaufen trachte. Graf Timascheff mußte sich für weit verschlagen halten; denn wo er den Anblick des afrikanischen Festlandes erwartete, traf er nur auf eine Insel. Konnte er nicht befürchten, an dieser ihm neuen Küste keinen passenden Platz zu finden, wo sein Schiff sicher ankerte? Vielleicht tat Kapitän Servadac wohl daran, einen Ankerplatz zu suchen und nach Auffindung eines solchen ihn der Goëlette, wenn sie zögern sollte, näher zu kommen, durch Signale zu bezeichnen.

Bald lag es außer Zweifel, daß die Dobryna auf die frühere Mündung des Cheliff zu hielt. Kapitän Servadacs Beschluß war nun schnell gefaßt. Zephir und Galette wurden gesattelt und flogen bald, mit ihren Reitern auf dem Rükken, nach dem Westende der Insel.

Zwanzig Minuten später stiegen der Stabsoffizier und seine Ordonnanz aus dem Bügel und untersuchten so weit als tunlich diesen Teil des Ufers.

Hector Servadac fand bald, daß sich hinter jener Landspitze, und von ihr geschützt, eine kleine Bucht ausbreitete, welche einem Schiffe von mittlerem Tonnengehalte recht gut als Hafen dienen konnte. Gegen die offene See schloß die kleine Wasserfläche eine Reihe großer Klippen ab, durch welche ein schmaler Kanal als Einfahrt diente. Auch bei schwerem Wetter mußte dieser Schlupfwinkel ziemlich ruhig bleiben. Wie erstaunte aber Hector Servadac, als er bei näherer Betrachtung der Uferfelsen an diesen die Spuren einer vorausgegangenen, durch lange Linien zurückgebliebener Varecbüschel bezeichneten Hochflut entdeckte.

»Was zum Teufel!« rief er, »jetzt hat also das Mittelmeer wirkliche Gezeiten?«

Ganz entschieden machte sich hier in der Tat das Steigen und Fallen des Wassers bemerkbar, und zwar in ganz beträchtlichem Maße – eine neue Sonderbarkeit neben den vielen anderen, denn bisher beobachtete man Ebbe und Flut im Mittelmeer nur in ganz geringen Andeutungen.

Dabei zeigte sich, daß die Fluthöhe, seit ihrem stärksten Ansteigen, welches ohne Zweifel auf die Nähe der enormen Scheibe in der Nacht vom 31. Dezember zum 1. Januar zurückzuführen war, sich immer weiter vermindert hatte und sich jetzt in den bescheidenen, vor Eintritt der Katastrophe gewöhnlichen Verhältnissen bewegte.

Kapitän Servadac hielt sich aber nicht lange mit dieser Erscheinung auf, sondern wandte seine ganze Aufmerksamkeit nur der Dobryna zu.

Die Goëlette befand sich jetzt nur zwei bis drei Kilometer vom Ufer. Die ihr geltenden Signale mußten an Bord bemerkt und verstanden werden. Wirklich änderte sie ein wenig ihren Kurs und zog die Obermarssegel ein. Bald trug sie nur noch die Groß- und einige Stag- und Klüversegel, um dem Steuer schneller nachzugeben. Endlich umschiffte sie die Spitze der Insel und drang, indem sie gegen den ihr vom Stabsoffizier bezeichneten Durchfahrtskanal manövrierte, kühn in denselben ein. Einige Minuten später griff der Anker in den sandigen Grund der Bucht, ein Boot ward flottgemacht und Graf Timascheff betrat das Ufer.

Kapitän Servadac eilte ihm entgegen.

»Herr Graf«, rief der Stabsoffizier, vor jeder anderen Auseinandersetzung, »was in aller Welt ist geschehen?«

Graf Timascheff, eine sehr kühle Natur, deren unbesiegbares Phlegma mit der quecksilbernen Lebhaftigkeit des Franzosen auffallend kontrastierte, verneigte sich ein wenig und antwortete mit dem allen Russen eigentümlichen Akzent:

»Herr Kapitän, erlauben Sie mir, Ihnen vor allem anderen zu bemerken, daß ich nicht die Ehre zu haben hoffte, Sie hier wiederzusehen. Ich verließ Sie auf einem Kontinente und finde Sie auf einer Insel . . .«

»Ohne daß ich von der Stelle gekommen bin.«

»Ich weiß es, Herr Kapitän, und bitte auch mein Ausbleiben von dem besprochenen Rendezvous zu entschuldigen, indes . . .«

»Oh, Herr Graf«, fiel ihm da Kapitän Servadac ins Wort, »davon können wir, wenn es Ihnen beliebt, später sprechen.«

»Ich stehe Ihnen stets zu Diensten.«

»So wie ich Ihnen. Jetzt lassen Sie mich nur die Frage wiederholen: Was, was ist geschehen?«

»Das wollte ich Sie fragen, Herr Kapitän.«

»Wie? Sie wüßten nichts?«

»Gar nichts!«

»Und vermögen mir also keine Auskunft zu geben, welches unerhörte Ereignis diesen Teil Afrikas in eine Insel verwandelte?«

»Leider vermag ich das nicht.«

»Noch wie weit sich die Wirkungen dieser Katastrophe

erstreckten?«

»Davon weiß ich nicht mehr als Sie, Herr Kapitän.«

»Aber mindestens können Sie mir über den nördlichen Teil des Mittelländischen Meeres Aufschluß geben . . .«

»Ja, gibt es denn noch ein Mittelmeer?« unterbrach Graf Timascheff Kapitän Servadacs Erkundigungen.

»Das müssen Sie doch besser wissen als ich, Herr Graf, da Sie es ja eben befahren haben.«

»Ich habe es nicht befahren.«

»Sie hätten sich an keinem Punkte der Küste aufgehalten?«

»Nicht einen Tag, nicht eine Stunde lang, ja, ich habe überhaupt kein Land zu Gesicht bekommen.«

Stumm vor Erstaunen starrte der Stabsoffizier den Russen an.

»Aber mindestens, Herr Graf«, nahm er das Gespräch wieder auf, »beobachteten Sie doch, daß seit dem 1. Januar Osten und Westen vertauscht sind?«

»Ja.«

»Daß die Länge des Tages nur noch sechs Stunden beträgt?«

»So ist es.«

»Daß die Intensität der Schwere abgenommen hat?«

»Ganz recht.«

»Daß wir unseren Mond verloren?«

»Wie Sie sagen.«

»Daß wir beinahe auf die Venus gestoßen wären?«

»Einverstanden.«

»Und daß folglich die Bewegungen der Erde um sich selbst und um die Sonne eine Änderung erlitten haben?«

»Das steht unzweifelhaft fest.«

»Verzeihen Sie mein Erstaunen, Herr Graf«, fügte Kapitän Servadac hinzu. »Ich glaubte nicht, Ihnen etwas mitteilen zu müssen, sondern hoffte, viel Neues von Ihnen zu erfahren.«

»Ich weiß nichts weiter, Herr Kapitän, als daß meine Goëlette, als ich mich in der Nacht vom 31. Dezember zum 1. Januar auf dem Meere unterwegs zu unserem Stelldichein befand, von einer enormen Woge zu einer ganz unberechenbaren Höhe emporgeschleudert ward. Die Elemente dünkten mir durch irgendeine kosmische Erscheinung, deren Ursache jeder Erklärung spottet, direkt durcheinandergewürfelt. Seit diesem Augenblicke sind wir, der Unterstützung unserer etwas havarierten Maschine entbehrend, aufs Geratewohl und auf Gnade und Ungnade dem entsetzlichen Sturme überliefert, welcher einige Tage hindurch wütete, weitergesegelt. Ein Wunder ist es, daß die Dobryna nicht in Stücke ging, und der Wahrscheinlichkeit, daß sie sich bei jenem fürchterlichen Zyklone im Zentrum desselben befand, schreibe ich es zu, daß sie trotz alledem nicht so sehr weit verschlagen wurde. Land haben wir freilich nicht wieder gefunden, und Ihre Insel ist das erste, welches uns zu Gesicht kam.«

»Dann erscheint es aber geboten, Herr Graf«, bemerkte Kapitän Servadac, »wieder in See zu gehen, das Mittelmeer zu durchsegeln und nachzuforschen, wie weit sich die Verwüstungen jener Katastrophe erstrecken.«

»Das ist meine Absicht.«

»Werden Sie mir gestatten, mit an Bord zu gehen, Herr Graf?«

»Gewiß, Herr Kapitän, selbst zum Zwecke einer Weltumseglung, wenn es nötig wäre.«

»Oh, es handelt sich nur um eine Rundfahrt auf dem Mittelmeere.«

»Wer steht uns dafür ein«, versetzte kopfschüttelnd Graf Timascheff, »daß eine Fahrt um das Mittelmeer jetzt nicht gleichbedeutend mit einer Fahrt um die Erde ist?«

Kapitän Servadac wurde nachdenklich und gab keine Antwort.

Jedenfalls gab es keinen anderen Ausweg als den eben beschlossenen, nämlich das afrikanische Ufer ab- oder vielmehr aufzusuchen, in der Stadt Algier Nachrichten über den noch verbliebenen Rest der bewohnten Erde einzuholen, und, im Falle die ganze übrige Südküste des Mittelmeeres untergegangen wäre, sich nach Norden zu wenden und mit den anwohnenden Völkern Europas in Verbindung zu setzen.

Vor allem mußten die Havarien an der Maschine der Dobryna ausgebessert werden. Im Innern des Kessels waren mehrere Flammenrohre gesprungen, durch welche das Wasser einen Weg nach dem Feuerroste fand, so daß man jenen vor Ausführung dieser Reparaturen absolut nicht heizen konnte. Nur unter Segeln zu gehen, das erschien einesteils zu langsam und anderenteils schwierig, wenn das Meer zu unruhig und der Wind konträr werden sollte. Da nun die auf einem Stapelplatze der Levante verproviantierte Dobryna noch für zwei Monate Kohlen in ihren Behältern führte, so empfahl es sich, lieber unter Benutzung dieses Materials schnell zu reisen, selbst auf die Gefahr hin, sich im ersten besten Hafen wieder nach Ersatz umsehen zu müssen.

Nach dieser Seite war man sehr bald einig.

Auch die Havarien konnten glücklicherweise schnell ausgebessert werden. Unter den Vorräten der Goëlette befand sich eine Anzahl Reserverohre, welche anstelle der nun unbrauchbaren eingesetzt wurden. Drei Tage nach der Ankunft an der Insel Gourbi war der Kessel der Dobryna wieder im Stande, Dampf zu halten.

Während seines Aufenthaltes auf der Insel berichtete Hector Servadac dem Grafen Timascheff alles, was er bezüglich seines engbegrenzten Gebietes wahrgenommen hatte. Beide streiften zu Pferde noch einmal längs der neuen Ufer hin und glaubten sich nach dieser Besichtigung berechtigt, die Veranlassung zu allen jenen Vorkommnissen außerhalb dieses Teiles Afrikas zu suchen.

Am 31. Januar war die Goëlette zur Abfahrt bereit. In der Sonnenwelt schien keine neuere Verändertung eingetreten zu sein. Die Thermometer verkündeten allerdings eine geringe Erniedrigung der Temperatur, welche sich einen Monat über außerordentlich hoch gehalten hatte. Sollte man daraus schließen, daß die Bewegung der Erde um die Sonne in einer neuen Kurve vor sich gehe? Vor Ablauf einiger Tage ließ sich hierüber nichts Bestimmtes sagen.

Die Witterung blieb beständig schön, obwohl sich einige Dünste in der Luft ansammelten und die Barometersäule etwas herabsank. Das war aber kein durchschlagender Grund, die Abreise der Dobryna zu verzögern.

Nun bestand bloß noch die Frage, ob Ben-Zouf seinen Kapitän begleiten solle oder nicht. Neben manchen anderen zwang ihn besonders ein Grund, auf der Insel zurückzubleiben. Man konnte nämlich die beiden Pferde auf der hierzu nicht eingerichteten Goëlette unmöglich mit einschiffen, und Ben-Zouf hätte sich niemals von Zephir und Galette – vorzüglich von der letzteren – trennen können. Die notwendige Überwachung des neuen Landes, die Möglichkeit, daß hier auch andere Fremde landen könnten, die Sorge für einen Teil der Herden, welche man sich nicht ganz selbst überlassen konnte, da sie im Notfall die einzige Hilfsquelle der überlebenden Inselbewohner bildeten usw. – Alles das gab den Ausschlag, die Ordonnanz zurückzulassen, so daß sich Kapitän Servadac, wenn auch ungern, endlich der Notwendigkeit fügte. Eine Gefahr brachte das Verlassenbleiben auf der Insel für den wackeren Burschen ja nicht mit sich. Nach Einsichtnahme von dem neuen Zustande der Dinge wollten alle zurückkehren und im günstigen Falle Ben-Zouf abholen und heimführen.

Am 31. Januar nahm Ben-Zouf, etwas bewegt, wie es der Anstand erfordert, und »bekleidet mit allen Machtvollkommenheiten des Gouverneurs« von Kapitän Servadac Abschied. Er legte diesem noch ans Herz, für den Fall, daß er bis zum Montmartre kommen sollte, sich ja zu überzeugen, ob dieser etwa auch durch irgendein kosmisches Ereignis von seiner Stelle gerückt sei – und bald schwamm die Dobryna, welche mit Hilfe ihrer Schraube die kleine Bucht verließ, lustig auf dem offenen, weiten Meere.

Zehntes Kapitel

Worin man mit dem Fernrohr vor dem Auge und der Sonde in der Hand einige Spuren der Provinz Algier wiederzufinden sucht.

Die auf den Werften der Insel Wight bewundernswert solid gebaute Dobryna war ein Schiff von 200 Tonnen, das zu einer solchen Rundfahrt mehr als ausreichend erschien. Weder Kolumbus noch Magellan besaßen so große und verläßliche Fahrzeuge, als sie sich über den Atlantischen und den Pazifischen Ozean hinauswagten. Dazu barg die Dobryna in der Kombüse Lebensmittel für mehrere Monate, weshalb sie leicht auch rings um das ganze Mittelmeer fahren konnte, ohne unterwegs Proviant einnehmen zu müssen. Hier sei auch bemerkt, daß es sich als unnötig erwies, bei der Insel Gourbi die Menge des Ballastes zu vergrößern.

Wenn die Goëlette auch seit der Katastrophe, ebenso wie alle materiellen Gegenstände, wesentlich weniger wog, so war doch auch das Wasser um ebensoviel leichter und folglich minder tragfähig geworden. Bei dem Gleichbleiben des Verhältnisses beider Gewichte segelte die Dobryna also auch jetzt unter den nämlichen nautischen Bedingungen.

Graf Timascheff selbst war nicht Seemann. Die Führung, wenn auch nicht das Kommando der Goëlette, lag in Leutnant Prokops Händen.

Dieser Leutnant, ein Mann von dreißig Jahren, war als Sohn eines lange vor dem berühmten Ukas des Kaisers Alexander freigelassenen Leigeignen auf einem Gute des Grafen geboren und hing aus Dankbarkeit, ebenso wie aus Freundschaft, mit Leib und Seele an seinem früheren Herrn. Am Bord verschiedener Kriegs- und Handelsschiffe zum ausgezeichneten Seemann ausgebildet, trat er mit dem Leutnantspatent in der Tasche auf der Dobryna ein. An Bord dieser Goëlette verlebte Graf Timascheff den größten Teil des Jahres auf Seereisen, kreuzte während des Winters hier- und dorthin über das Mittelmeer und besuchte im Sommer die Meere des Nordens.

Leutnant Prokop war, auch außerhalb seines eigentlichen Faches, ein sehr unterrichteter Mann. Er machte Graf Timascheff, ebenso wie sich selbst, dadurch alle Ehre, daß er sich eine seines hohen Gönners vollkommen würdige Ausbildung erworben hatte. Besseren Händen konnte die Dobryna gar nicht anvertraut werden. Auch die Mannschaft verdiente alles Lob. Sie bestand aus dem Mechaniker Tiglew, den vier Matrosen Niegoch, Tolstoy, Etkef und Panofka, und dem Koche Mochel, lauter Söhne von Zinsbauern des Grafen, der auch auf dem Meere den Traditionen der großen russischen Familien treu blieb. Die Seeleute ließen sich wegen der Störung der physikalischen Weltordnung kein graues Haar wachsen, sobald sie wußten, daß ihr angeborener Herr dasselbe Los mit ihnen teilte.

Leutnant Prokop war freilich sehr unruhig und sagte sich, daß mit Graf Timascheff im Grunde dasselbe der Fall sei.

Die Dobryna steuerte unter Dampf und Segel den Kurs West-Ost und mußte bei dem sehr günstigen Winde ohne Zweifel mindestens elf Knoten in der Stunde zurücklegen, wenn die hohen Wellen nicht jeden Augenblick diese Schnelligkeit »gebrochen« hätten.

Obwohl der aus Westen – jetzt dem neuen Osten – herwehende Wind höchstens den Namen einer guten Brise verdiente, so ging das Meer, wenn auch nicht übermäßig hoch, doch ziemlich beträchtlich. Die Ursache ist leicht einzusehen. Die infolge der verminderten Attraktion der Masse der Erde weit leichteren Wassermoleküle erhoben sich durch einen einfachen Effekt der Oszillation zu ganz enormer Höhe. Arago, der das Maximum der Elevation für die höchsten Wogen zu sieben bis acht Meter ansetzte, würde sie hier zu seiner größten Verwunderung bis zu fünfzig oder sechzig Fuß haben ansteigen sehen. Und das waren noch nicht einmal Brandungswellen, die gegeneinander stoßend oft hoch aufspringen, sondern langgestreckte Wasserberge, welche die Goëlette bisweilen mit einer Niveaudifferenz von zwanzig Metern hoben und senkten. Die seit der Abnahme der Schwerkraft ebenfalls verhältnismäßig leichtere Dobryna tanzte ordentlich auf und nieder, und wenn Kapitän Servadac zur Seekrankheit inkliniert hätte, wäre er unter diesen Verhältnisse gewiß ganz jämmerlich gequält worden.

Übrigens traten diese Niveauunterschiede auch nicht so schnell und stoßend auf, da sie nur von einer Art sehr gestreckter hohler See herrührten. Die Goëlette arbeitete dabei nicht mehr, als ob sie gegen die im allgemeinen so kurzen und harten Wellen des Mittelmeeres kämpfte. Das einzige Unbequeme des jetzigen Zustandes der Dinge lag vor allem in der verminderten Fahrgeschwindigkeit des Schiffes.

In einer Entfernung von zwei bis drei Kilometern folgte die Dobryna einer Linie, welche etwa der algerischen Küste entsprechen mußte. Nach Süden hin zeigte sich kein Land. Obwohl Leutnant Prokop nicht im Stande war, den wirklichen Ort der Goëlette durch Planetenbeobachtungen zu ermitteln, da die gegenseitigen Stellungen jener Sterne gestört waren, und obwohl er also kein Besteck machen, d. h. die geographische Länge und Breite durch Berechnung des Höhenstandes der Sonne über dem Horizonte nicht bestimmen konnte und die Resultate einer solchen Berechnung überdies nur nutzlos in die vor dem neuen kosmographischen System bearbeiteten Karten eingetragen worden wären, so ließ sich der Kurs der Dobryna doch mit annähernder Genauigkeit bestimmen. Einesteils reichte für diese beschränkte Seefahrt hierzu die mittels der Logleine zu erlangende Schätzung des durchlaufenen Weges aus, anderenteils sicherten ihn die ganz genauen Angaben des Kompasses.

Glücklicherweise zeigte letzterer keinen Augenblick eine Störung oder Mißweisung. Die kosmischen Phänomene blieben ohne Einfluß auf die Magnetnadel, welche den magnetischen Nordpol noch immer in derselben Richtung, zweiundzwanzig und einen halben Grad vom nördlichen Pole der Welt, markierte. Waren also Ost und West eines an die Stelle des anderen getreten, so hatten doch Nord und Süd ihre Stellung unter den Kardinalpunkten des Horizontes unverrückt beibehalten. Auch ohne die, wenigstens vorläufig unmögliche Benutzung des Sextanten konnte man sich also mit den Angaben des Kompasses und der Logleine begnügen.

Im Laufe des ersten Reisetages erklärte Leutnant Prokop, der in diesen Dingen natürlich mehr Kenntnisse hatte als der französische Stabsoffizier, in Gegenwart des Grafen Timascheff diese verschiedenen Einzelheiten. Er sprach, wie die Russen meistens, vollkommen französisch. Die Unterhaltung wendete sich erklärlicher Weise den Erscheinungen zu, deren letzte Ursache dem Leutnant Prokop freilich ebenso unbekannt war wie unserem Kapitän. Vorzüglich handelte es sich dabei um die neue Bahn, welche die Erdkugel seit dem ersten Januar eingeschlagen hatte.

»Es liegt auf der Hand, Kapitän«, sagte Leutnant Prokop, »daß die Erde, welche eine uns unbekannte Ursache der Sonne nicht unbedeutend genähert, ihre alte Bahn um jene nicht mehr beschreibt.«

»Davon bin ich fest überzeugt«, erwiderte Kapitän Servadac; »doch jetzt ist es von besonderem Interesse, zu wissen, ob wir nach Durchschneidung der Bahn der Venus auch noch die des Merkur passieren werden.«

»Um zum Schluß auf die Sonne zustürzen und dort elend zugrunde zu gehen«, setzte Graf Timascheff hinzu.

»Das wäre demnach ein Fallen, ein entsetzliches Fallen!« rief Kapitän Servadac.

»Nein, nein«, bemerkte da Leutnant Prokop, »ich glaube versichern zu können, daß die Erde augenblicklich nicht von einem solchen Sturze bedroht ist. Sie bewegt sich nicht geradlinig nach der Sonne, sondern beschreibt unzweifelhaft eine neue Bahn rund um dieselbe.«

»Kannst du für diese Hypothese Beweise beibringen?« fragte Graf Timascheff.

»Ja, Vater«, erwiderte Leutnant Prokop, »und einen Beweis, der dich überzeugen wird. Wenn die Erdkugel nämlich im Fallen begriffen wäre, so stände auch die endliche Katastrophe sehr nahe bevor und wir müßten dem Zentrum der Attraktion schon sehr nahe sein. Wenn es ein Fallen wäre, so müßte die Tangentialkraft, welche in Verbindung mit der Anziehungskraft der Sonne die Planeten in ihre elliptischen

Bahnen um letztere zwingt, augenblicklich aufgehoben worden sein, und unter dieser Bedingung würde die Erde nur vierundsechzig und einen halben Tag brauchen, um auf die Sonne zu fallen.«

»Und Sie folgern aus dem allen? . . .« fragte Kapitän Servadac.

»Daß wir eben sicher nicht im Fallen sind«, erklärte Leutnant Prokop. »Bedenken Sie, daß die Erdbahn schon einen ganzen Monat geändert und die Erdkugel doch noch kaum an der Venus vorübergekommen ist. Sie hat sich in diesem Zeitraume der Sonne also nur um sechs Millionen von den etwa zwanzig Millionen Meilen, dem Halbmesser der Erdbahn, genähert. Wir haben also alle Ursache, die jetzige Bewegung der Erde nicht als ein Fallen aufzufassen. Gewiß ist das ein Glück zu nennen. Übrigens glaube ich sogar, daß wir uns wieder von der Sonne zu entfernen anfangen, denn die Temperatur hat sich allmählich vermindert, und die Hitze auf der Insel Gourbi erscheint nicht bedeutender, als sie es auch in Algier sein würde, wenn dieses noch unter dem sechsunddreißigsten Breitengrade läge.«

»Ihre Schlußfolgerungen sind ohne Zweifel richtig, Leutnant«, stimmte Kapitän Servadac diesen Ausführungen bei. »Nein, die Erde ist nicht auf die Sonne gestürzt worden, sondern kreist noch immer um diese.»«

»Nicht minder sichtbar ist aber«, fügte Leutnant Prokop hinzu, »daß infolge der Umwälzung, nach deren Grunde wir vergeblich forschen, das Mittelmeer samt dem anliegenden Küstenstriche Afrikas plötzlich in die äquatoriale Zone versetzt wurde.«

»Wenn es noch afrikanische Küstenländer gibt«, sagte Kapitän Servadac.

»Und überhaupt noch ein Mittelmeer«, vervollständigte Graf Timascheff.

Wie viele Fragen tauchten da wohl auf! Jedenfalls schien es zur Zeit festzustehen, daß die Erde sich nach und nach von der Sonne entfernte und daß ein Fall auf das Zentrum der Attraktion nicht zu befürchten sei.

Was war aber von jenem afrikanischen Kontinente übrig,

dessen Reste die Goëlette zu entdecken suchte?

Vierundzwanzig Stunden nach der Abfahrt von der Insel hatte die Dobryna offenbar die Punkte passiert, an denen längs der Küste Algiers Tenez, Chercell, Koleah und Sidi-Ferruch liegen mußten, ohne daß eine dieser Städte auch mittels des Fernrohres zu entdecken gewesen wäre. Unbegrenzt wälzte das Meer auch da seine Wogen hin, wo ihnen sonst der Festlandswall ein Halt! gebot.

Bezüglich des von der Dobryna gesteuerten Kurses konnte Leutnant Prokop sich nicht wohl täuschen. Unter Berücksichtigung der Kompaßangaben, der ziemlich gleichbleibenden Richtung der Winde, ferner der mittels Log bestimmten Schnelligkeit der Goëlette und der gleichzeitig wirklich durchlaufenen Strecke konnte er an diesem Tage annehmen, daß das Schiff sich unter 36° 47' der Breite und 20° 44' östlicher Länge vom Ferro, d. h. an der Stelle befinde, wo die Hauptstadt Algiers zu suchen war.

Die Stadt Algier aber, ebenso wie Tenez, Cherchell, Koleah und Sidi-Ferruch, war ebenfalls in der Tiefe verschwunden.

Mit gerunzelter Stirne und zusammengepreßten Lippen richtete Kapitän Servadac die wild aufflammenden Augen über das Meer, welches sich über den unbegrenzten Horizont hinaus erstreckte. Alle Erinnerungen seines Lebens tauchten wieder in ihm auf. Sein Herz klopfte zum Zerspringen. Hier, an der Stelle der Stadt Algier, in der er einst mehrere Jahre verlebte, traten die Bilder seiner Freunde, die nun nicht mehr waren, vor seine Seele. Sein Gedanke schweifte weiter nach der Heimat, nach Frankreich. Er fragte sich, ob die furchtbare Erdrevolution nicht auch dort verheerend aufgetreten sein möge. Dann suchte er in der Tiefe des Wassers einige Spuren der verschlungenen Hauptstadt zu entdecken.

»Nein«, rief er verzweifelt, »eine solche Katastrophe ist doch reinweg unmöglich! Eine Stadt verschwindet doch nicht im Handumdrehen mit Mann und Maus! Es müßten doch wenigstens einige Trümmer umherschwimmen. Von der Kasbah, von dem hundertfünfzig Fuß hohen Fort Empereur würde doch eine Spitze das Wasser überragen! Und wenn nicht ganz Afrika tief in die Eingeweide der Erde verschlungen wurde, müssen wir doch einige Spuren desselben wiederfinden!«

Es erschien in der Tat auffallend, daß kein Trümmerstück auf dem Meere schwamm, kein entwurzelter oder gebrochener Baum, dessen Äste doch fortgetrieben wären, keine Planke von den vielen Fahrzeugen in der prächtigen, zwanzig Kilometer langen Bai, die sich noch vor einem Monat zwischen Kap Matifou und der Landspitze Pescade erstreckte.

Wenn das Auge aber nur über die Meeresoberfläche Aufschluß gab, konnte man dann nicht eine Sonde benutzen und mit deren Hilfe irgendein Überbleibsel der auf so sonderbare Weise verschwundenen Stadt zu erlangen suchen?

Graf Timascheff, der Kapitän Servadacs Gemüt von jedem Zweifel entlasten wollte, gab Befehl zu sondieren. Das Bleigewicht sank in die Tiefe.

Zur größten Verwunderung aller und vorzüglich zum größten Erstaunen Leutnant Prokops wies die Sonde einen Grund von fast konstantem Niveau und nur in fünf bis sechs Faden Tiefe nach. Zwei Stunden lang ward diese Sonde über eine weite Strecke dahingeschleppt und verriet dabei doch niemals nur andeutungsweise jene Niveauunterschiede, wie sie eine, wie Algier, in amphitheatralischer Form nun auch noch annehmen, daß die Wogen mit Eintritt der Katastrophe auch die ganze Umgebung der Hauptstadt Algiers eingeebnet hätten.

Das war doch etwas zu unwahrscheinlich.

Der Meeresboden selbst bestand weder aus Felsen, noch aus Schlamm, weder aus Sand, noch aus Muscheldetritus. Die Sonde lieferte nur einen durch sein lebhaft goldiges Schimmern ausgezeichneten Metallstaub, dessen eigentliche Natur für jetzt nicht weiter zu bestimmen war. Jedenfalls entsprach der Befund sehr wenig den im Mittelmeere durch Sondierungen gewöhnlich erlangten Resultaten.

»Da sehen Sie, Leutnant«, sagte Hector Servadac, »wir sind entfernter von der Küste Algiers, als Sie glauben.«

»Wenn wir weit davon weg wären«, entgegnete kopfschüttelnd der Angeredete, »so würden wir nicht fünf Faden Tiefe, wohl aber zwei- bis dreihundert finden.«

»Nun dann? . . .« fragte Graf Timascheff.

»Ich weiß nicht, was ich hiervon denken soll.«

»Herr Graf«, begann da Kapitän Servadac, »ich wage die Bitte, Ihr Schiff gefälligst nach Süden gehen zu lassen, um dort vielleicht zu finden, was wir hier vergeblich suchen!«

Graf Timascheff wechselte einige Worte mit dem Leutnant Prokop, und da die Witterung günstig erschien, ward der Beschluß gefaßt, die Dobryna etwa sechsunddreißig Stunden lang nach Süden steuern zu lassen.

Hector Servadac dankte seinem Wirte, der dem Untersteuermann Befehl gab, den neuen Kurs einzuhalten.

Mit größter Sorgfalt wurde nun im Laufe der nächsten sechsunddreißig Stunden das Fahrwasser untersucht. Man begnügte sich dabei nicht allein mit der Sondierung des verdächtigen Meeres, das noch immer bei vier bis fünf Faden Tiefe einen durchweg ebenen Boden zeigte, sondern schleppte über letzteren auch eiserne Schaufeln hin, welche indessen weder einen bearbeiteten Stein, noch ein Stückchen Metall, einen abgebrochenen Zweig oder eine einzige Wasserpflanze, noch eines jener zahllosen Seetiere zutage förderten, die sonst auf dem Meeresgrunde zu nisten pflegen. Welcher Erdboden vertrat also jetzt wohl die Stelle des früheren Grundes im Mittelländischen Meere?

Die Dobryna segelte bis zum 36. Grade der Breite. Die Eintragung in die an Bord vorhandenen Karten ergab unzweifelhaft, daß das Schiff sich zur Zeit über dem vormaligen Sahel, einem Bergrücken, der das Meer von der gesegneten Mitidja-Ebene scheidet, und zwar genau an dem Punkte befand, wo sich früher die höchste Spitze desselben, die Bouzareah, bis auf vierhundert Meter erhob. Nach der Überflutung des umgebenden Landes hätte doch dieser Gipfel die Fläche des Ozeans als Eiland überragen müssen!

Weiterhin dampfend, gelangte die Dobryna über Douere, den Hauptort der Sahelberge, hinaus, passierte Bouffavic, die Stadt mit den breiten, von Platanen beschatteten Straßen, und ließ auch Blidah hinter sich, von dessen den Queddel-Kebir um vierhundert Meter überragendem Fort nicht eine Spur aufzufinden war.

Leutnant Prokop, der sich auf dieses unbekannte Meer allzuweit hinaus zu wagen fürchtete, schlug zwar vor, wieder einen nördlichen oder wenigsten östlichen Kurs zu nehmen; auf Kapitän Servadacs dringendes Ersuchen ward indes die Richtung nach Süden vorläufig noch beibehalten.

So setzte man diese Entdeckungsreise fort bis zu den Bergen von Mouzaïa mit ihren sagenhaften Grotten, welche früher den Kabylen als Zuflucht dienten, wo ehemals Johannesbrot- und Nesselbäume und Eichen aller Art grünten, während Löwen, Hyänen und Schakale hier ihre Lager hatten. Der höchste Berggipfel, der sich noch vor sechs Wochen zwischen Bou-Roumi und Chiffa erhob, hätte sich eigentlich weit über die Fluten erheben müssen, denn er erreichte eine Höhe von nahe sechzehnhundert Meter!... Aber nichts, gar nichts war zu sehen, weder an der Stelle selbst, noch am Horizonte, wo sich Himmel und Wasser vermählten.

Man sah sich also gezwungen, nach Norden umzukehren, und bald schaukelte die Goëlette wieder auf den Wogen des früheren Mittelmeeres, ohne eine Spur des Landes wiedergefunden zu haben, das ehedem die Provinz Algier bildete.

Elftes Kapitel

Kapitän Servadac entdeckt ein von der Katastrophe verschontes Eiland – freilich nur ein Grab.

Es unterlag keinem weiteren Zweifel, daß ein sehr großer Teil der Kolonie Afrika untergegangen war. Offenbar handelte es sich hier um mehr als das bloße Verschwinden einiger Landstrecken unter dem Wasser. Es schien vielmehr, als hätten sich die gierig geöffneten Eingeweide der Erde über einem ganzen Lande wieder geschlossen. In der Tat waren ja die ganzen Felsenrücken der Provinz spurlos verschwunden und ein neuer, aus unbekannten Substanzen bestehender Boden vertrat jetzt die Stelle des früheren sandigen Grundes, auf dem das Meer sonst ruhte.

Die Ursache dieser unerhört entsetzlichen Zerstörung entging auch jetzt noch den Fahrgästen der Dobryna. Jetzt galt es diesen nur, die letzte Grenze jener Verwüstung aufzufinden.

Nach reiflicher Überlegung kam man dahin überein, mit der Goëlette weiter nach Osten, längs der Linie zu segeln, welche früher die Küste des afrikanischen Festlandes an dem jetzt scheinbar unbegrenzten Meere bildete. Die Fahrt bot keine besonderen Schwierigkeiten, und so benutzte man gern die Chancen der jetzt so freundlichen Witterung und des günstigen Windes.

Aber auch während dieser Reise längs der Küste vom Cap Matifou bis zur Grenze von Tunis fand man durchaus keinen Überrest von früher, weder die amphitheatralisch angelegte Seestadt Dellys, noch am Horizonte eine Andeutung der Jura-Kette, trotzdem deren höchster Gipfel bis auf zweitausenddreihundert Meter anstieg; weder die Stadt Bougie, noch die steilen Abhänge des Gouraya, den Berg Adrar, Didjela, die Berge Kleinkabyliens, den Triton der Alten, jene Gruppe von sieben Landvorsprüngen mit einer Erhebung bis zu elfhundert Meter; weder Collo, den alten Hafen von Konstantine, noch Stora, den neuen Hafen von Philippeville, noch auch Bona, das über seinem Golfe von vierzig Kilometer Öffnung thronte. Man sah nichts mehr, weder vom Cap de Garde, noch vom Cap Rose, weder von dem First der Berge von Edough, noch von den sandigen Dünen der Küste, weder von Mafrag, noch von dem durch die ausgedehnte Industrie seiner Korallenarbeiter berühmten Calle, und wurde eine Sonde auch zum hundertsten Male auf den Grund hinabgesenkt, nie, niemals brachte sie ein Exemplar der prächtigen Wassertiere des Mittelmeeres mit empor.

Graf Timascheff beschloß nun, der Linie zu folgen, welche sich vordem von der tunesischen Küste nach dem Cap

Blanc, d. h. nach dem nördlichsten Punkte Afrikas hinzog. An dieser engsten Stelle des Meeres zwischen dem afrikanischen Festlande und Sizilien konnte jenes vielleicht einige bemerkenswerte Erscheinungen bieten.

Die Dobryna hielt sich also in der Richtung des siebenunddreißigsten Breitengrades und passierte am 7. Februar den siebenundzwanzigsten Grad östlicher Länge.

Der Grund aber, welcher Graf Timascheff in Übereinstimmung mit Kapitän Servadac und Leutnant Prokop zur Einhaltung dieser Linie bestimmte, lag in folgendem:

Zu eben jener Zeit war – nachdem man diese Unternehmung schon längere Jahre fast aufgegeben hatte – infolge französischen Einflusses das Meer der Sahara geschaffen worden. Dieses großartige Werk, eigentlich nur eine Zurückerstattung des ausgedehnten Bassins des Tritonsees, das einst das Schiff der Argonauten trug, hatte die klimatischen Verhältnisse der Umgebung sehr günstig verändert und den Verkehr zwischen Sudan und Europa in die Hände Frankreichs gegeben.

Welchen Einfluß hatte nun die Wiederauferstehung dieses alten Meeres auf den jetzigen Zustand der Dinge geäußert? Das sollte zunächst in Erfahrung gebracht werden.

In die Höhe des Golfes von Gabes, auf dem vierunddreißigsten Grade der Breite, ließ jetzt ein breiter Kanal die Fluten des Mittelmeeres in die tiefe Bodendepression der Bezirke von Kebir, Garsa u. a. m. einströmen. Die zwanzig Kilometer nördlich von Gabes und genau an der Stelle gelegene Landenge, nach der hin eine Bai des Tritonsees der alten Welt sich bis nahe an das Meer erstreckte, war durchstochen worden, und die Wasser wälzten sich nun in ihr früheres Bett, aus dem sie vor Zeiten aus Mangel eines hinreichenden Zuflusses unter der glühenden Sonne Libyens durch Verdunstung entwichen waren.

Konnte nicht an der Stelle dieses Durchstiches gerade der Bruch stattgefunden haben, dem man das Verschwinden eines beträchtlichen Teiles Afrikas zuschreiben mußte?

Durfte man nicht glauben, die Dobryna werde etwa nach Überschreitung des vierunddreißigsten Parallelkreises die

Küste von Tripolis wiederfinden, welche der Weiterausbreitung der Zerstörung widerstanden haben mochte?

»Wenn wir an diesem Punkte«, bemerkte Leutnant Prokop sehr richtig, »nach Süden hin immer noch ein unbegrenztes Meer antreffen, so bleibt uns dann nichts übrig, als nach Europa zurückzukehren und uns dort die Lösung des Rätsels zu holen, welches hier unlösbar erscheint.«

Ohne jede Rücksicht auf Kohlenersparnis setzte die Dobryna unter Dampf ihren Weg nach Kap Blanc zu fort, ohne die zwischenliegenden Kap Nero und Kap Serrat zu Gesicht zu bekommen. Auf der Höhe von Bizerta, einer reizenden Stadt von völlig orientalischem Charakter, sah sie weder den lieblichen See, der sich jenseits der engeren Hafeneinfahrt ausbreitet, noch ihre von prächtigen Palmen beschatteten Marabouts. Die Sonne wies unter dem auch hier sehr durchsichtigen Wasser unverändert den flachen, leeren Meeresboden nach, der allüberall die Wassermassen des Mittelmeeres trug.

Um das Kap Blanc, oder richtiger um die Stelle, wo sich jenes vor fünf Wochen noch befand, fuhr man am 7. Februar. Die Goëlette durchschnitt also jetzt das Wasser, welches etwa der Bai von Tunis entsprach. Von dem ganzen prächtigen Golf war aber keine Spur mehr vorhanden, ebensowenig weder von der amphitheatralisch gebauten Stadt, noch von dem Fort des Arsenals, weder von dem benachbarten la Goulette, noch von den beiden Bergspitzen des Bou-Kournein. Auch das Kap Bon, diese nach Sizilien am weitesten vorgeschobene Spitze Afrikas, erschien samt dem Festlande in den Eingeweiden der Erde verschwunden.

Vor all diesen so außerordentlichen Ereignissen stieg der Grund des Mittelmeeres hier in einer sehr steilen Böschung zu einem langen, schmalen Satteldache an. Die Erde erhob sich gleichsam zu einem Rückgrate, welches sich in die libysche Meerenge hinaufdrängte und über dem durchschnittlich nur siebzehn Meter Wasser standen. Vielleicht verband dieser Strang vor Zeiten sogar das Kap Bon mit dem am weitesten vorspringenden Kap Furina auf der Insel Sizilien, ein ähnliches Verhältnis, wie man es zweifellos für Ceuta und

Gibraltar nachgewiesen hat.

Leutnant Prokop, ein Seemann, der das Mittelmeer bis in alle Einzelheiten kannte, war natürlich auch hiervon unterrichtet. Es gab das übrigens Gelegenheit, zu prüfen, ob der Boden des Mittelmeeres zwischen Afrika und Sizilien neuerdings eine Veränderung erlitten hätte, oder ob jener unterseeische Bergkamm der libyschen Enge noch jetzt existierte.

Graf Timascheff, Kapitän Servadac und der Leutnant wohnten alle drei den vorzunehmenden Sondierungen bei. Ein auf den Rüsten des Focksegels sitzender Matrose senkte das Bleigewicht in die Tiefe.

»Wieviel Faden?« fragte Leutnant Prokop.

»Fünf«, antwortete der Matrose.

»Und die Oberfläche des Bodens?«

»Ganz eben.«

Jetzt sollte die Größe der Bodensenkung zu beiden Seiten des submarinen Kammes bestimmt werden. Die Dobryna dampfte langsam, je eine halbe Meile nach rechts und nach links von der ersten Stelle, um daselbst Sondierungen auszuführen.

Immer und überall fünf Faden! Ein unveränderlich ebener Grund! Die Bergkette zwischen Kap Bon und Kap Furina existierte nicht mehr. Es lag auf der Hand, daß die stattgefundene Umwälzung eine durchgehende Nivellierung des Mittelmeergrundes hervorgebracht hatte. Dabei bestand der letztere immer wieder aus jenem metallischen Staube von unbekannter Art. Nirgends fanden sich Schwämme, Meerasseln, Haarsterne, Quallen, Wasserpflanzen oder Muscheln, welche sonst in Menge die unterseeischen Felsen bedecken.

Die Dobryna drehte nach Süden bei und setzte ihre Entdeckungsreise weiter fort.

Unter den Eigentümlichkeiten dieser Seefahrt verdient auch der Umstand Erwähnung, daß das Meer sich vollständig verlassen erwies. Kein einziges Fahrzeug kam zu Gesicht, das die Goëlette um aufklärende Nachrichten hätte ansprechen können. Die Dobryna schien allein durch diese Wasserwüste zu segeln, und es fragte sich im Gefühle der trostlosen Isolierung jeder, ob die Goëlette jetzt nicht vielleicht der einzige bewohnte Punkt des Erdenrundes sein möge, eine neue Arche Noah, welche die letzten Überlebenden nach der entsetzlichen Katastrophe, die einzigen atmenden Wesen der Erde trug!

Am 9. Februar segelte die Dobryna genau über der Stadt Didon, dem alten Byrsa, welche jetzt noch gründlicher zerstört war, als seinerzeit das punische Karthago durch Scipio und das römische durch den Gassaniden Hassan.

Als an diesem Abend die Sonne am östlichen Horizonte unterging, stand Kapitän Servadac in Gedanken versunken, gelehnt an das Hackbord der Goëlette. Sein Blick irrte über den Himmel, wo einzelne Sterne durch einen leichten Dunstschleier schimmerten, und über das Meer, dessen Wogen sich mit der einschlafenden Brise glätteten.

Da, als er sich zufällig längs des Schiffes nach dem südlichen Horizonte wandte, empfand sein Auge eine Art schwachen Lichteindruckes. Erst glaubte er das nur von einer optischen Täuschung herleiten zu sollen und sah deshalb noch einmal aufmerksamer nach der betreffenden Stelle.

Wirklich flimmerte da ein entferntes Licht, das auch ein hinzugerufener Matrose deutlich erkannte.

Sofort erhielten Graf Timascheff und Leutnant Prokop Nachricht von dieser Entdeckung.

»Ist das ein Land? . . .« fragte Kapitän Servadac.

»Sollten es nicht vielmehr die Nachtlaternen eines Schiffes sein?« meinte Graf Timascheff.

»Binnen einer Stunde werden wir ja wissen, woran wir sind!« rief Kapitän Servadac.

»Kapitän, das werden wir erst morgen erfahren«, erklärte Leutnant Prokop.

»Du steuerst also nicht auf das Licht zu?« fragte ihn verwundert der Graf.

»Nein, Vater, ich denke vielmehr gegenzubrassen und den Tag abzuwarten. Wenn sich dort eine Küste befände, wage ich nicht, auf dem unbekannten Wasser zu fahren.«

Der Graf machte ein Zeichen der Zustimmung, die Dobryna braßte, um auf der Stelle zu bleiben, und ruhig sank die Nacht über das weite Meer.

Eine Nacht von sechs Stunden währt zwar nicht lange, und doch schien diese eine Ewigkeit anzudauern. Aus Furcht, der schwache Lichtschein möchte verschwinden, verließ Kapitän Servadac das Verdeck lieber gar nicht. Aber jenes glänzte ruhig weiter, etwa wie ein Leuchtfeuer zweiter Klasse in der größten Gesichtsweite.

»Und immer an derselben Stelle«, bemerkte Leutnant Prokop. »Daraus ist mit größter Wahrscheinlichkeit zu schließen, daß wir ein Land vor uns haben und nicht ein Schiff.«

Mit Tagesanbruch richteten sich alle an Bord vorhandenen Fernrohre nach der Stelle, an der in vergangener Nacht der Lichtschein flimmerte. Der letztere erbleichte mit dem helleren Tage, an seiner Stelle aber erschien, etwa sechs Meilen von der Dobryna, ein eigentümlich geformter Felsen, den man wohl für ein verlorenes Eiland mitten in dem wüsten Meere ansehen konnte.

»Das ist nur ein Felsen«, behauptete Graf Timascheff, »oder vielmehr der Gipfel eines untergegangenen Berges.«

Immerhin schien es wichtig, diesen Felsen näher zu untersuchen, denn er bildete ein gefährliches Riff, die dem in Zukunft sich zu hüten die Schiffe alle Ursache hatten. Man hielt also auf das bezeichnete Eiland zu und drei Viertelstunden später befand sich vor Dobryna nur noch zwei Kabellängen davon entfernt.

Das Eiland bestand aus einem nackten, dürren und steilen Hügel, der sich kaum vierzig Fuß über das Wasser erhob. Keinerlei Felsengeröll lag in der Umgebung, was den Glauben erregte, daß derselbe sich unter dem Einfluß jenes unerklärten Phänomens langsam gesenkt haben müsse, bis er einen neuen Stützpunkt fand, der ihn in der jetzigen Höhe über dem Wasser hielt.

»Doch auf dem Eiland befindet sich eine Wohnstätte!« rief Kapitän Servadac, der mit dem Fernrohr vor den Augen jeden Punkt desselben musterte. »Vielleicht auch noch ein Lebender ...«

Diese Hypothese des Kapitäns begleitete Leutnant Prokop mit einem sehr bezeichnenden Kopfschütteln. Das Eiland schien vollkommen öde zu sein und auch ein Kanonenschuß von der Goëlette lockte keinen Bewohner desselben an das Ufer.

Freilich erhob sich am höchsten Punkte des Eilandes eine Art Steingemäuer, das einige Ähnlichkeit mit einem arabischen Marabout zeigte.

Das große Boot der Dobryna wurde flottgemacht. Graf Timascheff, Kapitän Servadac nebst Leutnant Prokop nahmen darin Platz und vier kräftige Matrosen handhabten die Ruder.

Bald darauf betraten die Männer das Land und kletterten ohne langes Besinnen den steilen Abhang hinauf nach dem Marbout.

Dort wurden sie zuerst durch eine Umfassungsmauer aufgehalten, welche mit antikem Schmuckwerk, wie Vasen, Säulen, Statuen und kleinen Monolithen, aber ohne alle Ordnung und jeden kunsthistorischen Wert, besetzt war.

Graf Timascheff umschritt mit seinen zwei Begleitern diese Mauer und gelangte an eine enge, geöffnete Pforte, durch welche alle eintraten.

Eine zweite, ebenfalls offene Tür, vermittelte den Zugang nach dem Innern des Marabout. Auch hier waren die Mauern mit arabischen, aber wertlosen Skulpturen bedeckt.

In der Mitte des einzigen Raumen dieses Marabout erhob sich ein sehr einfaches Grab. Darüber hing eine ungeheure silberne Lampe mit einem noch vorhandenen Ölvorrat von mehreren Litern und sehr langem, auch jetzt brennendem Dochte.

Das Licht von dieser Lampe war es, das im Laufe der letzten Nacht Kapitän Servadacs Auge getroffen hatte.

Der Marabout erwies sich unbewohnt. Sein Wächter – wenn er überhaupt einen solchen gehabt – mochte im Augenblick der Katastrophe entflohen sein. Seitdem diente er einigen Seeraben als Zuflucht, welche beim Eintritt der Männer in raschem Fluge nach Süden zu entflohen.

In einem Winkel des Grabes lag ein altes Gebetbuch. Dieses in französischer Sprache gedruckte Buch war für den

Gottesdienst zum Gedenktage am 25. August aufgeschlagen.

In Kapitän Servadacs Kopfe stieg plötzlich ein Gedanke auf.

Der Punkt des Mittelmeeres, den das Eiland einnahm, das jetzt mitten im offenen Meere isolierte Grabmal, die in dem Buche aufgeschlagene Seite, alles wies ihn darauf hin, an welcher Stelle er sich mit seinen Begleitern befand.

»Das Grab des heiligen Ludwig, meine Herren«, sagte er.

In der Tat verstarb hier einst jener König von Frankreich. Seit mehr als sechs Jahrhunderten ehrte dasselbe der fromme Sinn vieler Franzosen.

Kapitän Servadac verneigte sich vor der geheiligten Stätte, und seine beiden Begleiter ahmten ihn andächtig nach.

Die hier über dem Grabe eines Heiligen brennende Lampe war jetzt vielleicht der einzige Leuchtturm, der über dem ganzen Mittelmeere glänzte, und wie bald sollte auch dieser verlöschen.

Die drei Männer verließen den Marabout und den öden Felsen. Das Boot führte sie an Bord zurück, und nach Süden steuernd verlor die Dobryna bald das Grab Ludwig IX. aus den Augen, den einzigen Punkt der Provinz Tunis, den die unerklärliche Katastrophe verschont zu haben schien.

Zwölftes Kapitel

In welchem der Leutnant Prokop, nachdem er als Seemann seine Schuldigkeit getan, sich in den Willen Gottes ergibt.

Die erschreckten Seeraben hatten bei der Flucht aus dem Marabout ihren Flug nach Süden zu gerichtet, woraus sich wohl annehmen ließ, es möchte in dieser Himmelsgegend ein nicht zu entferntes Land zu finden sein. An diese Hoffnung klammerten sich die Insassen der Dobryna.

Einige Stunden nach dem Verlassen des Eilandes

schwamm die Goëlette auf diesem neuen Meere, das die ganze Halbinsel Dakhul, welche früher die Bai von Tunis und den Golf von H'Amamat trennte, in geringer Tiefe überdeckte.

Zwei Tage später erreichte sie, nach vergeblicher Aufsuchung der tunesischen Küste von Sahel, den vierunddreißigsten Breitengrad, der hier den Golf von Gabes durchschneiden mußte.

Keine Spur war hier übrig von der Stelle, an der sechs Wochen vorher der Kanal des Meeres der Sahara mündete, und unabsehbar breitete sich die Wasserfläche nach Westen hin aus.

Inzwischen erscholl am 11. Februar aufs neue der Ruf »Land!« aus dem Takelwerk der Goëlette, und es zeigte sich eine Küste da, wo man eine solche nach geographischer Voraussetzung nicht erwartet hätte.

In der Tat, das konnte die Küste von Tripolis nicht sein, welche im allgemeinen niedrig und aus größerer Entfernung schwer zu erkennen ist. Übrigens lag diese Küstenstrecke auch zwei Grade südlicher.

Das neue, sehr zerrissene Land erstreckte sich weit von Osten nach Westen und schloß den Horizont im Süden gänzlich ab. Zur Linken teilte es den Golf von Gabes in zwei Teile und verbarg dem Blicke die Insel Derba, welche dessen äußerste Spitze bildet.

Das Land wurde auf den Schiffskarten sorgfältig eingetragen und es legte die Vermutung nahe, daß das Sahara-Meer durch den neuen Kontinent ziemlich eingeengt worden sein möge.

»Nachdem wir also«, begann Kapitän Servadac, »bis hierher das Mittelmeer befahren haben, wo wir ein Festland voraussetzen mußten, begegnen wir hier einem Lande, wo wir nur das Meer erwarten durften.«

»Und dabei sieht man auf dieser Wasserfläche«, fügte Leutnant Prokop hinzu, »weder maltesische Tartanen, noch levantische Chebecs, welche sich sonst hier in großer Anzahl finden.«

»Wir werden zunächst«, nahm Graf Timascheff das

Wort, »eine Entscheidung darüber treffen müssen, ob wir dieser Küste nach Osten oder Westen hin folgen.«

»Mit Ihrer Erlaubnis nach Westen, Herr Graf«, fiel schnell der französische Offizier ein, »damit ich wenigstens weiß, ob jenseits des Cheliff wirklich nichts von der Kolonie Algier übriggeblieben ist. Im Vorbeifahren könnten wir dann meinen auf der Insel Gourbi zurückgelassenen Gefährten mit aufnehmen und bis Gibraltar segeln, um dort von Europa Neuigkeiten zu erfahren.«

»Kapitän Servadac«, erwiderte Graf Timascheff mit gewohntem ruhigen Antlitz, »die Goëlette steht zu Ihrer Verfügung. Prokop, erteile danach deine Befehle.«

»Dagegen möchte ich mir doch«, sagte der Leutnant nach einigem Nachdenken, »eine Bemerkung erlauben.«

»Rede.«

»Der Wind weht von Westen und scheint aufzufrischen«, antwortete Prokop, »wir werden zwar mit dem Dampf allein, aber doch nur schwierig gegen denselben aufkommen. Gehen wir dagegen mit Segel und Dampfkraft nach Osten, so müssen wir binnen wenig Tagen die Küste Ägyptens erreichen und werden dort, in Alexandria oder an jeder anderen Stelle, dieselbe Aufklärung finden können, die uns etwa Gibraltar verspricht.«

»Sie hören selbst, Kapitän?« fragte Graf Timascheff zu Hector Servadac gewendet.

Trotz seines Wunsches, nach der Provinz Oran zu gelangen und Ben-Zouf wiederzusehen, erkannte er doch die Richtigkeit der Bemerkung des Leutnant Prokop an. Die westliche Brise frischte auf, und die Dobryna konnte im Kampfe gegen dieselbe nur wenig Fahrt machen, wogegen sie mit dem Winde im Rücken die ägyptische Küste schnell erreichen mußte.

Das Schiff ward nach Osten gewendet. Der Wind drohte steif zu werden. Glücklicherweise wälzten sich die Wogen in derselben Richtung, wie die Goëlette selbst steuerte, und überstürzten sich nicht heftig.

Seit ungefähr vierzehn Tagen beobachtete man mit Sicherheit, daß die Temperatur, welche auffallend zurückgegngen war, nur ein Mittel von fünfzehn bis zwanzig Grad über dem Nullpunkt des Thermometers ergab. Diese wachsende Abnahme rührte von einer sehr natürlicher Ursache her, nämlich von der zunehmenden Entfernung der Erdkugel in ihrer neuen Bahn. In dieser Hinsicht konnte es keinen Zweifel geben. Nachdem sich die Erde dem Zentrum ihrer Attraktion so weit genähert hatte, daß sie bis über die Bahn der Venus hinauskam, entfernte sie sich jetzt allmählich und nahm augenblicklich eine viel weiter entlegene Stelle ein, als je früher in ihrem Verhältnis zur Sonne. Etwa am 1. Februar schien sie wieder 23 Millionen Meilen von derselben abzustehen, also ebenso weit wie am 1. Januar, und seit dieser Zeit mochte sie noch um ein Viertel entfernter stehen. Es erhellte das nicht allein aus der Abnahme der Temperatur, sondern auch aus dem Anblick der jetzt offenbar verkleinerten Sonnenscheibe, welche vom Mars aus dem Auge des Beobachters ungefähr in ähnlicher Größe erschienen wäre. Daraus ließ sich demnach schließen, daß die Erde die Bahn dieses Planeten erreicht habe, der ihr übrigens auch in physischer Hinsicht sehr ähnlich ist. Schließlich fürte das alles zu der Annahme, daß die neue von der Erde innerhalb des Sonnensystems durchlaufene Bahn eine sehr verlängerte Ellipse bilden mußte.

Um diese kosmische Erscheinung kümmerten sich die Insassen der Dobryna zur Zeit freilich blutwenig. Sie beunruhigten sich nicht wegen der veränderten Bewegung des Erdballs in seiner Bahn, sondern hatten nur ein Auge für die auf der Oberfläche desselben vorgegangenen Umwälzungen, deren Bedeutung sie noch gar nicht begriffen.

In einer Entfernung von zwei Meilen folgte die Goëlette also dem neuen Ufersaume, an dem jedes Schiff unrettbar verloren gewesen wäre, das im Sturm nicht von demselben abkommen konnte.

Die Küste des neuen Kontinentes bot in der Tat nirgends einen Hafen. Von ihrem Grunde an, den die von der offenen See hereintreibenden Wogen peitschten, erhob sie sich steil bis auf zwei- bis dreihundert Fuß Höhe. Dieser untere, wie eine Courtinenmauer glatte Teil bot auf keiner Stelle einen

Vorsprung, auf dem der Fuß hätte haften können. Am oberen Kamme erschien sie wie bedeckt mit einem Walde von Spitzen, Obelisken und kleinen Pyramiden. Man hätte eine enorme Konkretion vor sich zu haben geglaubt, deren Kristallisationen eine Höhe von tausend Fuß erreichten.

Das alles aber war noch nicht das Sonderbarste an diesen gigantischen Felsenmassen. Am meisten erstaunten die Fahrgäste der Dobryna darüber, daß dieselben überhaupt »ganz neu« waren. Die atmosphärischen Einflüsse schienen noch nirgends weder die Reinheit der scharfen Kämme, noch die glatten Linien oder die Farben der Substanz alteriert zu haben. Das Ganze hob sich gegen den Himmel mit einer überraschenden Sauberkeit der Zeichnung ab. Alle Felsblöcke, welche die Gebirgsmasse bildeten, glänzten so frisch, als seien sie eben aus den Händen des Gießers hervorgegangen. Ihr metallischer, goldigirisierender Schein erinnerte etwa an den der Pyriten. Es entstand nun die Frage, ob ein einziges, vielleicht dem von den Sonden heraufgebrachten Staube ähnliches Metall diesen Gebirgswall zusammensetzte, den plutonische Kräfte aus dem Wasser emporgedrängt hatten.

Zur Unterstützung der ersteren bot sich auch noch eine zweite Beobachtung. Gewöhnlich zeigen die Felsen, wo es auch immer sei, selbst bei entschiedenster Dürre, doch einzelne schmale Furchen, in denen das durch Kondensation der Dünste entstehende Wasser je nach der Formation der Gesteine herabrinnt. Außerdem gibt es keine einzige noch so isolierte Klippe, welche nicht wenigstens einige Moose und vereinzelte magere Gebüsche trüge. Hier aber zeigte sich nicht der geringste kristallene Faden, nicht das dürftigste Grün. Kein Vogel belebte diese traurige Einöde. Nichts lebte hier, nichts bewegte sich, weder ein Wesen aus dem Pflanzen- noch aus dem Tierreiche.

Die Besatzung der Dobryna brauchte sich also gar nicht zu wundern, daß die Albatrosse, Seemöwen und Felsentauben eine Zuflucht auf der Goëlette suchten. Das Geflügel war nicht einmal durch einen Flintenschuß zu vertreiben und blieb Tag und Nacht auf den Rahen sitzen. Wurden einige Krümchen Nahrung auf das Verdeck verstreut, so stürzten die Vögel heißhungrig darüber her und verschlangen alles mit großer Gier. Wenn man sie so verhungert sah, mußte man wohl zu der Ansicht kommen, daß hier kein Punkt der Nachbarschaft ihnen irgendwelche Nahrungsmittel liefern könne, jedenfalls nicht die vorliegende Küste, da sie der Pflanzen und des Wassers ganz entbehrte.

Solcher Art war das sonderbare Ufer, dem die Dobryna mehrere Tage folgte. Manchmal änderte sich sein Profil und erschien auf die Länge einiger Kilometer als ein einziger scharfer Kamm, so glatt, als sei er fein abgehobelt. Dann traten wiederum jene großen prismatischen Lamellen auf, die in unlösbarem Gewirr aufstrebten. Nirgends breitete sich aber am Fuße dieses steilen Ufers ein sandiger Strand oder ein kieselbedeckter Landstreifen aus, noch sah man eine Kette von Riffen, welche sonst so häufig in dem tiefsten Wasser verstreut sind. Kaum öffnete sich hier und da eine enge Spalte. Kein Wasserlauf war zu entdecken, an dem ein Schiff sich hätte mit neuem Vorrat versehen können – überall nur offene Reeden, die nach drei Seiten hin jedem Winde freilagen.

Nach einer Fahrt von etwa vierhundert Kilometer längs dieser Küste ward die Dobryna plötzlich durch eine scharfe Biegung derselben aufgehalten. Leutnant Prokop, der Stunde für Stunde die Lage des neuen Kontinentes auf der Karte nachgetragen hatte, erklärte, daß sie jetzt in der Richtung von Norden nach Süden verlaufe. Hier erschien das Mittelmeer, etwa entsprechend dem 22. Meridian, also abgeschlossen. Erstreckte sich diese Sperrung nun bis nach Italien oder Sizilien? Das mußte ja bald entschieden sein, und wenn es der Fall war, so erschien das große Bassin, dessen Wellen Europa, Asien und Afrika bespülten, um fast die Hälfte seiner Ausdehnung verkleinert.

Die Goëlette drehte, in der Absicht, jeden Punkt dieser neuen Küste zu untersuchen, nach Norden bei und dampfte in der Richtung auf Europa zu. Nach einigen weiteren hundert Kilometern mußte sie in die Gegend von Malta kommen, wenn diese alte Insel, welche nacheinander die Phönizier, die Karthager, die Sizilier, Römer, Vandalen, Griechen, Araber und die Malteserritter besaßen, von der Katastrophe verschont geblieben war. Man fand aber nichts, und als die Sonde am 14. Februar an der von Malta eingenommenen Stelle herabgesenkt wurde, brachte sie wiederum nur jenen metallischen Staub herauf, der jetzt den Boden des Mittelmeeres bildete und dessen Natur noch immer unbekannt blieb.

»Die Zerstörungen reichen also bis weit über das Festland Afrikas hinaus«, bemerkte Graf Timascheff.

»Ja«, antwortete Leutnant Prokop, »und wir können die Grenze derselben jetzt unmöglich bestimmen!«

»Was ist nun aber Ihre Absicht, Vater? Nach welchem Teile Europas soll die Dobryna gehen?«

»Nach Sizilien, nach Italien, nach Frankreich, ganz gleich, dahin, wo wir endlich hören können . . .«

»Wenn die Dobryna nicht die einzigen Überlebenden der Erdkugel trägt«, fiel ihm mit ernstem Tone Graf Timascheff ins Wort.

Kapitän Servadac schwieg still, denn seine traurigen Ahnungen waren mit denen des Grafen Timascheff ganz identisch. Das Schiff ward gewendet und passierte bald die Stelle, wo sich der Breitengrad und der Meridian der verschwundenen Insel kreuzten.

Die Küste erstreckte sich immer gleichmäßig von Süden nach Norden und unterbrach jede Verbindung mit dem Golf von Sydra, der früheren großen Syrte, die sich ehedem bis nach Ägypten ausdehnte. Ebensowenig konnte man weiter im Norden, jetzt voraussichtlich mehr nach Griechenland und den Häfen des türkischen Reiches gelangen. Damit mußten dann auch der griechische Archipel, die Dardanellen, das Marmarameer, der Bosporus, das Schwarze Meer und die diesen benachbarten Landstrecken Rußlands verschlossen sein.

Der Goëlette stand für später also nur ein einziger Weg offen, d. h. der nach Westen, um auf diese Weise die nördlichen Küstenländer des Mittelmeeres zu erreichen.

Im Laufe des 16. Februar versuchten die Reisenden jene

Richtung einzuschlagen. Aber als ob die Elemente sich gegen sie verschworen hätten, vereinigten sich Wind und Wellen, um sie von diesem Wege zurückzuhalten. Bald entfesselte sich ein furchtbarer Sturm, der es einem Fahrzeuge von nur zweihundert Tonnen überhaupt schwermachte, die See zu halten. Die Gefahr wuchs aber noch mehr, da es der Wind gegen die Küste trieb.

Leuntnant Prokop ward höchst unruhig. Er hatte alle Segel einnehmen und die Marsstengen niederholen lassen, vermochte aber durch die Kraft der Maschine allein nicht gegen das schwere Wetter aufzukommen.

Die enormen Wellen warfen die Goëlette wohl hundert Fuß hoch empor und schleuderten sie ebenso tief in die Abgründe, welche sich zwischen den Wogen öffneten. Oft arbeitete die Schraube nur noch in der Luft und verlor also ihre Wirkung gänzlich. Obwohl die Dampfspannung bis auf das irgend zulässige Maximum gesteigert wurde, so verlor die Goëlette doch an Weg gegen den wütenden Orkan.

In welchem Hafen konnte sie nun Schutz suchen? Die unzugängliche Küste bot ja keinen einzigen. Leutnant Prokop konnte also in die unangenehme Verlegenheit geraten, auf gut Glück gegen das Land anzufahren. Er überlegte diesen Ausweg. Was sollte indes aus den Schiffbrüchigen werden, wenn es ihnen auch gelang, an diesem steilen Ufer Fuß zu fassen? Welche Hilfsquellen hatten sie in jenem offenbar ganz wüsten Lande zu erwarten? Wie konnten sie nach Erschöpfung ihrer Provision dieselbe erneuern? Durfte man darauf hoffen, jenseits dieser unwirtlichen Mauer einen noch verschonten Teil des früheren Festlandes aufzufinden?

Die Dobryna kämpfte noch immer gegen den Sturm und ihre mutige und ergebene Mannschaft arbeitete mit wunderbar kaltem Blute. Kein einziger der Matrosen, welche unwandelbar den Kenntnissen und dem Geschick ihres Kapitäns vertrauten, verlor den Mut auch nur einen Augenblick. Die Maschine arbeitete dabei, daß man immer fürchten mußte, sie in Stücke gehen zu sehen. Dabei fühlte die Goëlette ihre Schraube gar nicht mehr, und da sie ganz ohne Segel war, denn der Sturm zerriß auch den kleinsten Fetzen Leinwand, so ward sie unaufhaltsam gegen die Küste gedrängt.

Die Mannschaft befand sich vollzählig auf dem Deck; jeder Mann sah klar, in welch verzweifelte Lage der Sturm sie versetzt hatte. Das Land erhob sich nur etwa noch vier Meilen unter dem Winde und die Dobryna wich dahin mit einer Schnelligkeit ab, welche alle Hoffnung raubte.

»Vater«, sagte Leutnant Prokop zu Graf Timascheff, »die Kraft des Menschen hat ihre Grenzen; ich vermag der Abweichung, welche uns hinwegführt, nicht mehr zu widerstehen!«

»Hast du getan, was dir als Seemann zu tun möglich war?« fragte Graf Timascheff, dessen Gesicht keinerlei Erregung zeigte.

»Alles«, antwortete Leutnant Prokop, »doch vor Ablauf einer Stunde wird unsere Goëlette auf den Strand geworfen sein.«

»Vor Ablauf einer Stunde«, sagte Graf Timascheff, und so laut, daß ihn alle verstehen mußten, »kann Gott uns auch gerettet haben!«

»Nur wenn sich das Land dort öffnet, um der Dobryna die Durchfahrt zu ermöglichen!«

»Wir sind in der Hand dessen, der alles vermag!« schloß Graf Timascheff, das Haupt entblößend.

Hector Servadac, der Leutnant und die Matrosen ahmten ihn stillschweigend nach.

Als Prokop sich immer mehr überzeugte, daß ein Abkommen vom Lande unmöglich sei, traf er seine Maßregeln, um wenigstens unter den mindest ungünstigen Verhältnissen ans Ufer zu treiben. Er dachte auch schon daran, daß die Schiffbrüchigen, wenn einige Personen sich aus dem wütenden Meere retten sollten, während der ersten Tage ihres Aufenthaltes auf dem neuen Festlande nicht ganz ohne Hilfsmittel wären, und ließ deshalb Kisten mit Lebensmitteln und Tonnen mit süßem Wasser auf das Verdeck schaffen, welche mit leeren Fässern zusammengebunden wurden, um auch nach der Zerstörung des Schiffes schwimmen zu können. Mit einem Worte, er ordnete alles an, wie es dem Seemanne unter solchen Umständen geziemt.

In der Tat, er hatte keine Hoffnung, die Goëlette zu retten, denn die endlose Ufermauer zeigte nirgends eine Buch, einen geschützten Einschnitt, in welche ein gefährdetes Schiff sich hätte flüchten können. Nur ein plötzlicher Umschlag des Windes, der die Dobryna vielleicht wieder nach der offenen See triebe, konnte ihr zum Heile dienen, wenn Gott nicht, wie Leutnant Prokop gesagt hatte, durch ein Wunder diese Küste öffnete, um sie hindurchzulassen.

Doch der Wind sprang nicht um, er sollte nicht umspringen.

Bald schwankte die Goëlette nur noch eine Meile von der Küste. Man sah das furchtbare Ufer von Minute zu Minute anwachsen, ja, es schien, als stürzte es sich selbst auf die Goëlette, um sie zu zertrümmern. Jetzt trieb das Schiff nur noch drei Kabellängen vor jener. Jedermann an Bord glaubte die letzte Stunde gekommen.

»Gott befohlen, Herr Graf Timascheff«, sagte Kapitän Servadac und reichte seinem Gefährten die Hand.

»Ja, Gott befohlen«, erwiderte der Graf gen Himmel zeigend.

Jetzt hob eine furchtbare Woge die Dobryna in die Höh und drohte sie an den Felsen zu zerschellen.

Plötzlich erscholl eine laute Stimme.

»Hurtig, hurtig, Jungens! Hiß das große Focksegel! Hiß das Sturmsegel! Schnell!«

Prokop war es, der, auf dem Vorderkastell der Dobryna stehend, diese Befehle erteilte. So unerwartet sie kamen, so schnell wurden sie doch vollzogen, während der Leutnant selbst nach dem Hinterteile lief und das Steuer ergriff.

Was beabsichtigte denn der Leutnant? Offenbar wendete er das Schiff gerade auf die steile Küste zu.

»Achtung«, rief er noch einmal, »luv an, hiß das Fockmarssegel!«

In diesem Augenblick erscholl ein Schrei . . . aber kein Ausruf des Entsetzens war es, der sich den beklommenen Herzen der Armen entrang.

Zwischen zwei steilen Mauern zeigte sich ein etwa vierzig Fuß breiter Einschnitt der Felsenkette. Hier bot sich ein Hafen, wenn nicht eine Durchfahrt. Die Dobryna gehorchte der kräftigen Hand des Leutnants Prokop und schoß, getrieben von Wind und Wellen, in den rettenden Hafen hinein! . . . Vielleicht sollte sie nie wieder daraus entkommen!

Dreizehntes Kapitel

In dem die Rede ist vom Brigadier Murphy, Major Oliphant, Korporal Pim und einem Geschoß, das sich jenseits des Horizontes verliert.

»Wenn Sie erlauben, werde ioch Ihren Läufer nehmen«, sagte der Brigadier Murphy, der sich nach zweitägigem Zögern zu diesem allseitig überlegten Zuge entschloß.

»Gewiß erlaube ich, was ich doch nicht hindern kann«, erwiderte der Major Oliphant, ganz versunken in die Betrachtung des Schachbrettes.

Diese Worte fielen am Morgen des 17. Februars – alten Stils, d. h. des Kalenders, der vor sechs bis sieben Wochen die richtigen Zeitangaben enthielt; doch verging der ganze Tag, ehe Major Oliphant auf jenen Zug Brigadier Murphys durch einen Gegenzug antwortete.

Wir bemerken hierzu, daß erwähnte Schachpartie seit nun vier Monaten im Gang war und die beiden Gegner doch noch nicht mehr als zwanzig Züge getan hatten. Beide gehörten übrigens zur Schule des berühmten Philidor, der die Bauern »die Seele des Spieles« nennt, und niemanden für »stark« ansieht, der mit diesen nicht geschickt zu operieren weiß. So war auch bei vorliegender Partie noch kein Bauer leichtsinnig geopfert worden.

Ganz dem entsprechend, überließen der Brigadier Henage Finch Murphy und der Major John Temple Oliphant niemals etwas dem Zufalle, sondern handelten unter allen Umständen nur nach reiflicher Überlegung.

Brigadier Murphy und Major Oliphant waren zwei ehrenwerte Offiziere der englischen Armee, vom Geschick zusammengewürfelt auf einer entlegenen Station, wo sie sich die drückende Langeweile durch Schachspielen zu verkürzen pflegten. Beide etwa vierzig Jahre alt, groß von Gestalt. Beide rotblond, das Gesicht verziert mit den schönsten Backenbärten der Welt, an deren unteren Ecken wieder ein langer Schnurrbart auslief, stets in Uniform, immer phlegmatisch, stolz auf ihre Nationalität als Engländer, und alles von Natur mißachtend, was nicht englischen Ursprungs war, huldigten sie der Anschauung, daß der Angelsachse aus einem ganz besonderen Teige geknetet sei, der sich auch noch jetzt jeder chemischen Analyse entziehe. Diese Offiziere waren vielleicht nur zwei geistlose Gliedermänner, aber doch solche, vor denen die Vögel Angst haben, und welche das ihnen anvertraute Feld untadelhaft verteidigen. Die Engländer fühlen sich gewöhnlich überall zu Hause, selbst wenn das Schicksal sie Tausende von Meilen von der engeren Heimat verschlägt; bei ihren Kolonisationstalenten würden sie ohne Zweifel den Mond kolonisieren – sobald es ihnen möglich würde, daselbst die britische Flagge aufzupflanzen.

Die Umwälzung mit ihren auf einen Teil der Erdkugel so tief eingreifenden Veränderungen hatte stattgefunden, ohne weder bei Major Oliphant noch bei Brigadier Murphy ein besonderes Erstaunen zu erregen. Sie sahen sich nur plötzlich zugleich mit elf Mann auf einem Posten isoliert, den sie schon vor der Katastrophe innehatten, während von dem ungeheuren Felsen, auf dem tags vorher noch mehrere hundert Offiziere und Soldaten kasernierten, nichts mehr übriggeblieben war als ihr beschränktes, vom Meere umspültes Eiland.

»Oho!« begnügte sich damals der Major zu sagen, »das ist ja eine sonderbare Geschichte.«

»Wahrhaftig, eine sonderbare!« hatte ihm einfach der Brigadier geantwortet.

»Aber noch lebt Alt-England!«

»Jetzt und immerdar!«

»Seine Schiffe werden uns auch wieder heimführen.«

»Gewiß.«

»So bleiben wir ruhig auf unserem Posten.«

»Einverstanden.«

Übrigens möchte es den beiden Offizieren und den elf Mann etwas schwierig geworden sein, ihren Posten zu verlassen, selbst wenn sie es gewollt hätten, denn sie besaßen nur ein einfaches Boot. Heute noch Bewohner des Festlandes, morgen nebst ihren zehn Soldaten und dem Diener Kirke plötzlich Insulaner, erwarteten sie mit unerschütterlicher Geduld die Stunde, bis irgendein Schiff ihnen Nachrichten vom Mutterlande bringen würde.

Die Verpflegung der wackeren Leute schien übrigens hinreichend gesichert. In unterirdischen Räumen des Eilandes fanden sich noch Vorräte, dreizehn Mägen – sogar dreizehn englische – mindestens sechs Monate lang zu sättigen. Wenn Pökelfleisch, Ale und Brandy zur Hand sind, dann ist ja *»all right«*, wie sie sagen.

Wegen der eingetretenen physikalischen Veränderungen, des Wechsels der Himmelsgegenden zwischen Osten und Westen, der Verminderung der Schwere auf der Erdoberfläche, der Verkürzung der Tage und Nächte, der Abweichung der Umdrehungsachse, der neuen Bahn der Erde im Weltraume, hatten sich die beiden Offiziere und ihre Mannschaften nach Konstatierung jener Tatsachen nicht weiter beunruhigt. Der Brigadier und der Major stellten ihre durch den Stoß durcheinandergeworfenen Schachfiguren wieder in Ordnung und nahmen phlegmatisch ihre endlose Partie wieder auf. Die jetzt weit leichteren Läufer, Springer oder Bauern standen nun wohl weniger sicher auf dem Schachbrette – vorzüglich die Könige und Königinnen, die ihrer Größe wegen bei der geringsten Erschütterung umfielen; bei einiger Vorsicht gelangten Oliphant und Murphy indes doch dazu, ihre kleine elfenbeinerne Armee hinreichend auf den Füßen zu erhalten.

Wie erwähnt, bekümmerten sich zwar auch die auf dem Eilande eingeschlossenen Soldaten nicht sonderlich um alle jene kosmischen Erscheinungen. Um wahr zu sein, muß hier jedoch hinzugefügt werden, daß unter jenen Veränderungen doch zwei zu Reklamationen ihrerseits Veranlassung gaben.

Drei Tage nach Eintritt der Katastrophe hatte Korporal Pim, als Wortführer und Dolmetscher für seine Leute, um eine Unterredung mit den beiden Offizieren nachgesucht.

Diese Unterredung wurde zugestanden. Pim trat, gefolgt von neun Mann, in das Zimmer des Brigadier Murphy. Dort erwartete der Korporal, die Hand an der Mütze, welche, auf dem rechten Ohr sitzend, unter dem Kinn durch den Sturmriemen gehalten wurde, eng eingeschnürt in seine rote Jacke und mit flatternd weiten grünlichen Beinkleidern, die Genehmigung zu sprechen, von seinen Vorgesetzten.

Diese unterbrachen ihre Schachpartie.

»Was will der Korporal Pim?« fragte Brigadier Murphy, indem er mit Würde den Kopf etwas erhob.

»Meinem Brigadier eine Bemerkung bezüglich des Soldes unterbreiten«, antwortete der Gefragte, »und meinem Major eine zweite bezüglich der Verpflegung.«

»Der Korporal teile seine erste Bemerkung mit«, erwiderte Murphy mit einer zustimmenden Geste.

»Diese bezieht sich also auf den Sold, Euer Gnaden«, begann Korporal Pim. »Wird jetzt, da die Tage nur noch halb so lang sind, auch der Sold um die Hälfte gekürzt werden?«

Auf diese unerwartete Frage dachte der Brigadier Murphy einen Augenblick lang nach, wobei einige zustimmende Bewegungen des Kopfes verrieten, daß er jene Bemerkung nach Zeit und Umständen ganz gerechtfertigt finde.

»Korporal Pim«, sagte er dann, »da der Sold bisher für den Zeitraum zwischen Aufgang und Untergang der Sonne berechnet worden ist, wie lang jener auch sei, so wird der Sold auch jetzt derselbe bleiben wie vorher. England ist reich genug, um seinen Ruhm und seine Soldaten zu bezahlen.«

Eine liebenswürdige Art und Weise, anzudeuten, daß die Armee und der Ruhm Englands in eins zusammenfallen.

»Hurra!« riefen die zehn Mann, aber kaum mit mehr erhobener Stimme, als ob sie einfach »ich danke!« gesagt hätten.

Korporal Pim wandte sich nun an Major Oliphant.

»Der Korporal teile seine zweite Bemerkung mit«, sagte der Major mit einem Blick auf seinen Untergebenen.

»Diese bezieht sich auf die Verpflegung, Euer Gnaden«, antwortete Korporal Pim. »Werden wir jetzt, da die Tage nur sechs Stunden dauern, nur noch Anspruch auf zwei Mahlzeiten haben, statt wie früher auf vier?«

Der Major überlegte einen Augenblick und machte gegen Brigadier Murphy ein Zeichen, mit dem er offenbar andeuten wollte, daß Korporal Pim doch wirklich ein begabter, logischer Kopf sei.

»Korporal«, erwiderte er, »diese physischen Erscheinungen berühren die militärischen Reglements nach keiner Seite. Sie und Ihre Leute werden auch vier Mahlzeiten des Tages erhalten, in Zwischenräumen von je anderthalb Stunden. England ist reich genug, um sich den Gesetzen des Universums anzupassen, wenn das Reglement so etwas erheischt!« fügte der Major mit einer leichten Verneigung gegen Brigadier Murphy hinzu, erfreut, die von seinem Vorgesetzten gebrauchte Phrase auf einen zweiten Fall haben anwenden zu können.

»Hurra!« riefen die zehn Soldaten, indem sie diesen zweiten Ausdruck ihrer Zufriedenheit etwas mehr betonten.

Dann machten sie auf den Absätzen kehrt und verließen, Korporal Pim an der Spitze, in militärischem Schritt das Zimmer der beiden Offiziere, welche sofort ihre unterbrochene Partie wieder aufnahmen.

Diese Engländer hatten ganz recht, auf England zu zählen, denn England verläßt seine Kinder nie. Aber sicherlich war es zu dieser Zeit sehr beschäftigt,* und die übrigens so geduldig erwartete Hilfe erschien diesmal nicht. Vielleicht wußte man im Norden Europas gar nicht, was im Süden desselben geschehen war.

Jetzt waren neunundvierzig der alten Tage von vierundzwanzig Stunden seit jener merkwürdigen Nacht vom 31.

*Erstaunt über die erfolgreiche Schöpfung des Sahara-Meeres durch den Kapitän Roudaire, und um gegen Frankreich nicht zurückzustehen, schuf England ein australisches Meer im Zentrum des fünften Erdteiles.

Dezember zum 1. Januar verflossen und noch immer erschien kein englisches Schiff am Horizonte. Der von dem Eiland aus zu übersehende, sonst sehr stark befahrene Teil des Meeres blieb öde und leer. Offiziere und Soldaten empfanden darüber indes nicht die geringste Unruhe, nicht die leiseste Verwunderung, und folglich auch nicht die Spur einer Anwandlung von Entmutigung. Alle verrichteten ihren Dienst wie gewöhnlich und bezogen regelmäßig ihre Wache. Ebenso pünktlich nahmen der Brigadier und der Major der Garnison die Parade ab. Alle befanden sich sichtlich wohl bei einer Lebensweise, welche sie mästete, und wenn die beiden Offiziere sich hüteten, im Essen und Trinken zuviel zu tun, so lag es darin, daß ihr Grad ihnen jedes zu starke Embonpoint verbot, welches sich nicht mit der Uniform vertragen hätte.

Im allgemeinen verbrachten die Engländer auf dem Eilande ihre Zeit recht angenehm. Die beiden, nach Charakter und Geschmacksrichtung einander sehr ähnlichen Offiziere lebten in schönster Übereinstimmung. Ein Engländer langweilt sich übrigens niemals, außer im eigenen Lande.

Was ihre verschwundenen Kameraden betraf, so bedauerten sie diese gewiß, aber doch mit einer ganz britischen Zurückhaltung. Wie sie vor der Katastrophe zusammen achtzehnhundertfünfundneunzig Mann und nach derselben nur noch dreizehn zählten, so lehrte sie eine einfach Subtraktion, daß achtzehnhundertzweiundachtzig beim Appell fehlten, was in dem Rapport pflichtmäßig verzeichnet wurde.

Wir sagten, daß jenes von dreizehn Engländern bewohnte Eiland – der Überrest einer enormen Felsmasse, welche sich früher 2400 Meter über das Meer erhob – der einzige feste Punkt war, der in dieser Gegend das Wasser überragte. Das ist nicht vollständig richtig. In Wahrheit tauchte, gegen zwanzig Kilometer weiter südlich, noch ein zweiter ganz ähnlicher Felsen empor, der höchste Punkt eines Bergstokkes, der früher das Pendant zu dem der Engländer bildete. Dieselbe Katastrophe hatte beide Stellen zu zwei kaum noch bewohnbaren Felsenresten reduziert.

War dieses zweite Eiland menschenleer oder diente es irgendeinem Überlebenden als Zufluchtsstätte? Diese Fragen legten sich die beiden englischen Offiziere vor und besprachen sie gründlich zwischen zwei Zügen ihrer Partie. Sie hielten dieselbe sogar für wichtig genug, um vollständig geklärt zu werden, benutzten also eines Tages die günstige Witterung und bestiegen ihr Boot, um den die beiden Eilande trennenden Meeresarm zu überschiffen; eine Exkursion, von der sie erst nach sechsunddreißig Stunden zurückkehrten.

Trieb sie ein Gefühl von Nächstenliebe dazu, jenen Felsen zu besuchen? Hatten sie irgendein anderes Interesse dabei? Sie sprachen sich über ihren Ausflug gegen niemanden, nicht einmal gegen Korporal Pim aus. War das Eiland bewohnt? Der Korporal konnte davon nichts erfahren. Wie die beiden Offiziere ganz allein abgefahren waren, so kamen sie auch allein zurück. Major Oliphant machte nur ein großes Kuvert zurecht, dessen Adresse Brigadier Murphy schrieb und es dann mit dem Siegel des 33. Regimentes verschloß, um es dem ersten Schiff übergeben zu können, das in Sicht der Insel erscheinen würde. Dieses Kuvert trug die Aufschrift:

An Admiral Fairfax,
Erster Lord der Admiralität.
Vereinigtes Königreich Großbritannien.

Noch hatte sich aber kein Schiff gezeigt und der 18. Februar kam heran ohne Wiederanknüpfung der Verbindungen zwischen dem Eiland und den Behörden in der Hauptstadt.

Als Brigadier Murphy an diesem Tage erwachte, sprach er wie folgt zu Major Oliphant:

Heute«, begann er, »ist ein Fest- und Freudentag für jedes echt englische Herz.«

»Ein großer Festtag«, erwiderte der Major.

»Ich bin nicht der Ansicht«, fuhr der Brigadier fort, »daß die eigentümlichen Verhältnisse, in denen wir uns augenblicklich befinden, zwei Offiziere und elf Mann von der Armee des Vereinigten Königreiches abhalten dürfen, einen königlichen Jahrestag gebührend zu feiern.«

»Das denke ich auch nicht«, antwortete Major Oliphant.

»Hat sich Ihre Majestät mit uns bis jetzt noch nicht wieder in Verbindung gesetzt, so wird sie es eben noch nicht für angemessen gehalten haben.«

»Ganz gewiß.«

»Ein Glas Portwein, Major Oliphant?«

»Mit Vergnügen, Brigadier Murphy.«

Der, wie es scheint, ganz speziell für den englischen Konsum reservierte Wein verschwand in den britischen Mundöffnungen, welche Spottvögel mit dem Namen der »Kartoffelfalle« bezeichnen, die man aber ebensogut die »Flußschwinde der Rhône« nennen könnte.

»Und nun«, sagte der Brigadier, »besorgen wir vorschriftsmäßig die übliche Ehrensalve.«

»Ganz nach dem Reglement«, stimmte Major Oliphant bei.

Der Korporal Pim ward herbeigerufen und erschien, die Lippen noch feucht von dem nationalen Brandy.

»Korporal Pim«, begann der Brigadier, »heute ist der 18. Februar, wenn wir, wie es die Pflicht jedes guten Engländers ist, nach dem früheren britischen Kalender rechnen.«

»Gewiß, Euer Gnaden«, antwortete der Korporal.

»Es ist der Geburtstag der Königin.«

Der Korporal salutierte militärisch.

»Korporal Pim«, fuhr der Brigadier fort, »sorgen Sie für die Ehrensalve von einundzwanzig Kanonenschüssen.«

»Zu Befehl, Euer Gnaden.«

»Ah, Korporal«, fügte jener noch hinzu, »achten Sie möglichst darauf, daß die Bedienungsmannschaft nicht zu hitzig und unvorsichtig handelt.«

»Soweit es in meinen Kräften steht«, erwiderte Korporal Pim, der sich nach dieser Seite nicht gar soweit verpflichten wollte.

Von den früheren, sehr zahlreichen Geschützen des Forts war nur ein großer Vorderlader, eine 27-Zentimeter-Kanone, übriggeblieben, ein gewaltiges Geschütz, das man jetzt zum Salutschießen benutzen mußte, da sich ein kleineres, wie es sonst bei solchen Gelegenheiten gebraucht ward, nicht vorfand.

orporal Pim kommandierte die nötigen Leute und begab sich nach dem gedeckten Reduit, das eine schräg durchgebrochene Schießscharte für jenes Monstregeschütz enthielt. Man brachte die nötigen Kartuschen für die gebräuchlichen einundzwanzig Schuß herbei. Natürlich sollte nur blind geschossen werden.

Brigadier Murphy und Major Oliphant stellten sich in großer Uniform mit dem Federhute auf dem Kopfe ein, um der Feierlichkeit beizuwohnen.

Das Geschütz ward nach allen Regeln des »Manual des Artilleristen« geladen und das Freudenschießen nahm seinen Anfang.

Nach jedem Schuß wachte Korporal Pim, eingedenk der ihm gewordenen Ermahnung darüber, daß das Zündloch sorgfältig geschlossen wurde, um zu verhindern, daß ein sich zur Unzeit lösender Schuß die Arme der ladenden Bedienung nicht in Stücke reiße – ein Unfall, der bei öffentlichen Belustigungen nicht gar so selten vorkommt. Diesmal ging aber alles glücklich vorüber.

Die dünnere Luft setzte übrigens den aus dem Kanonenrohre hervordringenden Pulvergasen einen weit geringeren Widerstand entgegen, so daß auch die Detonationen minder laut ausfielen, als das vor sechs Wochen der Fall gewesen wäre; eine Beobachtung, welche den beiden Offizieren gar nicht gefallen wollte. Jetzt hörte man nichts von jenem mächtigen Echo, das sonst, von den Höhlen und Ausbuchtungen der Felsen zurückgeworfen, den trockenen, scharfen Knall des Geschützes zum furchtbaren Donner verwandelte; nichts von jenem majestätischen Rollen, wie es sich sonst durch die Elastizität der Luft bis in endlose Fernen verbreitete. Man begreift also, daß die Eigenliebe der Engländer infolge des scheinbaren Mißlingens der Feier eines Jahrestages recht empfindlich verletzt wurde.

Zwanzig Schuß waren abgefeuert.

Als zum letzten Male geladen werden sollte, bedeutete

Brigadier Murphy den Soldaten mit der Kartusche einzuhalten.

»Laden Sie eine Kugel«, sagte er, »ich bin doch begierig, die jetzige Tragweite des Geschützes kennenzulernen.«

»Das wäre zu versuchen«, stimmte Major Oliphant bei. »Haben Sie verstanden, Korporal?«

»Zu Befehl, Euer Gnaden!« bestätigte Korporal Pim.

Einer von der Mannschaft brachte auf einem Karren ein Vollgeschoß im Gewichte von zweihundert Pfund herbei, welches ehedem auf die Entfernung von fünf Viertelmeilen geschleudert wurde. Folgte man der Flugbahn der Kugel mit einem Fernrohre, so mußte man dieselbe recht gut in das Meer einschlagen sehen, um daraus die Tragweite des gewaltigen Geschützes abnehmen zu können.

Die Kanone ward geladen und ihr zur Vergrößerung der Schußweite eine Elevation von 42° gegen den Horizont gegeben. Der Major kommandierte »Feuer!«

»Beim heiligen Georg!« rief der Brigadier aus.

»Beim heiligen Georg!« wiederholte der Major.

Die beiden Offiziere standen mit offenem Munde da und vermochten kaum ihren Augen zu trauen.

In der Tat war es unmöglich, dem Geschosse zu folgen, auf welches die Anziehungskraft jetzt weit weniger wirkte als sonst auf der Oberfläche der Erde. Man konnte mit den Fernrohren nicht einmal dessen Einschlagen in das Meer beobachten.

»Weiter als zwei Meilen!« meinte der Brigadier.

»Gewiß, – viel weiter!« bestätigte der Major.

Aber – war das eine Täuschung? – auf den Knall des englischen Geschützes schien eine schwache Detonation von der offenen See aus zu antworten.

Die beiden Offiziere und alle Soldaten lauschten mit gespanntester Aufmerksamkeit.

Von derselben Gegend her hörte man nacheinander noch drei weitere Detonationen.

»Ein Schiff!« rief der Brigadier erfreut, »und wenn es ein solches ist, so kann es nur ein englisches Fahrzeug sein!«

Etwa eine halbe Stunde später tauchten die Masten eines

Schiffes über dem Horizonte auf.

»Alt-England kommt zu uns!« sagte der Brigadier mit dem Tone eines Mannes, der schon gewöhnt ist, seine Vorhersagungen in Erfüllung gehen zu sehen.

»Es hat den Donner unserer Kanone erkannt«, fügte Major Oliphant hinzu.

»Wenn unsere Kugel nur nicht etwa das Schiff getroffen hat!« murmelte Korporal Pim halb für sich.

Nach einer weiteren halben Stunde zeigte sich auch der Rumpf jenes Schiffes über dem Horizonte. Eine lange, zum Himmel aufsteigende Rauchsäule verriet, daß es ein Dampfer war. Bald konnte man es als eine Dampfgoëlette erkennen, deren Richtung ihre Absicht, das Eiland anzulaufen, unzweifelhaft erkennen ließ. Zwar flatterte eine Flagge an ihrem Top, doch war es vorläufig unmöglich, aus derselben die Nationalität zu erkennen.

Keinen Augenblick verloren Murphy und Oliphant die Goëlette aus den Augen, um sofort deren Flagge zu begrüßen.

Plötzlich aber, wie durch eine automatische, völlig gleichzeitige Bewegung, senkten sich beide Arme, und voller Erstaunen sahen sich die beiden Offiziere an.

»Die Flagge Rußlands!« sagten sie.

Wirklich flatterte ein weißes Flaggentuch mit dem blauen russischen Andreas-Kreuz darin an der Mastspitze der Goëlette.

Vierzehntes Kapitel

Welches eine gewisse Spannung der internationalen Verhältnisse erkennen läßt und auf ein geographisches Mißgeschick hinausläuft.

Der Dampfer näherte sich dem Eiland sehr schnell, und die Engländer konnten am Heck desselben den Namen »Dobryna« erkennen.

Eine Felsenaushöhlung bildete im südlichen Teile des Eilandes eine kleine Bucht, welche kaum vier Fischerboote hätte aufnehmen können; die Goëlette fand daselbst jedoch einen hinreichenden Ankerplatz, der sogar recht sicher erschien, solange der Süd- oder Ostwind nicht allzusehr auffrischte. Sie fuhr also hier hinein. Der Anker sank auf den Grund, und ein vierruderiges Boot, in dem Graf Timascheff und Hector Servadac saßen, stieß bald an das Ufer des Eilandes.

Stumm und steif erwarteten sie der Brigadier Murphy und der Major Oliphant.

Vorschnell, wie ein Franzose von Natur, redete Hector Servadac die beiden an.

»Ah, meine Herren«, rief er, »Gott sei Dank! Sie sind gleich uns dem Schicksal entgangen, und wir sind glücklich, zwei unseresgleichen die Hand drücken zu können!«

Die englischen Offiziere, welche sich nicht von der Stelle rührten, machten auch keinerlei Bemerkung.

»Aber ich bitte«, fuhr Hector Servadac, der diese vornehme Zurückhaltung gar nicht zu bemerken schien, redselig fort, »haben Sie Nachrichten von Frankreich, von Rußland, von England, von Europa? Bis wohin hat sich jene Umwälzung erstreckt? Stehen Sie in Verbindung mit Ihrer Heimat? Haben Sie . . .«

»Mit wem haben wir die Ehre zu sprechen?« fragte da Brigadier Murphy, der sich in seiner ganzen Länge aufrichtete.

»Richtig«, antwortete Kapitän Servadac mit nicht mißzuverstehendem, mitleidigem Achselzucken, »richtig, wir haben einander noch nicht vorgestellt.«

Damit wandte er sich an seinen Begleiter, dessen russische Zugeknöpftheit dem kalten Empfange der britischen Offiziere völlig die Waage hielt.

»Herr Graf Wassili Timascheff«, sagte er.

»Major Sir John Temple Oliphant«, erwiderte der Brigadier, seinen Begleiter vorstellend.

Der Russe und der Engländer verneigten sich.

»Herr Generalstabs-Kapitän Hector Servadac«, sagte nun seinerseits Graf Timascheff.

»Brigadier Sir Henage Finch Murphy«, antwortete mit ernster Stimme Major Oliphant.

Neue Verbeugung der betreffenden Personen.

Den Gesetzen der Etikette war nun Genüge geschehen; man konnte ungezwungen plaudern.

Selbstverständlich bediente man sich der französischen Sprache, die auch den Engländern und Russen geläufig ist – ein Resultat, welches durch den Starrsinn und die durchschnittliche Ungebildetheit der Landsleute Kapitän Servadacs herbeigeführt worden ist, die sie verhindert, fremde Sprachen zu lernen.

Brigadier Murphy lud seine Gäste, denen Major Oliphant nachfolgte, durch eine Handbewegung ein und führte sie nach dem Zimmer, das er nebst seinem Kollegen bewohnte. Dieses bestand in einer Art aus dem Felsen ausgehöhlten, aber keineswegs jedes Komforts entbehrenden Kasematte. Jeder nahm einen Sitz ein, und die Unterhaltung konnte nun beginnen.

Hector Servadac, den so viele leere Förmlichkeiten verstimmt hatten, überließ das Wort meist dem Grafen Timascheff. Dieser begann, eingehend auf die Prätension der Engländer, vor geschehener gegenseitiger Vorstellung nichts gehört zu haben, noch einmal *ab ovo.*

»Meine Herren«, sagte er, »Sie wissen ohne Zweifel, daß sich in der Nacht vom 31. Dezember zum 1. Januar eine Katastrophe ereignet hat, deren Ursache und Umfang wir noch nicht zu durchschauen vermochten. Sieht man das Restchen von Land, welches Sie bewohnen, also dieses Eiland, so liegt die Vermutung nahe, daß auch Sie deren Wirkung sehr heftig empfunden haben werden.«

Die beiden englischen Offiziere verneigten sich zustimmend.

»Mein Begleiter, der Kapitän Servadac«, fuhr der Graf fort, »hat selbst von diesem Ereignis zu leiden gehabt. Er befand sich als Stabsoffizier an der Küste Algeriens . . .»

»Das ist ja wohl eine französische Kolonie?« fiel Major Oliphant halb die Augen schließend ein.

»Es gibt nichts, was durch und durch französischer wäre«, antwortete Kapitän Servadac schnell aber trocken.

»Es war nahe der Mündung des Cheliff«, fuhr Graf Timascheff phlegmatisch fort. »Dort verwandelte sich in jener Schreckensnacht ein Teil des afrikanischen Festlandes urplötzlich in eine Insel, während alles Übrige vollkommen von der Erde verschwunden zu sein scheint.«

»Ah«, sagte Brigadier Murphy, dem die Nachricht nur diesen einzigen Ausruf entlockte.

»Aber Sie, Herr Graf«, mischte sich jetzt Major Oliphant ein, »darf ich fragen, wo Sie sich während jener Nacht befanden?«

»Auf dem Meere, mein Herr, an Bord meiner Goëlette, und ich betrachte es noch heute als ein Wunder, daß wir damals nicht mit Mann und Maus zu Grunde gingen.«

»Wir gratulieren Ihnen noch heute, Herr Graf«, sagte verbindlich Brigadier Murphy.

Graf Timascheff nahm seinen Bericht wieder auf.

»Der Zufall führte mich nach der Küste Algeriens zurück, und ich war hocherfreut, auf der neuen Insel Kapitän Servadac wiederzufinden, und bei ihm seine Ordonnanz Ben-Zouf.«

»Ben? . . .« fragte Major Oliphant noch einmal.

»Zouf!« rief Hector Servadac, tief aufatmend, als habe er sich durch ein »Ouf!« erleichtern wollen.

»Da Kapitän Servadac«, fuhr Graf Timascheff unbeirrt fort, »dringend daran gelegen war, einige Nachrichten zu erhalten, so schiffte er sich an Bord der Dobryna ein, und wir wandten uns nach Osten, um zu sehen, was von der französischen Kolonie noch übrig sei ... Wir fanden leider nichts!«

Brigadier Murphy bewegte ein wenig die Lippen, so, als hätte er sagen wollen, daß diese Kolonie, schon allein, weil sie französisch war, nicht von solidem Bestande sein könne. Hector Servadac erhob sich auch schon halb zur Erwiderung, aber er bezwang seinen Unmut noch.

»Meine Herren«, sagte Graf Timascheff, »die Zerstörung ist eine ungeheuere. Im ganzen östlichen Teile des Mittelmeeres trafen wir auf kein Überbleibsel von den früheren Ländern, weder von Algerien, noch von Tunis, einem Punkt ausgenommen, einen Felsen, der nahe bei Karthago das Wasser überragte, mit dem Grabe eines Königs von Frankreich ...«

»Ich glaube Ludwigs IX.?« sagte der Brigadier.

»Bekannter unter dem Namen des heiligen Ludwig, mein Herr!« warf Kapitän Servadac ein, den Brigadier Murphy mitleidig besänftigend anlächelte.

Dann erzählte Graf Timascheff weiter, daß die Goëlette nach Süden bis zur Höhe des Golfes von Gabes vorgedrungen sei; daß das Meer der Sahara nicht mehr existiere – was die beiden Engländer schon deshalb, weil jenes eine Schöpfung Frankreichs gewesen, ganz natürlich zu finden schienen; – daß vor dem Küstengebiete von Tripolis eine neue, fremdartig gebildete Uferwand emporgestiegen sei und diese etwa längs des einundzwanzigsten Meridians von Süden nach Norden ungefähr bis zur Höhe der Insel Malta verlaufe.

»Und diese englische Insel«, beeilte sich Kapitän Servadac hinzuzufügen, »also Malta, samt Lavalette, seinen Forts, Soldaten, Offizieren und dem Gouverneur ist Algerien in den Abgrund nachgefolgt.«

Einen Augenblick lang verdunkelte eine Wolke die Stirn der beiden Briten, aber bald und fast gleichzeitig verriet ihr Gesicht nur noch den ausgesprochensten Zweifel an dem, was der französische Offizier gesagt hatte.

»An einen derartigen absoluten Untergang ist doch nur schwer zu glauben«, bemerkte Brigadier Murphy.

»Und warum?« fragte Kapitän Servadac.

»Malta ist Eigentum der britischen Krone«, erwiderte Major Oliphant, »und als solches . . .«

»Ist es ebenso spurlos verschwunden, als hätte es China angehört!« unterbrach ihn der Stabsoffizier.

»Vielleicht ist bei Ihren Aufnahmen während der Fahrt der Goëlette ein Fehler unterlaufen.«

»Nein, meine Herren«, versicherte Graf Timascheff, »von einem Beobachtungsfehler kann hierbei nicht die Rede sein; hier gilt es, sich der nackten Wahrheit zu fügen. Die Zerstörung betrifft England gewiß in hervorragendem Maße, denn nicht nur die Insel Malta existiert nicht mehr, sondern es hat auch ein neuer Kontinent den östlichen Teil des Mittelmeeres überhaupt abgeschlossen. Ohne eine ganz schmale Durchfahrt, welche an einem einzigen Punkte dessen Küstenlinie unterbricht, hätten wir nimmermehr hierher zu Ihnen gelangen können. Es unterliegt also leider keinem Zweifel, daß, wenn Malta dem Untergange verfiel, auch nichts mehr vorhanden sein wird von den Jonischen Inseln, welche seit einigen Jahren wieder unter dem Protektorate Englands standen.«

»Und mir scheint«, fügte Kapitän Servadac hinzu, »Ihr Chef, der Lord-Oberkommissar, möchte nicht viel Ursache haben, sich wegen der Resultate jener Umwälzung zu beglückwünschen.«

»Der Lord-Oberkommissar . . . unser Chef? . . .« antwortete Brigadier Murphy mit einer Miene, als verstehe er die Worte des Franzosen nicht.

»Ja gewiß«, fuhr Kapitän Servadac fort, »nicht mehr Ursache, als Sie haben, sich zu dem Reste zu gratulieren, der Ihnen von Korfu geblieben ist.«

»Korfu? . . .« erwiderte Major Oliphant. »Sagte der Herr Kapitän wirklich Korfu?«

»Gewiß, Kor–fu!« bestätigte Hector Servadac.

Die beiden Engländer standen vor Staunen einen Augenblick stumm und sahen sich fragend an, was sie von dem französischen Offizier halten sollten; doch ihre Verwunderung steigerte sich noch, als Graf Timascheff zu wissen wünschte, ob sie entweder durch englische Schiffe oder mittels des submarinen Kabels Nachrichten aus England erhalten hätten.

»Nein, Herr Graf«, belehrte ihn Brigadier Murphy, »das Kabel ist gebrochen.«

»So stehen Sie mit dem Festlande aber doch noch mittels der italienischen Telegrafenlinie in Verbindung?«

»Der italienischen?« fragte Major Oliphant verwundert. »Sie wollten ohne Zweifel sagen, mittels der spanischen?«

»Italienische oder spanische«, fiel Kapitän Servadac ein, »darauf kommt nicht viel an, meine Herren, wenn Ihnen nur überhaupt Kunde aus der Hauptstadt zugegangen ist.«

»Noch sind wir ohne Nachricht«, erklärte Brigadier Murphy, »indessen flößt uns das keinerlei Unruhe ein, denn es kann nicht mehr lange währen . . .«

»Vorausgesetzt, daß es überhaupt noch eine Hauptstadt gibt!« sagte Kapitän Servadac jetzt ernster.

»Keine Hauptstadt mehr!«

»Gewiß, wenn es überhaupt kein England mehr gibt!«

»Kein England mehr!«

Brigadier Murphy und Major Oliphant fuhren gleichzeitig in die Höhe, als würden sie von ein und derselben Feder emporgeschnellt.

»Mir scheint«, ließ sich Brigadier Murphy vernehmen, »eher als England müßte doch Frankreich . . .«

»Frankreich steht gesicherter, denn es bildet einen Teil des Kontinentes!« fiel ihm Kapitän Servadac schon einigermaßen erregt ins Wort.

»Wie? Gesicherter als England? . . .«

»England ist zuletzt doch nur eine Insel und dazu von so zerrissener Gestaltung, daß es recht wohl ganz und gar zugrunde gehen konnte!«

Jetzt drohte ein unangenehmer Auftritt. Den beiden Briten schwoll der Kamm und Kapitän Servadac schien auch um keinen Fuß breit weichen zu wollen.

Graf Timascheff suchte die Gegner, welche sich wegen einer eitlen Nationalitätsfrage erhitzten, vergeblich zu beruhigen.

»Meine Herren«, erklärte Kapitän Servadac sehr kühl, »ich glaube, diese Auseinandersetzung dürfte nur gewinnen, wenn sie unter freiem Himmel weitergeführt würde. Hier sind Sie zu Hause; wenn es Ihnen gefällig wäre, mit hinauszutreten? . . .«

Hector Servadac verließ das Zimmer. Graf Timascheff nebst den beiden Engländern folgte ihm auf dem Fuße nach. Alle kamen auf einer offenen, den höchsten Punkt des Eilandes einnehmenden Stelle zusammen, welche Kapitän Servadac gleichsam für neutralen Boden hielt.

»Meine Herren«, wandte sich Kapitän Servadac hier an die beiden Engländer, »wenn Frankreich durch den Verlust Algeriens auch noch so empfindlich geschädigt wurde, so ist es doch immer noch in der Lage, jeder Provokation, von welcher Seite sie auch ausgehen möge, entgegenzutreten. Als französischer Offizier habe ich die Ehre, mein Vaterland auf dieser Insel mit demselben Rechte zu repräsentieren, wie Sie, meine Herren, Großbritannien.«

»Ganz einverstanden«, antwortete Brigadier Murphy.

»Ich werde also niemals dulden . . .«

»So wenig wie ich«, sagte Major Oliphant.

»Und da wir hier auf neutralem Boden stehen . . .«

Auf neutralem?« rief Brigadier Murphy. »Sie befinden sich hier auf englischem Grund und Boden, mein Herr,«

»Auf englischem?«

»Gewiß, auf einem Boden, über dem die Flagge Englands weht!«

Der Brigadier zeigte bei diesen Worten nach dem Banner Großbritanniens, das auf dem höchsten Punkte des Eilands im Winde flatterte.

»Bah«, sagte ironisch Kapitän Servadac, »also deshalb, weil es Ihnen gefiel, diese Flagge nach der Katastrophe aufzupflanzen . . .«

»Sie wehte schon vorher an derselben Stelle.«

»Als Zeichen des Protektorates, nicht des Besitzes.«

»Des Protektorates?« riefen beide Offiziere gleichzeitig.

»Meine Herren«, fuhr Hector Servadac unbekümmert und mit dem Fuße stampfend fort, »dieses Eiland ist alles, was von dem Areale einer repräsentativen Republik übrigblieb, der gegenüber England nie etwas anderes als das Recht der Protektion zustand.«

»Was? Eine Republik?« erwiderte Brigadier Murphy, dessen Augen sich ganz über die Maßen weit öffneten.

»Und dazu«, fiel Kapitän Servadac wieder ein, »läßt sich dieses zehnmal verlorene und zehnmal wieder erlangte Protektionsrecht über die Jonischen Inseln noch vielfach bestreiten.«

»Die Jonischen Inseln!« rief Major Oliphant.

»Und hier auf Korfu . . .«

»Auf Korfu?«

Das Erstaunen der beiden Engländer sprach sich in deren Zügen so auffällig aus, daß Graf Timascheff trotz seiner Zurückhaltung und seiner Neigung, die Partei des Stabsoffiziers zu nehmen, sich veranlaßt fühlte, beschwichtigend in das Gespräch einzugreifen. Er wollte sich eben an Brigadier Murphy wenden, als dieser schon mit weit ruhigerem Tone das Wort an ihn richtete.

»Mein Herr«, begann er, »ich kann Sie unmöglich länger in einem uns allerdings unerklärlichen Irrtume Lassen. Sie stehen hier auf einem Boden, der seit 1704 englisch ist durch das Recht der Eroberung und des unbestrittenen Besitzes, ein Recht, welches der Vertrag von Utrecht ausdrücklich bestätigte. Wohl haben sowohl Frankreich als auch Spanien in den Jahren 1729, 1779 und 1782 England zu verdrängen gesucht, sie erzielten damit aber keinen Erfolg. Sie sind auf diesem Eiland, und wäre es noch so klein, also ebensogut in England, als befänden Sie sich auf dem Trafalgar-Square in London.«

»Wir wären demnach nicht in Korfu und nahe der früheren Hauptstadt der Jonischen Inseln?« fragte Graf Timascheff im Tone des höchsten Erstaunens.

»Nein, meine Herren, das nicht, hier sind Sie in Gibraltar.«

Gibraltar! Wie ein Donnerschlag traf dieses Wort das Ohr des Grafen Timascheff und des Stabsoffiziers. Sie glaubten in Korfu, am östlichen Ende des Mittelmeeres zu sein, und sahen sich nun in Gibraltar, am westlichen Eingange zu jenem, trotzdem die Dobryna auf ihrer Endeckungsfahrt niemals den östlichen Kurs geändert hatte.

Hier trat also eine neue Tatsache hervor, deren Konsequenzen man sich klarmachen mußte. Graf Timascheff wollte eben hierauf eingehen, als ein Getöse seine Aufmerksamkeit ablenkte. Er drehte sich um und sah mit mißfälligem Erstaunen Mannschaften von seiner Dobryna im Streite mit englischen Soldaten.

Und die Ursache dieser Aufregung? Ganz einfach ein Wortwechsel zwischen dem Matrosen Panofka und dem Korporal Pim. Woher aber rührte dieser? Weil das aus der Kanone geschleuderte Geschoß einen Balken der Goëlette zertrümmert und dabei Panofkas Pfeife gebrochen hatte, was freilich ohne eine kleine Schramme an der Nase, welche für eine russische Nase wohl etwas zu lang sein mochte, nicht abgegangen war.

Während also Graf Timascheff und Kapitän Servadac einige Mühen hatten, sich mit den englischen Offizieren zu verständigen, drohte auch noch ein Handgemenge zwischen der Besatzung der Dobryna und der Garnison des Eilandes.

Natürlich vertrat Hector Servadac hierbei den Matrosen und zog sich hierdurch von Major Oliphant die Erklärung zu, daß England für seine Geschosse nicht verantwortlich sei; daß hier ein Fehler des russischen Matrosen vorliege; daß dieser Matrose sich an einem Punkte befunden habe, wo er, zur Zeit als die Kugel vorübersauste, nicht hätte sein sollen, und daß die ganze Sache, wäre er ein Landsmann gewesen, gewiß gar nicht vorgekommen wäre u. dergl. m.

Trotz seiner reservierten Haltung ward Graf Timascheff hierüber doch allmählich böse, und nach Austausch einiger nicht gar so freundlicher Worte mit den beiden Offizieren befahl er seinen Leuten, sich unverzüglich einzuschiffen.

»Wir werden uns noch treffen, meine Herren«, verabschiedete sich Hector Servadac von den beiden Engländern.

»Wann es Ihnen beliebt!« erwiderte Major Oliphant.

Für jetzt erfüllte, gegenüber dieser neuen Erfahrung, nach der Gibraltar an der Stelle lag, wo man Korfu gesucht hätte, den Grafen Timascheff und Kapitän Servadac nur noch der eine Gedanke, einerseits Rußland, andererseits Frankreich wieder aufzusuchen.

Eben deshalb lichtete die Dobryna auch ohne Säumen die Anker, und zwei Stunden später sah man nichts mehr von dem, was von Gibraltar noch übriggeblieben war.

Fünfzehntes Kapitel

In welchem man sich bemüht, eine Wahrheit zu entdecken, der man sich vielleicht nähert.

Gleich die ersten Stunden der Fahrt verwendete man darauf, die Konsequenzen jener neuen und unerwarteten Tatsache zu besprechen. Gelang es ihnen dabei auch noch nicht, die volle Wahrheit zu ergründen, so durften der Graf, der Kapitän und Leutnant Prokop doch hoffen, einen Schritt weiter in das Geheimnis ihrer sonderbaren Lage einzudringen.

Nun, und was wußten sie denn jetzt unzweifelhaft? Das eine, daß die Dobryna, nachdem sie die Insel Gourbi unter 18° östlicher Länge verlassen, die neu entstandene Küste etwa unter 33° östlicher Länge angetroffen hatte. Es entsprach das also einer Entfernung von fünfzehn Längengraden. Rechnete man hierzu die Länge der Meerenge, auf welcher sie den neuen unbekannten Kontinent durchfahren hatten, zu etwa dreiundeinhalb Grad, dann noch die Strecke von deren östlichem Ausgange bis Gibraltar zu etwa vier Graden, und endlich den Raum zwischen Gibraltar und der Insel Gourbi zu ungefähr sieben Längengraden, so ergab das im Ganzen neunundzwanzig Grade.

Die Dobryna hätte demnach von ihrem Abfahrtspunkte an der Insel Gourbi bis ebendahin zurück, wobei sie genau demselben Breitengrade folgte oder mit anderen Worten eine vollständige Rundfahrt ausführte, annähernd neunundzwanzig Grade zurückzulegen gehabt.

Achtzig Kilometer auf einen Grad gerechnet, ergab das eine Summe von 2320 Kilometern.

Wenn die Insassen der Dobryna anstelle Korfus und der Jonischen Inseln auf Gibraltar trafen, so sagte das, daß der ganze Rest der Erdkugel, im Umfange von 331 Längengraden, vollständig verschwunden war. Hätte man vor der Katastrophe in östlicher Richtung von Malta nach Gibraltar segeln wollen, so hätte man die zweite, östliche Hälfte des Mittelmeeres, den Kanal von Suez, das Rote Meer, das Indische Meer, den Stillen Ozean, das Kap Hoorn und nordöstlich hinauf das Atlantische Meer passieren müssen. Statt dieses ungeheuren Weges hatte eine neue Meerenge von zweihundertsechzig Kilometer Länge hingereicht, die Goëlette nach einem von Gibraltar etwa fünfzig Meilen entfernten Punkte zu führen.

Dieses Resultat ergaben die Berechnungen des Leutnant Prokop, welche selbst unter Annahme der möglichen Fehler doch hinreichten, darauf weitere Schlüsse zu bauen.

»Da die Dobryna also«, sagte Kapitän Servadac, »fast nach ihrem Ausgangspunkte zurückgekehrt ist, ohne den Kurs zu wechseln, so müßte man daraus folgern, daß das Sphäroid der Erde nur noch einen Umfang von 2320 Kilometer hat.«

»Jawohl«, stimmte Leutnant Prokop zu. »Sein Durchmesser verminderte sich damit auf nahezu 740 Kilometer, d. h. er wäre sechzehnmal kleiner als vor der Katastrophe, wo er 12792 Kilometer betrug. Es unterliegt keinem Zweifel, daß wir eben eine Reise um den noch übrigen Rest der Erde zurückgelegt haben.«

»Das würde allerdings mehrere der von uns beobachteten, so auffälligen Erscheinungen erklären«, sagte Graf Timascheff. »So muß z. B. die Schwere auf einem so außerordentlich verkleinerte Sphäroid vermindert sein, ebenso leuchtet mir ein, daß die Rotation um seine Achse dadurch so beschleunigt wurde, daß die Zeit zwischen zwei Sonnenaufgängen nur noch zwölf Stunden beträgt. Bezüglich der neuen Kreisbahn, welche jenes um die Sonne beschreibt . . .«

Graf Timascheff unterbrach sich, da es ihm nicht zu gelingen schien, diese Erscheinung aus seinem neuen Systeme herzuleiten.

»Nun, Herr Graf«, fragte Kapitän Servadac, »was die neue Kreisbahn betrifft?...«

»Was ist hierüber deine Ansicht, Prokop?« antwortete der Graf, sich an den Leutnant wendend.

»Vater«, erwiderte Prokop, »zwei Möglichkeiten gibt es nicht, diese veränderte Bahn im Weltraume zu erklären; es gibt nur eine, nur eine einzige!«

»Und diese wäre?« fragte Kapitän Servadac lebhaft und schnell, als habe er eine Vorahnung der Antwort des Leutnants.

»Sie beruht«, fuhr Prokop fort, »in der Annahme, daß sich ein Fragment der Erde unter Mitnahme eines Teiles der Atmosphäre losgelöst hat und nun die Sonnenwelt in einer anderen Bahn umkreist, als die der Erdkugel war.«

Nach dieser so einleuchtend wahrscheinlichen Erklärung sahen sich Graf Timascheff, Kapitän Servadac und Leutnant Prokop eine Weile lang schweigend an. Im strengsten Sinne des Wortes angewurzelt, überdachten sie die unberechenbaren Folgen dieses neuen Zustandes der Dinge. Wenn sich nun wirklich ein ungeheures Stück von der Erdkugel losgelöst hatte, wohin trieb es wohl? Welche Bedeutung war der Exzentrizität der elliptischen Bahn zuzuschreiben, welcher jenes jetzt folgte? Bis zu welcher Entfernung von der Sonne würde es entführt werden? Welche Dauer mochte sein Lauf um das Zentrum der Attraktion haben? Sollte es gleich den Kometen Hunderte von Millionen Meilen hinausgeschleudert oder bald nach der Quelle des Lichtes und der Wärme zurückgeführt werden? Fiel die Ebene seiner Bahn wohl mit der Ekliptik zusammen und durfte man einige Hoffnung hegen, daß dieser losgelöste Teil sich einmal wieder mit der Erdkugel verbinden werde?

Kapitän Servadac war der erste, der das Schweigen unterbrach und fast wider Willen ausrief:

»Zum Teufel, nein! Ihre Erklärung, Leutnant Prokop, trifft zwar nach vielen Seiten zu, ist aber doch nicht annehmbar.«

»Warum, Kapitän?« fragte der Leutnant. »Sie scheint mir im Gegenteil jedem Einwurfe zu begegnen.«

»Nein, nein, einer mindestens wird durch Ihre Hypothese nicht entkräftet.«

»Und welcher wäre das?« fragte Prokop.

»Nun, verstehen wir uns recht«, sagte Kapitän Servadac. »Sie bleiben bei der Ansicht stehen, daß ein Stück der Erdkugel, jetzt also ein neuer Asteroid, der uns trägt und der das Mittelländische Meer von Gibraltar bis Malta umfaßt, durch die Sonnenwelt kreise?«

»Das ist meine Ansicht.«

»Nun gut, Leutnant; wie erklären Sie dann aber das Auftauchen jenes eigentümlichen Kontinentes, der dieses Meer jetzt einrahmt, und speziell die Bildung seiner Küste? Würden wir auf einem Stück der Erdkugel hinweggeführt, so hätte dasselbe doch gewiß sein altes Granit- oder Kalksteinskelett behalten und könnte an der Oberfläche nicht jene mineralischen Bestandteile aufweisen, deren Zusammensetzung uns noch nicht einmal bekannt ist.«

Das war freilich ein gewichtiger Einwurf des Kapitän Servadac gegen die Theorie des Leutnants. Man konnte wohl damit einverstanden sein, daß sich von der Erdkugel ein Fragment losgelöst habe, welches einen Teil der Atmosphäre und des Mittelmeeres entführte; konnte zugeben, daß dessen Bewegungen um sich selbst und in der Bahn um die Sonne nicht mit denen der Erde identisch seien; weshalb aber erhob sich anstelle der fruchtbaren Ufer, welche das Mittelmeer sonst im Süden, Westen und Osten begrenzten, jetzt jene aller Vegetation entbehrende, steile Küstenmauer von so gänzlich unbekannter Natur?

Leutnant Prokop vermochte diesen Einwurf nicht zu beantworten und tröstete sich nur mit der Hoffnung, daß die Zukunft noch Licht über bisher dunkle Punkte verbreiten werde. Jedenfalls veranlaßte ihn Kapitän Servadacs Einrede nicht, eine Hypothese aufzugeben, welche so vieles vorher Unerklärliche aufhellte. Die erste Ursache der ganzen Veränderung entging ihm freilich auch noch jetzt. Sollte man annehmen, daß eine expansive Wirkung zentraler Kräfte ein solches Bruchstück aus der festen Erdrinde habe lösen und in den Weltraum hinausschleudern können? Das war doch sehr unwahrscheinlich. Wie viele Rätsel gab dieses großartige Problem zu lösen!

»Alles in allem«, sagte Kapitän Servadac zum Schlusse, »kommt ja sehr wenig darauf an, auf einem neuen Gestirn durch die Sonnenwelt zu fliegen, wenn uns nur Frankreich begleitet.«

»Frankreich ... und Rußland!« fügte Graf Timascheff hinzu.

»Und Rußland!« wiederholte der Stabsoffizier, der sich beeilte, die legitime Reklamation des Grafen anzuerkennen.

Wenn es aber wirklich nur ein Stück der Erdkugel war, das sich in einer neuen Ellipse um die Sonne bewegte, und wenn auch dieses Bruchstück eine Kugelgestalt hatte – wobei es notwendigerweise nur sehr beschränkte Dimensionen aufweisen konnte – mußte man dann nicht befürchten, daß ein Teil Frankreichs und mindestens der größte Teil Rußlands mit der alten Erde in Verbindung geblieben sei? Ebenso England, bezüglich dessen schon das sechs Wochen lang andauernde Ausbleiben aller Nachricht und Aufhören jeder Verbindung zwischen Gibraltar und dem Vereinigten Königreiche darauf hinzudeuten schien, daß weder zu Land noch zu Wasser, weder durch die Post noch durch den Telegrafen eine Kommunikation möglich sei. Wenn die Insel Gourbi wirklich, wie das fortwährende Gleichbleiben der Tage und Nächte vermuten ließ – im Äquator des Asteroiden lag, so mußten die beiden Pole im Norden und Süden von der Insel gleichmäßig und zwar so weit voneinander entfernt sein, als der bei der Fahrt der Dobryna gefundene halbe Umfang, also 1160 Kilometer. Der Nordpol war also gegen 580 Kilometer nördlich von der Insel Gourbi, der Südpol ebensoweit südlich von derselben zu suchen. Bestimmte man diese Punkte auf der Karte, so fiel der Nordpol nicht über die Küste der Provence hinaus, der Südpol aber in die afrikanische Wüste etwa in den neunundzwanzigsten Grad der Breite.

Hatte nun Leutnant Prokop wohl recht, auf der Annahme seines neuen Systemes zu beharren? War in der Tat ein so gewaltiges Stück von der Erdkugel abgerissen worden? Keiner vermochte das endgültig zu entscheiden. Die Lösung des Problems gehörte der Zukunft; vielleicht erscheint aber doch die Annahme nicht zu kühn, daß Leutnant Prokop, wenn er auch die volle Wahrheit noch nicht erkannte, ihr doch einen bedeutenden Schritt nähergekommen war.

Jenseits der engen Spalte, welche unfern Gibraltar die beiden äußersten Enden des Mittelmeeres verband, traf die Dobryna das herrlichste Wetter an. Der Wind begünstigte ihre Fahrt, und unter der doppelten Hilfe der Brise und des Dampfes kam sie desto schneller nach Norden vorwärts.

Wir sagten nach Norden, nicht nach Osten, denn das Küstengebiet Spaniens war, mindestens zwischen Gibraltar und Alicante, vollständig verschwunden. Weder Malaga, noch Almeria, das Kap von Gata oder das von Palos, noch auch Karthagena, fanden sich an den Stellen ihrer geographischen Koordinaten. Das Meer hatte alle diese Teile der spanischen Halbinsel bedeckt, und die Goëlette mußte bis zur Höhe von Sevilla segeln, nicht um die Küste Andalusiens, sondern um eine ganz gleiche steile Uferwand zu treffen, wie jene jenseits Maltas.

Von diesem Punkte aus schnitt das Meer tief in das Land hinein und bildete einen spitzen Winkel, dessen Scheitel etwa Madrid einnehmen mußte. Dann verlief das Ufer wieder in der Richtung nach Süden, griff nun seinerseits in das alte Meeresbassin ein und verlängerte sich, einer drohenden Kralle ähnlich, oberhalb der Balearen.

Als sich die Seefahrer, um etwaige Spuren dieser wichtigen Inseln aufzufinden, etwas von ihrer Route entfernten, machten sie einen ganz unerwarteten Fund.

Es war am 21. Februar acht Uhr morgens, als einer der Matrosen, der am Vorderteile der Goëlette die Wache hatte, plötzlich ausrief:

»Eine Flasche im Meer!«

Diese Flasche konnte möglicherweise ein wertvolles, auf den damaligen Zustand der Dinge bezügliches Dokument enthalten.

Auf den Ruf des Matrosen waren Graf Timascheff, Hector Servadac, der Leutnant und alle nach dem Vorderteile geeilt. Die Goëlette manövrierte so, daß sie sich dem bezeichneten Gegenstande näherte, der dann auch bald aufgefischt und an Bord gehißt wurde.

Es war keine Flasche, sondern ein Lederetui, von der Art, wie man sie zur Aufbewahrung mittelgroßer Fernrohre zu benutzen pflegt. Der Deckelteil zeigte sich sorgfältig mit Wachs verkittet, und wenn das Etui erst vor kurzer Zeit ausgeworfen war, so hatte das Wasser aller Wahrscheinlichkeit nach nicht hineindringen können.

Leutnant Prokop musterte in Gegenwart des Grafen Timascheff und des Stabsoffiziers aufmerksam das Etui. Kein Fabrikzeichen deutete auf seinen Ursprung. Das Wachs, mit dem es verschlossen war, zeigte sich unversehrt und hatte auch noch einen Petschaftabdruck deutlich bewahrt, auf dem man die Buchstaben *P. R.* erkannte. Der Behälter ward geöffnet und der Leutnant zog aus ihm ein vom Wasser noch vollkommen verschontes Papier hervor, nur ein einfaches viereckiges Blättchen, das offenbar aus einem Notizbuche gerissen war und auf dem sich in großer, verkehrt geneigter Schrift folgende mit Frage- und Ausrufungszeichen reich versehenen Worte fanden:

»Gallia???»
Ab sole, au 15. févr., dist.: 59 000 000 l.!
»Chemin parcouru de janv. au févr.:
»82 000 000 l.
»Va bene! All right! Parfait!!!«
Deutsch: Gallia???
Von der Sonne, am 15. Febr., Entf.:
35 400 000 Meilen!
Durchlaufener Weg vom Jan. bis Febr.:
49 200 000 M.
Geht gut! Ganz wohl! Vortrefflich!!!

»Was soll das bedeuten?« fragte Graf Timascheff, als er das Blatt nach allen Seiten gewendet hatte.

»Ich weiß es nicht«, erwiderte Kapitän Servadac; »nur eines ist sicher, daß der Verfasser dieses Dokumentes, wer es auch immer sei, am 15. Februar noch lebte, denn das Schriftstück trägt dieses Datum.«

»Unzweifelhaft«, stimmte Graf Timascheff zu.

Das Dokument selbst war nicht unterzeichnet. Nichts deutete auf seinen Ursprungsort. Es fanden sich darin lateinische, italieniche, englische und französische Worte, letztere in überwiegender Anzahl.

»Eine Mystifikation kann das nicht wohl sein«, meinte Kapitän Servadac. »Es liegt auf der Hand, daß dieses Dokument auf die neue kosmographische Ordnung Bezug nimmt, deren Folgen auch wir empfinden. Das Etui, in dem es sich befand, gehörte irgendeinem Beobachter an Bord eines Schiffes . . .«

»Nein, Kapitän«, fiel Leutnant Prokop ins Wort, »dann hätte es jener in einer Flasche verschlossen, in der es besser als in dem Lederfutteral vor der Feuchtigkeit geschützt war. Ich glaube vielmehr, irgendein Gelehrter, der allein auf einem verschonten Punkte einer Küste übriggeblieben ist, hat, um die Resultate seiner Beobachtungen bekanntzugeben, dazu diesen Behälter benutzt, der ihm augenblicklich vielleicht minder wertvoll erschien, als seine Flasche.«

»Am Ende kommt darauf wenig an«, sagte Graf Timascheff. »Jetzt scheint es mir nutzbringender, den Inhalt dieses sonderbaren Dokumentes zu enträtseln, als sich über dessen Urheber den Kopf zu zerbrechen. Wir wollen es Wort für Wort vornehmen. Also zuerst, was bedeutet dieses Gallia?«

»Ich kenne keinen größeren oder kleineren Planeten, der diesen Namen führte«, bemerkte Kapitän Servadac.

»Kapitän«, begann da der Leutnant Prokop, »erlauben Sie, bevor wir weitergehen, eine Frage an Sie zu stellen.«

»Mit Vergnügen.«

»Sind Sie nicht der Meinung, daß gerade dieses Dokument meine letztere Hypothese zu unterstützen scheint, nach welcher ein Fragment der Erdkugel in den Weltraum hinausgeschleudert wäre?«

»Ja . . . vielleicht . . .« antwortete Hector Servadac

»... obwohl der Einwurf bezüglich der sonderbaren Grundstoffe, aus der das Innere unseres Asteroiden gebildet ist, noch immer fortbesteht.«

»In diesem Falle«, fügte Graf Timascheff hinzu, »hätte jener Gelehrte dem neuen Gestirn also den Namen Gallia gegeben.«

»Das scheint demnach ein französischer Gelehrter gewesen zu sein?« bemerkte Leutnant Prokop.

»Man könnte es glauben«, bestätigte Kapitän Servadac. »Beachten Sie, daß unter den achtzehn Worten des Dokumentes sich elf französische Worte befinden gegenüber drei lateinischen, zwei italienischen und zwei englischen. Es deutet diese Mischung auch darauf hin, daß besagter Gelehrter, in der Ungewißheit darüber, in welche Hände sein Dokument fallen werde, einzelne Worte verschiedener Sprachen verwendete, um desto sicherer verstanden zu werden.«

»Gut, wir nehmen also an, Gallia sei der Name des neuen Asteroiden, der um die Sonne kreist«, sagte Graf Timascheff, »und gehen nun weiter zu den Worten: ›Von der Sonne, Entfernung am 15. Februar, fünfunddreißig und vier Zehntel Millionen Meilen‹«.

»Das entspricht offenbar der Entfernung«, erklärte Leutnant Prokop, »welche die Gallia von der Sonne trennte, als sie die Bahn des Mars durchschnitt.«

»Gut«, antwortete Graf Timascheff, »das wäre also ein erster Punkt des Dokumentes, der mit unseren Beobachtungen übereinstimmt.«

»Ganz genau«, bekräftigte Leutnant Prokop.

»Durchlaufener Weg vom Januar bis Februar«, fuhr Graf Timascheff lesend fort, »neunundvierzig und zwei Zehntel Millionen Meilen.«

»Es bezieht sich diese Angabe«, sagte Hector Servadac, »offenbar auf die von der Gallia in ihrer neuen Bahn durchmessene Strecke.

»Ganz gewiß«, stimmte ihm Leutnant Prokop bei, »und zwar mußte die Umlaufsgeschwindigkeit, entsprechend den Kepplerschen Gesetzen, oder, was auf dasselbe hinauskommt, der in gleichen Zeiträumen durchlaufene Weg progressiv kleiner werden. Die höchste von uns beobachtete Temperatur fiel mit dem 15. Januar zusammen. Höchstwahrscheinlich befand sich die Gallia zu der Zeit in ihrem Perihel, d. h. in der geringsten Entfernung von der Sonne, und bewegte sich damals mit einer doppelten Geschwindigkeit gegenüber der der Erde, welche nur siebzehntausendzweihundertachtzig Meilen in der Stunde erreicht.«

»Das klingt alles sehr schön«, ließ sich Kapitän Servadac vernehmen, »leider verrät es uns nur nicht, bis zu welcher Entfernung von der Sonne sich die Gallia in ihrem Aphel bewegen wird, und was wir von der Zukunft zu hoffen oder zu fürchten haben.«

»Nein, Kapitän«, antwortete Leutnant Prokop; »doch mittels genauer Beobachtungen auf verschiedenen Punkten der Gallia-Bahn müssen wir mit Hilfe der allgemeingültigen Gravitationsgesetze dahin gelangen, die Elemente dieser Bahn zu bestimmen . . .«

»Und folglich«, fiel Kapitän Servadac ein, »den Weg, den die Gallia in dem Sonnensysteme einhalten wird.«

»In der Tat«, äußerte sich Graf Timascheff, »wenn die Gallia ein Asteroid ist, so unterliegt sie, wie alle beweglichen Körper, den Gesetzen der Mechanik, und die Sonne bestimmt ihre Bahn ebenso wie die der Planeten. Von dem Augenblicke an, als sich dieses Fragment von der Erde löste, fesselten es auch die unsichtbaren Ketten der allgemeinen Anziehungskraft und bestimmten genau seine spätere Flugbahn.«

»Wenigstens so lange«, setzte Leutnant Prokop hinzu, »als nicht später vielleicht ein anderer Himmelskörper störend in diese Bahn eingreift. Im Vergleich mit den übrigen Körpern des Himmelssystems ist die Gallia nur winzig klein, und die anderen Planeten könnten leicht einen merkbaren Einfluß darauf ausüben.«

»Jedenfalls«, meinte Kapitän Servadac, »könnte die Gallia leicht einem unangenehmen Zusammenstoß ausgesetzt sein und dadurch von dem rechten Wege abweichen. Übrigens, meine Herren, bedenken Sie, daß wir hier sprechen, als wären wir erwiesenermaßen Bewohner dieser Gallia. Wer beweist uns denn aber, daß diese Gallia nicht etwa der hundertsiebzigste, neuentdeckte kleine Planet ist?«

»Nein, nein«, erwiderte Leutnant Prokop, »davon kann nicht die Rede sein. Die teleskopischen Planeten bewegen sich alle nur in einer schmalen, zwischen der Bahn des Mars und des Jupiters gelegenen Zone. Sie nähern sich infolgedessen der Sonne niemals so sehr, wie die Gallia zur Zeit ihres Perihels. Diese Tatsache kann nicht angezweifelt werden, da das Dokument mit unseren eigenen Hypothesen hierin vollständig übereinstimmt.«

»Leider fehlen uns«, sagte Graf Timascheff, »die zu jenen astronomischen Beobachtungen notwendigen Instrumente, so daß wir die Bahnelemente unseres Asteroiden zu berechnen außer Stande sind.«

»Wer weiß«, meinte Hector Servadac, »zuletzt wird vielleicht auch diese Schwierigkeit beseitigt.«

»Was die letzten Worte des Dokumentes betrifft«, fuhr Graf Timascheff fort, *›Va bene! All right! Parfait!!!‹* so bedeuten sie wohl gar nichts . . .«

»Außer, daß der Verfasser«, fiel Hector Servadac ein, »damit hat ausdrücken wollen, wie entzückt er von dem neuen Zustande der Dinge sei, und daß er alles wunderschön in dieser schönsten der Welten finde.«

Sechzehntes Kapitel

In dem man sehen wird, wie Kapitän Servadac alles in seiner Hand hält, was von einem großen Kontinente übrigblieb.

Nachdem die Dobryna das gewaltige Vorgebirge, welches ihr den Weg nach Norden sperrte, umschifft hatte, steuerte sie nach der Gegend, wo sich das Kap von Creus befinden mußte.

Fast Tag und Nacht sprachen die Reisenden von den außergewöhnlichen Umständen, in denen sie sich jetzt befanden. Der Name Gallia wiederholte sich bei ihren Unterhaltungen so häufig und unbewußt, daß er für sie allmählich den Wert eines geographischen Namens bekam, nämlich den des Asteroiden, der sie durch die Sonnenwelt entführte.

Trotzdem vergaßen sie niemals, daß ihnen die jetzt unabweisbare Aufgabe oblag, das neue Küstengebiet des Mittelmeeres zu erforschen. So folgte denn die Goëlette immer so nahe als möglich den neuen Grenzen dieses, wie es schien, einzigen Meeres der Gallia.

Die obere, also nördliche Küste jenes Vorgebirges berührte die Stelle, welche an der iberischen Küste früher Barcelona einnahm; die Küste selbst war aber samt jener bedeutenden Stadt verschwunden und lag jedenfalls unter den Fluten begraben, welche unweit davon gegen das steile Ufer brandeten. Letzteres verlief von hier aus nach Nordosten und erreichte, genau an dem Punkte des Kaps von Creus, wieder das frühere Meeresbassin.

Von diesem Kap von Creus war nichts mehr vorhanden.

Dicht an dieser Stelle begann die französische Grenze, und man wird sich leicht eine Vorstellung von Kapitän Servadacs Gefühlen machen können, als er hier einen neuen Boden an der Stelle desjenigen seines Vaterlandes getreten sah. Noch vor der französischen Küste erhob sich eine unübersteigliche Wand, welche jeden Fernblick abschnitt. Steil wie eine lotrechte Mauer, gegen tausend Fuß hoch, nirgends eine ersteigbare Fläche bietend, ebenso öde, zerklüftet und »neu«, wie man sie schon am anderen Ende des Mittelmeeres angetroffen hatte, verlief dieses Küstengebirge längs derselben Parallele, welche sonst die reizenden Ufer des südlichen Frankreich einnahmen.

So nahe am Lande sich die Goëlette auch hielt, nichts von dem Küstengebiete des früheren Departements der östlichen Pyrenäen kam ihr zu Gesicht, weder Kap Bearn, noch Port-Vendres, weder die Mündung des Tech, noch die Lagune von St. Nazaire, so wenig, wie der Ausfluß des Tet oder die Lagune von Salces. An der Grenze des früher von Weihern und Inseln so pittoresk durchbrochenen Departements der Aude fand sich vom Arrondissement der Narbonne auch nicht ein Überbleibsel. Vom Kap d'Agde, an der Grenze des Departements Herault, bis zum Golf von Aigues-Mortes fand sich keine Spur, weder von Cette oder Frontignan, noch von jenem von den Wellen des Mittelmeeres umspülten Bogen des Arrondissements Nîmes, weder von den Kieselfeldern von Crau oder Camargue, noch von dem vielverzweigten Delta der Rhône-Mündungen. Martigues, verschwunden! Marseille, verschlungen! Man mußte fürchten, von dem europäischen Kontinent kein Stückchen Land mehr anzutreffen, das einst den Namen Frankreich getragen hatte.

Obwohl Hector Servadac sich schon auf alles vorbereitet hatte, so stand er doch erstarrt der traurigen Wirklichkeit gegenüber. Er sah keine Spur mehr von den Ufern, die ihm von früher her so genau bekannt waren. Manchmal, wenn sich die Küstenwand leicht nach Norden wendete, hoffte er ein Restchen französischen Bodens zu sehen, der der Zerstörung entgangen wäre. Doch wenn sich eine solche Bucht auch weit hinein erstreckte, so zeigte sich doch nichts, was dem prächtigen Ufer der Provence angehört hätte. Wo das neue Ufer nicht mit der alten Meeresgrenze zusammenfiel, da überfluteten das Land die Wogen des veränderten Mittelmeeres, so daß Hector Servadac sich die Frage stellte, ob der einzige Überrest seines Vaterlandes nicht jener Fetzen des Gebietes von Algier sei, jene Insel Gourbi, nach welcher er werde zurückkehren müssen!

»Und doch«, äußerte er wiederholt gegen Graf Timascheff, »endet der Kontinent der Gallia nicht mit dieser unnahbaren Küste. Sein Nordpol liegt über derselben hinaus! Was mag hinter dieser Mauer sein? Wir müssen es wissen, müssen uns überzeugen, ob es trotz der Erscheinungen, deren Zeugen wir waren, doch nicht vielleicht die Erdkugel ist, auf welcher wir wandeln, ob sie uns nicht auf einer neuen Bahn durch das Planetenreich trägt, ob dort hinter dieser Scheidewand nicht Frankreich, Rußland, vielleicht das ganze Europa liegt. Sollten wir denn keinen flachen Strand antreffen, um einmal an dieser Küste zu landen? Gibt es kein Mittel, diese scheinbar unersteigliche Mauer zu erklimmen und nur einmal nach dem auszulugen, was sie unserem Blicke verbirgt? Ans Land, wo es geht, in Gottes Namen, ans Land!«

Aber obwohl die Dobryna fortwährend fast die Küste streifte, zeigte sich doch nirgends eine Stelle, an der sie hätte einlaufen, nicht einmal eine Klippe, auf der die Besatzung hätte Fuß fassen können. Unverändert stieg der Uferwall steil, glatt, senkrecht bis zu einer Höhe von zwei- bis dreihundert Fuß auf und war oben mit einem sonderbaren Gewirr kristallinischer Lamellen gekrönt. Überall sah die neuaufgestiegene Umfassung des Mittelmeeres sich so ähnlich, als wäre sie in ein und derselben Form gegossen.

Mit voller Dampfkraft eilte die Dobryna nach Osten. Die Witterung hielt sich gut. Die merkbar abgekühlte Atmosphäre konnte nur weniger Wasserdünste aufnehmen. Nur da und dort bildeten sich einige leichte, fast durchsichtige Zyrrhusstreifen an dem azurnen Himmel. Tagsüber sandte die deutlich verkleinerte Sonnenscheibe nur blasse Strahlen herüber, welche allen Gegenständen ein unklares Relief verliehen. Während der Nacht aber funkelten die Sterne in außerordentlichem Glanze, während gewisse Planeten durch die zunehmende Entfernung verblaßten. So war es der Fall mit der Venus und dem Mars, sowie mit jenem unbekannten Weltkörper, der im Kreise der unteren oder inneren Planeten, der Sonne bald beim Auf- und bald beim Untergange vorausging. Dagegen nahm der Schimmer des ungeheuren Jupiter und des herrlichen Saturn sichtlich zu, da die Gallia sich diesen Planeten näherte, und Leutnant Prokop zeigte auch den mit bloßen Augen sichtbaren Uranus, der sonst nur mittels Fernrohres zu erkennen ist. Die Gallia gravitierte also, indem sie sich noch immer vom Zentrum der Attraktion entfernte, jetzt quer durch das Planetensystem.

Am 24. Februar gelangte die Dobryna, nachdem sie der Bogenlinie gefolgt war, welche vor der Umwälzung die Küste des Departements Var bildete; nachdem sie vergeblich nach Spuren der Hyerischen Inseln, der Halbinsel Saint-Tropez, der Levinischen Inseln, des Golfes von Cannes und des Golfes von Jouan geforscht hatte, nach der Höhe des

Kaps von Antibes.

Hier teilte zum größten Erstaunen, aber auch zur größten Freude der Reisenden ein enger Spalt von oben bis unten die steile Küste. Am Fuße desselben streckte sich längs des Meeres ein schmaler Strand hin, welchen ein Boot ohne Gefahr anlaufen konnte.

»Endlich werden wir ans Land gehen können!« rief Kapitän Servadac ganz außer sich vor Freude.

Bei dem Grafen Timascheff kostete es keine Mühe, die Einwilligung dazu zu erhalten, denn er sowohl wie Leutnant Prokop brannten vor Begierde, das Land zu betreten. Wenn sie auf der Böschung dieses Einschnittes, scheinbar dem ausgewaschenen Bette eines Bergstromes, emporklommen, gelang es vielleicht, den Kamm des Uferwalls zu erreichen und dort einen erweiterten Gesichtskreis zu gewinnen, der ihnen, wenn nicht einen Blick über französisches Land, doch einen solchen über dieses bizarre Gebiet gewährte.

Um sieben Uhr morgens betraten der Graf, der Kapitän und der Leutnant das Ufer.

Zum ersten Male fanden sie hier einige Überreste der alten Erdrinde, wenige Kalksteine von gelbgrauer Farbe, wie sie vorzüglich an der Küste der Provence vorkommen. Dieser schmale Strand aber – offenbar ein Überbleibsel der alten Erdkugel – hatte kaum einige Quadratmeter Oberfläche, und so begaben sich die Forscher sofort nach der Rinne, längs welcher sie emporsteigen wollten.

Diese Rinne oder Spalte war ganz trocken und verriet deutlich, daß hier niemals ein Bergstrom seine tosenden Wässer herabgestürzt habe. Die Felsenwände zeigten hier ebenso, wie an jeder anderen Stelle der Bergmasse, dieselbe lamellöse Struktur, und schienen von den sonst so leicht bemerkbaren Einflüssen der Witterung noch so gut wie unberührt. Ein Geolog wäre wohl im Stande gewesen, diesem Gesteine seine richtige Stelle im lithologischen Systeme anzuweisen, aber weder Graf Timascheff, noch der Stabsoffizier oder Leutnant Prokop vermochten deren Natur zu erkennen.

Wenn dieser Hohlweg aber auch keine Spuren von

Feuchtigkeit aus der jüngsten, oder aus älterer Zeit aufwies, so war doch leicht einzusehen, daß er unter veränderten klimatischen Verhältnissen einst sehr beträchtlichen Wassermassen als Abfluß dienen werde.

Schon glänzten da und dort auf der Böschung beschränkte, mit Schnee bedeckte Stellen, welche nach oben immer ausgedehnter auftraten und die höchsten Punkte des Bergkammes in dicken Lagen überdeckten. Höchstwahrscheinlich lag auch das ganze Terrain hinter der Ufermauer unter einer gleichen Schnee- und Eisdecke begraben.

»Das wären also die ersten Spuren von Süßwasser, die wir auf der Gallia entdecken«, bemerkte Graf Timascheff.

»Jawohl«, antwortete Leutnant Prokop, »und weiter oben werden wir nicht nur Schnee-, sondern infolge der zunehmenden Kälte auch Eisbildungen antreffen. Vergessen wir nicht, daß wir uns, wenn die Gallia eine sphäroidale Gestalt besitzt, hier in der Nähe ihrer arktischen Gebiete befinden, welche die Sonnenstrahlen nur in sehr schräger Richtung treffen. Es kann daselbst, ebenso wie während des Sommers an den beiden Polen der Erde, niemals völlig Nacht werden, da die Sonne, infolge der sehr geringen Neigung der Rotationsachse, den Äquator kaum verläßt; die Kälte muß dagegen sehr hohe Grade erreichen, vorzüglich wenn sich die Gallia beträchtlich von dem Zentrum der Wärme, der Sonne, entfernen sollte.«

»Haben wir nicht zu befürchten, Leutnant«, fragte Kapitän Servadac, »daß diese Kälte dabei so sehr zunehmen wird, um die Existenz jedes lebenden Wesens zu vernichten?«

»Nein, Kapitän«, erwiderte Leutnant Prokop. »So weit wir uns auch von der Sonne entfernen mögen, niemals wird die Kälte unter die Temperatur des Weltraumes herabsinken können, d. h. unter die derjenigen Stellen, an denen nicht einmal mehr Luft vorhanden ist.«

»Und diese Temperaturgrenzen sind?...«

»Etwa sechzig Grad (des hundertteiligen Thermometers) unter Null, nach der Angabe eines Franzosen, des gelehrten Naturforschers Fourier.«

»Sechzig Grad!« rief Graf Timascheff, »sechzig Grad unter Null! Das ist aber eine Temperatur, welche selbst für Russen unerträglich werden dürfte.«

»Ähnliche Kältegrade«, fuhr Leutnant Prokop fort, »haben englische Seefahrer in den Polarmeeren schon angetroffen, und Parry hat, wenn ich nicht irre, auf der Insel Melville sechsundfünfzig Grad unter Null am Thermometer beobachtet.«

Die drei Wanderer standen einen Augenblick still, um Atem zu schöpfen, denn auch ihnen erschwerte, wie es Bergsteigern so häufig ergeht, die nach und nach sich verdünnende Luft das Aufsteigen mehr und mehr. Außerdem empfanden sie, ohne eine besonders große Höhe erreicht zu haben – sie mochten etwa 6- bis 700 Fuß emporgestiegen sein – eine sehr merkliche Abnahme der Temperatur. Glücklicherweise erleichterte ihnen die streifige Struktur der mineralischen Substanz des Rinnenbettes des Gehen, und so erreichten sie vom Strande aus in etwa anderthalb Stunden die Höhe des Bergkammes.

Dieses Küstengebirge überragte nicht nur das Meer nach Süden zu, sondern auch nach Norden die ganze, rasch abfallende Umgebung.

Kapitän Servadac konnte einen Aufschrei nicht unterdrücken.

Frankreich war nicht mehr vorhanden! Unzählige Felsengebilde folgten einander bis zum entferntesten Horizonte. Von Schnee und Eis bedeckt, floß dieses Steinmeer zur einfömigen Wüste zusammen, in welcher man nichts als eine Anhäufung sechskantiger, regelmäßiger Prismen erkannte. Die ganze Gallia schien das Produkt einer mineralischen, gleichartigen und unbekannten Formation zu sein. Wenn der eigentliche Kamm des steilen Ufers, das jetzt den Rahmen des Mittelmeeres bildete, nicht diese Gleichartigkeit der höchsten Spitzen zeigte, so mochte das von irgendeiner Ursache – vielleicht von derselben, der man überhaupt noch das Vorhandensein des Meeres verdankte – herrühren, welche bei Gelegenheit der großen Katastrophe die äußere Textur dieser Gebirgsmauer veränderte.

Doch wie dem auch sei, jedenfalls sah man in diesem Teile der Gallia kein Überbleibsel des europäischen Festlandes. Überall hatte die neue Substanz den alten Boden bedeckt. Hier fand sich nichts von der hügeligen Landschaft der Provence, nichts von den Orangen- und Zitronengärten, deren rötlicher Humus sich stufenweise auf Schichten trocknen Gesteins ablagerte; nichts von den Olivenwäldern mit ihrem meergrünen Laube, noch von den großen Anpflanzungen von Pfeffer- und Nesselbäumen, Mimosen, Palmenarten und Eukalypten; nichts von den Gebüschen von Riesengeranien, über welche sich da und dort eine großblättrige Aloë erhob, von den Kalkfelsen des Uferlandes, oder endlich von den tiefer im Lande verlaufenden Bergzügen mit ihrer düster-ernsten Decke dunkler Koniferen.

Hier blühte kein vegetabilisches Leben, denn auch die genügsamsten Pflanzen der kalten Zone, selbst das unter dem Schnee wachsende isländische Moos, hätten auf diesem steinigen Boden nicht ausdauern können. Hier fehlte es an jedem Tierleben, denn kein Vogel, weder ein Wasserscherer, noch Sturmvogel oder Taucherhuhn, hätte hier Nahrung auch nur für einen Tag gefunden.

Hier herrschte das Steinreich mit all seiner entsetzlichen Trostlosigkeit.

Kapitän Servadac erschien fast mehr erregt, als man von seinem sonst so sorglosen Charakter erwartet hätte. Unbeweglich betrachtete er von dem höchsten Punkte eines übereisten Felsens aus mit tränenfeuchten Augen das traurige Gefilde. Er vermochte gar nicht zu glauben, daß hier früher das schöne Frankreich gelegen habe.

»Nein«, rief er, »und abermals nein! Unsere Ortsaufnahmen sind falsch gewesen! Wir sind nicht in dem Breitengrade, der die Seealpen durchschneidet. Das Land, welches wir suchen, liegt dort noch weiter rückwärts. Eine Mauer ist aus dem Meere aufgestiegen – zugegeben; aber jenseits derselben finden wir noch europäischen Boden. Graf Timascheff, kommen Sie, wir wollen diese Eiswüste durchwandern, und forschen und suchen, weiter und immer weiter! . . .«

Bei diesen Worten war Hector Servadac schon gegen zwanzig Schritt vorausgeeilt, um einen gangbaren Pfad durch dieses Labyrinth zu suchen.

Plötzlich hemmte er seine Schritte.

Sein Fuß stieß unter dem Schnee an einen offenbar bearbeiteten Stein. Seiner Form und Farbe nach konnte derselbe der neuen Bodenformation nicht angehören.

Kapitän Servadac hob ihn auf.

ES war ein Stück gelblicher Marmor, auf dem man noch einige eingravierte Buchstaben lesen konnte, unter anderem die Silbe: Vil ...

»Villa«, rief Kapitän Servadac, und ließ das Marmorstück fallen, das dabei in tausend Trümmer sprang.

Von dieser Villa, gewiß einer prächtigen Wohnung am Ende des Kaps von Antibes, in der schönsten Lage der Welt, von diesem herrlichen Kap selbst, das wie ein grünender Zweig zwischen den Golf von Jouan und den von Nizza hinausragt, von dem entzückenden Panorama mit den Seealpen im Hintergrunde, das sich von den pittoresken Bergbildungen von Esterelle über Eza, Monaco, Roquebrunn, Menton un Vintimille bis nach dem italienischen Landvorsprung von Bordighere ausgedehnt – was war von dem allen noch übrig? Nicht einmal jenes Stückchen Marmor, das eben in Staub zerfiel.

Kapitän Servadac konnte nicht mehr daran zweifeln, daß das Kap von Antibes im Innern dieses neuen Kontinentes verschwunden sei. Bewegungslos hing er seinen traurigen Gedanken nach.

Da näherte sich ihm Graf Timascheff und sagte ernst:

»Kapitän, kennen Sie wohl die Devise der Familie Hope?«

»Nein, Herr Graf«, erwiderte Hector Servadac.

»Nun, sie lautet:

Orbe fracto, spes illaesa!«

»Sie sagt das Gegenteil von dem verzweifelten Spruche Dantes.«

»Ja, Kapitän, doch jetzt mag jener Wahlspruch der unsere sein!«

Siebzehntes Kapitel

Welches ganz treffend überschrieben werden könnte: Von demselben zu denselben.

Jetzt blieb den Seefahrern nichts weiter übrig, als nach der Insel Gourbi zurückzukehren. Dieses beschränkte Gebiet schien offenbar das einzige Stück des früheren Erdbodens zu sein, welches diejenigen aufnehmen konnte, die das neue Gestirn durch die Sonnenwelt führte.

»Nun«, sagte sich Kapitän Servadac, »es ist doch wenigstens ein Stück von Frankreich!«

Man besprach also die Rückkehr nach der Insel Gourbi, und schon sollte dieselbe beschlossen werden, als Leutnant Prokop die Bemerkung machte, daß man die jetzigen Ufer des Mittelländischen Meeres noch nicht in ihrem ganzen Umfange aufgesucht habe.

»Wir haben im Norden«, sagte er, »von der früheren Stelle des Kaps von Antibes noch den ganzen Küstenstrich bis zu jener schmalen Wasserstraße zu untersuchen, die nach dem Meeresteile westlich von Gibraltar führt, und im Süden die Ufer von dem Golf von Gabes ab bis zu der nämlichen Stelle. Im Süden sind wir zwar längs der alten afrikanischen Küste hin gesegelt, kennen aber die neue Grenze noch nicht. Wer weiß, ob uns nach Süden jeder Zugang abgeschlossen und ob nicht eine der fruchtbaren Oasen der Sahara der Vernichtung entgangen ist? Vielleicht haben Italien, Sizilien, der Archipel der Balearen oder die großen Inseln des Mittelmeeres der Katastrophe widerstanden, und es scheint mir geraten, uns darüber zunächst Aufklärung zu verschaffen.

»Deine Bemerkungen sind zutreffend, Prokop«, sagte Graf Timascheff, »es scheint auch mir unumgänglich nötig, die hydrographische Aufnahme des neuen Meeresbassins zu vervollständigen.«

»Ich füge mich gern«, setzte Kapitän Servadac hinzu. »Vor allem müssen wir freilich wissen, ob es notwendig ist, unsere Auskundschaftung vollkommen zu Ende zu führen, bevor wir nach der Insel Gourbi zurückkehren.«

»Ich bin der Ansicht«, bemerkte Leutnant Prokop, »wir benutzen die Dobryna noch so lange, als sie uns Dienste leisten kann.«

»Was willst du damit sagen?« fragte Graf Timascheff.

»Nun, daß die Temperatur allmählich abnimmt, daß die Gallia eine Bahn einhält, die sie von der Sonne mehr und mehr entfernt, und daß sie bald einer ganz ungewöhnlichen Kälte ausgesetzt sein wird. Dann muß das Meer zufrieren und jede Beschiffung desselben unmöglich werden. Ihnen sind ja die Schwierigkeiten einer Reise über das Eis hinlänglich bekannt. Empfiehlt es sich also nicht, unsere Entdekkungsfahrt so lange fortzusetzen, als wir noch freies Wasser finden?«

»Du hast recht, Prokop«, bestätigte Graf Timascheff. »Sehen wir zu, was von dem alten Kontinente übrig ist, und wurde irgendein Stückchen von Europa verschont, schmachten irgendwo noch einige unglückliche Überlebende, denen wir Hilfe zu bringen vermöchten, so muß uns darüber Klarheit werden, bevor wir nach dem Überwinterungshafen zurückkehren.«

Gewiß war es ein Gefühl von Edelmut, das Graf Timascheff unter diesen Verhältnissen leitete, vorzüglich an seinesgleichen zu denken. Doch wer weiß? Dachte der nicht auch an sich selbst, der sich jetzt anderer erinnerte? Zwischen den Personen, welche die Gallia durch den unendlichen Weltraum führte, konnte ja eine Verschiedenheit der Rasse oder der Nationalität nicht mehr Geltung haben. Sie bildeten ja die Repräsentanten ein und desselben Volkes, ja eigentlich derselben Familie, denn es mochten ihrer nur wenige Überlebende von der alten Erde noch vorhanden sein. Doch, wenn es deren noch gab, so mußten alle zusammentreten, ihre Kräfte dem gemeinsamen Wohle widmen, und sollte jede Hoffnung schwinden, einmal wieder nach der Erdkugel zu gelangen, auf dem neue Gestirne eine neue Menschheit zu bilden und zu gründen suchen.

Am 25. Februar verließ die Goëlette den kleinen Schlupfhafen, in dem sie eine Zeitlang Zuflucht gesucht hatte.

Längs des nördlichen Ufers dampfte sie mit voller Kraft nach Osten. Eine scharfe Brise machte die Kälte recht empfindlich. Das Thermometer hielt sich im Mittel auf zwei Grad unter Null. Glücklicherweise erstarrt das Meer erst bei einer niedrigeren Temperatur als Süßwasser und bot also der Fahrt der Dobryna keinerlei Hindernisse. Immerhin mußte man jetzt eilen.

Die Nächte waren sehr schön. Wolken schienen sich in der nach und nach abgekühlten Atmosphäre nur schwerer bilden zu können. Am Himmel leuchteten die Sternbilder in unvergleichlicher Klarheit. Wie es Leutnant Prokop als Seemann nur mit Bedauern sehen konnte, daß der Mond auf immer verschwunden war, so hätte sich dagegen ein Astronom, der die Rätsel der Sternenwelt zu lösen sucht, gewiß ob dieser ungetrübten Reinheit der Gallia-Nächte beglückwünscht.

Entbehrten nun die Insassen der Dobryna auch des Mondes, so wurde ihnen dafür gleichsam in Scheidemünze Ersatz. Zu jener Zeit fiel ein wahrhafter Hagel von Sternschnuppen – eine unendlich größere Anzahl, als die irdischen Beobachter während der August- und November-Perioden zu Gesicht bekommen. Wenn nach Olmsteds Berichten im Jahre 1833 am Horizonte von Boston 34000 solcher Asteroiden auftauchten, so durfte man diese Zahl hier mindestens verzehnfachen.

Die Gallia durchschnitt offenbar den mit der Erdbahn nahezu konzentrischen, aber außerhalb derselben gelegenen Ring dieser kleinen Weltkörper. Die leuchtenden Meteore schienen für das Auge des Beobachters etwa vom Algol, einem Sterne in dem Bilde des Perseus, auszugehen und entbrannten, infolge ihrer ungeheuren Geschwindigkeit und der dadurch bedingten Reibung an der Atmosphäre der Gallia, in ganz außergewöhnlichem Glanze. Ein Bukett von einer Million Raketen, das Meisterwerk eines Ruggieri, hätte mit der Pracht dieser Meteore noch immer keinen Vergleich ausgehalten. Die Küstenfelsen, deren metallische Oberfläche jene leuchtenden Körperchen widerspiegelte, erschienen wie gebadet in Lichtglanz, und das Meer blendete die Augen, als fielen feurige Schloßen in dasselbe.

Das Wunderschauspiel währte freilich nur vierundzwanzig Stunden, da sich die Gallia von der Sonne gar so schnell entfernte.

Am 26. Februar wurde die Dobryna in ihrem Wege nach Osten durch eine vorliegende Küste aufgehalten, welche sie etwa bis zur Südspitze des früheren Korsika von ihrem Kurse abzufallen nötigte. Von Korsika selbst fand sich freilich keine Spur. An der Stelle Bonifacios dehnte sich nur ein ödes Meer aus. Am 27. aber wurde im Osten, einige Meilen unter dem Winde der Goëlette, ein Inselchen signalisiert, das man, wenn es seine Entstehung nicht einem ganz neuerlichen Prozesse verdankte, seiner Lage nach für die Nordspitze Sardiniens halten konnte.

Die Dobryna dampfte auf das felsige Eiland zu. Ein Boot wurde herabgelassen. Bald schifften sich Graf Timascheff und Kapitän Servadac an einer kleinen, grünen, etwa ein Hektar umfassenden Fläche aus. Da und dort erhoben sich einige Myrten- und Mastixbäume, über welche noch einzelne alte Olivenbäume hinausragten. Übrigens schien sie kein lebendes Wesen zu bergen.

Schon wollten die beiden Männer das Eiland verlassen, als die Stimme eines Tieres an ihr Ohr schlug und sie eine zwischen den Steinen umherkletternde Ziege bemerkten.

Es war das einzige Exemplar jener Hausziegen, welche mit Recht »des Armen Kühe« genannt werden; ein junges Tier, mit kleinen, regelmäßig gebogenen Hörnern, das, weit entfernt, vor den Besuchern zu entfliehen, ihnen im Gegenteil entgegenlief, und durch seine Sprünge und sein Mekkern dieselben einzuladen schien, ihm zu folgen.

»Diese Ziege lebt auf dem Eilande nicht allein!« rief Hector Servadac. »Wir wollen ihr nachgehen!«

Es geschah. Wenige hundert Schritte weiterhin gelangten Kapitän Servadac und Graf Timascheff zu einer Art Höhle, welche einige Mastixbäume fast ganz verdeckten.

Dort guckte ein Kind von sieben bis acht Jahren mit großen schwarzen Augen, das Haupt umschattet von reichem, nußbraunen Haar und reizend wie die lieblichen Gestalten von Murillos Pinsel auf den Himmelfahrtsbildern, ohne zu große Scheu zu zeigen, durch die Zweige.

Nachdem es die beiden Wanderer wenige Augenblicke betrachtet hatte, wobei deren Erscheinung ihm mehr Erstaunen als Schrecken einzuflößen schien, erhob sich das kleine Mädchen und lief mit vorgestreckten Händen freundlich auf sie zu.

»Ihr seid nicht bös?« sagte sie mit weicher, ebenso wohllautender Stimme, wie die italienische Mundart, welche sie sprach. »Ihr werdet mir nichts tun? Ich brauche mich nicht zu fürchten?«

»Nein, mein Kind«, erwiderte der Graf auf italienisch, »wir sind und wollen dir nur Freunde sein!«

Er musterte einige Augenblicke das nette Mädchen.

»Wie heißt du, Schätzchen?« fragte er.

»Nina.«

»Kannst du uns sagen, wo wird sind, Nina?«

»Auf Madalena«, antwortete die Kleine. »Hier befand ich mich, als sich alles wie mit einem Schlage veränderte.«

Madalena war eine Insel in der Nähe von Caprera, im Norden Sardiniens, das bei der grenzenlosen Zerstörung untergegangen war.

Einige Fragen, auf welche Nina sehr verständig antwortete, belehrten den Grafen Timascheff, daß jene auf der Insel allein sei, keine Eltern habe, und daß sie eben für einen Grundbesitzer hier eine Herde Ziegen weidete, als im Augenblick der Katastrophe alles um sie her verschwand, bis auf das kleine Fleckchen Erde, auf dem sie und Marzy, ihr Liebling, gerettet zurückblieben; daß sie sich zuerst gewaltig gefürchtet, dann aber beruhigt und Gott gedankt habe, daß sich die Erde nicht mehr bewegte. Darauf hatte sie sich, so gut es anging, mit ihrer Marzy einzurichten gesucht. Glücklicherweise besaß sie einige Lebensmittel, welche bis jetzt ausgereicht hatten, während sie Tag für Tag darauf hoffte, daß ein Schiff kommen würde, sie abzuholen. Jetzt wünschte sie also nur, freilich nicht ohne ihre Ziege, mitgehen zu können, um so bald als möglich nach der Meierei, zu der sie gehörte, zurückzukehren.

»Nun, da hätten wir ja einen recht hübschen Bewohner der Gallia mehr«, sagte Kapitän Servadac, der das kleine Mädchen freundlich umarmte.

Eine halbe Stunde später waren Nina und Marzy an Bord der Goëlette untergebracht, wo jeder, wie man sich denken kann, für den Empfang sein Bestes tat. Man sah das Auffinden dieses Kindes für eine günstige Vorbedeutung an. Die im allgemeinen sehr frommen und abergläubischen russischen Matrosen betrachteten sie wie eine Art guten Engel, und mehr als einer gab sich Mühe, zu sehen, ob sie nicht auch Flügel habe. Vom ersten Tage ab nannten sie unter sich das Kind nur »die kleine Madonna«.

Binnen wenigen Stunden hatte die Dobryna Madalena aus dem Gesichte verloren und traf bei südöstlichem Kurse wieder auf das neue Ufer, welches etwa fünfzig Lieues (= 30 Meilen) vor der früheren italienischen Küste emporstieg. Anstelle der Halbinsel, von der sich keine Spur mehr fand, war also offenbar ein neuer Kontinent getreten. Unter dem Breitengrade von Rom schnitt indes ein tiefer Golf bis jenseits der Stelle ein, welche die ewige Stadt etwa einnahm. Weiterhin berührte die neue Küste das frühere Meer erst in der Höhe von Kalabrien wieder und verlief dann bis unter das Ende des früheren Landes. Aber nichts zeigte sich mehr von dem Leuchtturme zu Messina, nichts von Sizilien, nicht einmal mehr der enorme Gipfel des Ätna, der sich früher doch 3350 Meter über das Meer erhob.

Sechzig Lieues (= 36 Meilen) südlicher fand die Dobryna jene Meerenge wieder, welche ihr damals während des Sturmes zur Rettung wurde und deren östliche Mündung sich nach dem Meere von Gibraltar zu öffnete.

Von hier aus bis zu dem Engpaß von Gabes hatten die Seefahrer die neue Begrenzung des Mittelmeeres schon aufgenommen. Da Leutnant Prokop Veranlassung hatte, mit seiner Zeit zu geizen, durchschnitt er das Meer jetzt in gerader Linie bis zu dem Breitengrade, wo er auf die noch nicht besuchten Küsten des neuen Kontinents stieß.

Man schrieb jetzt den 3. März.

Während das neue Ufer hier ungefähr Tunis begrenzte,

verlief es weiterhin etwa in der Höhe von Constantine quer durch die Oase von Ziban. Dann erhob es sich im schroffen Winkel wieder bis zum zweiunddreißigsten Grade und bildete daselbst einen unregelmäßig aus den enormen mineralischen Massen ausgeschnittenen Meerbusen. Noch weiter erstreckte es sich in der Ausdehnung von nahezu dreißig Meilen durch die frühere algerische Sahara und näherte sich dabei im Süden der Insel Gourbi mit einer Spitze, welche für die natürliche Grenze Marokkos anzusehen gewesen wäre; wenn Marokko überhaupt noch vorhanden war.

Hier mußte man längs dieser Spitze nach Norden hinauffahren, um dieselbe zu doublieren. Auf dem Wege dahin aber wurden die Reisenden Zeugen einer vulkanischen Erscheinung, deren Vorkommen auf der Gallia sie hiermit zum ersten Male konstatierten.

Ein feuerspeiender Berg bezeichnete jene Landspitze und erhob sich auf etwa dreitausend Fuß. Als erloschen war er nicht zu betrachten, denn über seinem Kopfe wälzten sich noch Rauchwolken dahin, wenn auch keine Flammen aufzulodern schienen.

»Die Gallia besitzt also auch ihr inneres Feuer«, rief Kapitän Servadac, als der Vulkan durch die Schiffswache der Dobryna signalisiert wurde.

»Und warum nicht, Kapitän?« antwortete Graf Timascheff, »da die Gallia nichts als ein Bruchstück der alten Erdkugel darstellt, warum sollte sie nicht auch einen Teil von deren Zentralfeuer mit sich fortgeführt haben, wie sie einen Teil der Atmosphäre, der Meere und Kontinente derselben entführte.«

»Leider nur einen sehr kleinen Teil«, bemerkte Kapitän Servadac, »doch hoffentlich einen hinreichend großen für die Bedürfnisse ihrer tatsächlichen Bevölkerung.«

»Da fällt mir ein«, fuhr Graf Timascheff fort, »daß wir bei unserer Rundfahrt ja auch wieder nach Gibraltar kommen könnten; halten Sie es für ratsam, jene Engländer von dem neuen Zustand der Dinge und von den notwendigen Folgen desselben zu unterrichten?«

»Wozu?« erwiderte Kapitän Servadac. »Diese Herren

wissen, wo die Insel Gourbi liegt, und können dahinkommen, wenn es ihnen beliebt. Sie leiden ja keinen Mangel, sondern haben überreichliche Hilfsmittel, welche sie für lange Zeit sicherstellen. Höchstens zweiundsiebzig Meilen trennen ihr Eiland von unserer Insel, und wenn das Meer erst zugefroren ist, können sie zu uns gelangen, sobald sie nur wollen. Wir haben keine Veranlassung, ihren Empfang so sehr zu loben, und wenn sie hierher kommen, werden wir uns rächen . . .«

»Indem wir sie besser aufnehmen, als jene uns, hoffe ich«, bemerkte Graf Timascheff.

»Ja, Sie haben recht, Herr Graf«, antwortete Kapitän Servadac, »denn in der Tat, hier gibt es jetzt weder Franzosen, noch Engländer oder Russen . . .«

»Oho«, fiel ihm Graf Timascheff ins Wort, »Engländer sind und bleiben in jedem Falle Engländer!«

»Freilich«, versetzte Hector Servadac, »darin liegt gleichzeitig ihr Vorzug und ihr Fehler!«

In dieser Weise beschloß man sich also bezüglich der kleinen Besatzung von Gibraltar zu verhalten. Auch für den Fall, daß man sich dahin entschieden hätte, wiederholt eine Verbindung mit diesen Engländern anzuknüpfen, so wäre es vorläufig nicht einmal möglich gewesen, denn die Dobryna hätte nicht, ohne ernste Gefahr zu laufen, in die Nähe jenes Eilandes zurückkehren können.

In der Tat sank die Temperatur mehr und mehr. Nicht ohne Unruhe überzeugte sich Leutnant Prokop, daß das Meer rings um die Goëlette bald werde zum Stehen kommen. Dabei entleerten sich bei dieser stets unter Dampf fortgesetzten Reise die Kohlenbehälter mehr und mehr, so daß ein Mangel an Heizmaterial einzutreten drohte, wenn man dasselbe nicht einigermaßen schonte. Der Leutnant etwikkelte diese beiden gewiß triftigen Gründe, und so beschloß man unter Erwägung der zwingenden Umstände die Rundfahrt mit Erreichung jener vulkanischen Landspitze abzubrechen. Jenseits derselben fiel die Küste wieder nach Süden zu ab und verlor sich in einem unübersehbaren Meere. Es wäre eine Unklugheit gewesen, die Dobryna jetzt, wo es ihr an Brennmaterial zu fehlen begann, in einen Ozean zu führen, der jeden Augenblick fest werden konnte, was unzweifelhaft die verderblichsten Folgen haben mußte. Außerdem durfte man voraussetzen, in diesem ganzen Teile der Gallia, welcher der früheren afrikanischen Wüste entsprach, kein weiteres Land, als das bis jetzt bekannte, anzutreffen – einen Boden, dem Wasser und Humus vollständig fehlten und den keine Menschenarbeit jemals ertragfähig zu machen im Stande wäre. Es konnte also keinen Schaden bringen, die Nachforschungen für jetzt einzustellen, um sie später unter günstigeren Verhältnissen wieder aufzunehmen.

An diesem Tage, am 5. März, beschloß man also, daß die Dobryna nur zur Insel Gourbi, von der sie höchstens zwanzig Lieues (= 12 Meilen) trennten, zurückdampfen sollte.

»Mein armer Ben-Zouf!« sagte Kapitän Servadac, der während dieser fünfwöchigen Reise häufig seines Gefährten gedacht hatte. »Wenn ihm nur kein Unglück zugestoßen ist!«

Die kurze Überfahrt von der vulkanischen Landspitze bis zur Insel Gourbi wurde nur durch einen einzigen Zwischenfall unterbrochen. Man fand nämlich im Meere eine zweite Nachricht jenes geheimnisvollen Gelehrten, dem es ohne Zweifel gelungen war, die Elemente der Gallia-Bahn zu berechnen, und der ihrem Laufe Tag für Tag folgte.

Bei Sonnenaufgang entdeckte die Schiffswache einen Gegenstand im Wasser, den man bald auffischte. Dieses Mal ersetzte eine Konservenbüchse die traditionelle Flasche, aber auch heute verschloß ein Siegel mit demselben Abdruck hermetisch die Öffnung des Gefäßes.

»Von demselben an dieselben!« sagte Kapitän Servadac.

Das Gefäß ward sorgfältig geöffnet und man fand in ihm ein Dokument, dessen Inhalt lautete wie folgt:

Gallia (?)
Ab sole, am 1. März, Dist.: 87 000 000 L.! (46 800 000 M.)
Durchlaufener Weg von Februar bis März: 59 000 000 L.! (34 500 000 M.)

Va bene! All right! Nil desperandum!

»Entzückt!«

»Weder eine Adresse, noch sonst eine nähere Bezeichnung!« rief Kapitän Servadac, »man möchte wahrlich hierbei an eine fortgesetzte Mystifikation denken!«

»Dann müßte diese Mystifikation freilich in sehr vielen Exemplaren ausgeführt werden«, bemerkte Graf Timascheff, »denn da wir schon ein zweites Mal ein solches Dokument auffanden, mußte dessen Verfasser seine Büchsen und Etuis über das Meer geradezu ausgesät haben.«

»Wer mag aber dieser hirnverbrannte Gelehrte sein, der nicht einmal daran denkt, seinen Aufenthalt anzugeben?«

»Seinen Aufenthalt? Der ist im Grunde des Astrologenbrunnenes!« antwortete Graf Timascheff mit einer Anspielung auf die bekannte Fabel La Fontaines.

»Das ist wohl möglich; doch wo ist dieser Brunnen?«

Diese Frage des Kapitän Servadac blieb vorläufig freilich unbeantwortet. Weilte der Urheber jenes Dokumentes auf irgendeinem verlorenen Eilande, das der Dobryna nicht in Sicht gekommen war? Reiste er vielleicht an Bord eines Schiffes ebenso auf dem neuen Mittelmeere umher, wie die Goëlette dasselbe befahren hatte? – Niemand vermochte das zu sagen.

»Jedenfalls«, äußerte der Leutnant Prokop, »wenn das Dokument ernsthaft gemeint ist – und allem Anscheine nach muß man das glauben –, können wir daraus zwei wichtige Schlußfolgerungen ziehen. Die erste ist die, daß die Bewegungsgeschwindigkeit der Goëlette sich um dreiundzwanzig Millionen Lieues (= 13 ⅘ Millionen Meilen) vermindert hat, da der vom Januar zum Februar durchlaufene Weg zweiundachtzig Millionen Lieues (= 49 ⅕ Millionen Meilen) betrug, während die Bahnlänge vom Februar bis März nur noch neunundfünfzig Millionen Lieues erreicht. Die zweite aber ist die, daß die Entfernung der Gallia von der Sonne, welche sich am 15. Februar auf neunundfünfzig Millionen Lieues (= 34 ½ Millionen Meilen) belief, am 1. März bis auf achtundsiebzig Millionen Lieues (= 10 ½ Millionen Meilen) gewachsen ist. Je weiter die Gallia sich demnach von der Sonne entfernt, desto mehr vermindert sich die Schnelligkeit ihrer Bewegung, was mit den Gesetzen der Himmelsmechanik vollständig übereinstimmt.«

»Und daraus schließest du, Prokop?« fragte Graf Timascheff.

»Daß wir, wie ich schon früher aussprach, eine elliptische Bahn verfolgen, deren Exzentrizität zu berechnen uns vor der Hand freilich unmöglich ist.«

»Außerdem fällt mir auf«, fuhr Graf Timascheff fort, »daß der Urheber jener Schriftstücke sich wiederum des Namens ›Gallia‹ bedient. Ich schlage also vor, denselben definitiv für das neue Gestirn, welches uns trägt, anzunehmen und auch dieses Meer das ›Gallia-Meer‹ zu nennen.«

»Angenommen«, erwiderte Leutnant Prokop, »ich werde es unter diesem Namen eintragen, sobald ich unsere neue Seekarte entwerfe.«

»Ich für mein Teil«, ließ sich endlich Kapitän Servadac vernehmen, »ich möchte eine dritte Bemerkung machen; mir scheint, jener wackere Mann ist mehr und mehr von den jetzigen Verhältnissen entzückt, und was auch kommen möge, immer und ewig werde ich mit ihm ausrufen: *Nil desperandum!* «

Einige Stunden später meldete die Schiffswache, daß die Insel Gourbi in Sicht sei.

Achtzehntes Kapitel

Welches von dem Empfange des Generalgouverneurs der Insel Gourbi und den Vorkommnissen während seiner Abwesenheit handelt.

Die Goëlette hatte die Insel am 31. Januar verlassen und kehrte zu ihr zurück am 5. März, nach einer Reise von fünfunddreißig Tagen – da das Erdenjahr ein Schaltjahr war. Diese fünfunddreißig Tage entsprachen siebzig Gallia-Tagen, weil die Sonne während jenes Zeitraumes den Meridian der Insel ebenso viele Male passierte.

Hector Servadac fühlte sich innerlich erregt, als er sich diesem letzten, von der allgemeinen Zerstörung verschonten Restchen des algerischen Bodens näherte. Wiederholt hatte er sich während dieser langen Abwesenheit gefragt, ob er es wohl noch an derselben Stelle samt dem treuen Ben-Zouf wiederfinden werde. Diese Zweifel erschienen nicht ungereimt, wenn man bedenkt, welch eingreifende Veränderung die Oberfläche der Gallia durch jene unerhörten kosmischen Prozesse erlitten hatte.

Die Befürchtungen des Stabsoffiziers sollten sich zum Glück aber nicht erfüllen. Die Insel Gourbi war vorhanden; ja – welch eigentümliche Erscheinung – noch vor der Ankunft im Hafen des Cheliff vermochte Hector Servadac eine sonderbare Wolke wahrzunehmen, welche nur etwa hundert Fuß über dem Boden seines Gebietes schwebte. Als die Goëlette nur noch wenige Kabellängen von der Küste entfernt war, zeigte sich die erwähnte Wolke als eine sehr dichte Masse, welche automatisch in der Atmosphäre auf- und niederwogte. Kapitän Servadac erkannte auch sehr bald, daß es sich hier nicht um eine Anhäufung zur Bläschenform kondensierter Dunstmassen, sondern um eine ungeheure Schar von Vögeln handelte, welche sich, ähnlich den Heringszügen im Meere, dicht aneinander gedrängt hielten. Aus der Mitte dieser weit hingestreckten Wolke tönte ein betäubendes Geschrei, dem von unten her häufige Flintenschüsse antworteten.

Die Dobryna signalisierte ihre Ankunft durch einen Kanonenschuß und ging in dem kleinen Hafen des Cheliff vor Anker.

In diesem Augenblick lief ein Mann mit dem Gewehre in der Hand herbei und sprang auf die Felsen am Ufer.

Es war Ben-Zouf.

Erst blieb er unbeweglich, die Augen auf fünfzehn Schritt Entfernung fixiert, »soweit das die Organisation des Körpers zuläßt«, wie die Instruktions-Unteroffiziere sagen, mit aller gebührenden Ehrerbietung stehen. Der brave Soldat vermochte sich aber doch nicht ganz zu bezwingen, sondern eilte seinem Kapitän, der eben das Land betrat, entgegen und küßte ihm zärtlich die Hände.

Statt der sonst gewöhnlichen Bewillkommnungen, wie: »Welch Glück, Sie wiederzusehen! – Ich wurde schon recht unruhig!« oder: »Oh, wie lange blieben Sie weg!« u. dergl. rief Ben-Zouf vielmehr:

»Oh, diese Schurken! Diese Banditen! Oh, das ist gut, daß Sie kommen, mein Kapitän! Diese Diebe! Diese Piraten! Diese elenden Beduinen!«

»Aber was ist dir denn, Ben-Zouf?« fragte Hector Servadac, den diese grimmigen Ausrufe zu dem Glauben verleiteten, es sei eine Bande Araber in sein Gebiet eingebrochen.

»Nun, diese Satansvögel da oben!« antwortete Ben-Zouf. »Seit einem Monat schon verschwende ich mein Pulver gegen diese Räuber. Je mehr ich davon totschieße, desto mehr kommen wieder. Ich sage Ihnen, wenn wir diese geschnäbelten und gefiederten Kabylen gewähren ließen, bald fänden wir kein Getreidekörnchen mehr auf der Insel!«

Graf Timascheff und Leutnant Prokop, welche ebenfalls herzukamen, konnten mit Kapitän Servadac bestätigen, daß Ben-Zouf keineswegs übertrieb. Die reiche, während der großen Hitze im Januar, als die Gallia durch ihr Perihel ging, schnell gereifte Ernte wurde jetzt vielen Tausenden von Vögeln zur Beute. Nur ein kleines Überbleibsel derselben war dem gefräßigen Geflügel entgangen. Eigentlich sollte man freilich sagen, ein Überbleibsel dessen, was von der Ernte noch auf dem Halme stand, denn Ben-Zouf hatte während der Abwesenheit der Dobryna nicht gefeiert, wofür die zahlreichen Getreidefeime zeugten, welche da und dort auf den schon kahlen Feldern standen.

Die Schar von Vögeln, welche den Zorn des Kapitänsburschen so hell auflodern machte, bestand aus allen denen, die die Gallia bei ihrer Losreißung von der Erde zufällig entführte. Natürlich hatten jene auf der Insel Gourbi Zuflucht gesucht, wo sie allein Felder, Wiesen und Süßwasser fanden – ein Beweis, daß kein anderer Teil des Asteroides ihnen Nahrung zu liefern vermochte. Freilich suchten sie jetzt auf Kosten der Inselbewohner zu leben, ein Unterfangen, dem man mit allen erdenklichen Mitteln entgegentreten mußte.

»Wir werden ihnen die Wege weisen«, sagte Hector Servadac.

»Das hoffe ich, mein Kapitän«, erwiderte Ben-Zouf. »Doch sagen Sie mir, was ist aus unseren afrikanischen Kameraden geworden?«

»Unsere afrikanischen Kameraden sind noch immer in Afrika«, antwortete Hector Servadac.

»Die wackeren Soldaten!«

»Gewiß; nur Afrika ist leider nicht mehr vorhanden«, fügte Kapitän Servadac hinzu.

»Kein Afrika mehr! – Aber Frankreich?...«

»Frankreich! Oh, das liegt jetzt weit von uns, Ben-Zouf.«

»Und mein Montmartre?«

Diese Frage lag ihm vorzüglich am Herzen. Mit kurzen Worten erklärte Kapitän Servadac seiner Ordonnanz, was geschehen sei, und daß der Montmartre und mit ihm Paris, mit Paris aber ganz Frankreich, mit diesem Europa und mit Europa überhaupt die ganze Erdkugel jetzt achtzig Millionen Lieues von der Gallia entfernt lägen, die Hoffnung auf eine Rückkehr dahin also nahezu aufzugeben sei.

»Ei was da!« rief die Ordonnanz. »Das wäre noch schöner! Laurent, genannt Ben-Zouf, vom Montmartre, und sollte den Montmartre nicht wiedersehen! Dummheiten, mein Kapitän, bei aller Hochachtung für Sie, das sind Dummheiten!«

Dazu schüttelte Ben-Zouf mit dem Kopfe, wie ein Mann, den keine Macht der Erde eines anderen zu belehren im Stande wäre.

»Recht so«, erwiderte ihm Kapitän Servadac. »Hoffe du, soviel es dir beliebt. Man soll niemals verzweifeln! Das ist offenbar auch der Wahlspruch unseres anonymen Korrespondenten. Doch denken wir nun auch daran, uns auf der Insel Gourbi häuslich einzurichten, als sollten wir für immer hierbleiben.«

So im Gespräche hatte sich Hector Servadac, der dem Grafen Timascheff und dem Leutnant Prokop vorausging, nach dem durch Ben-Zoufs Sorgfalt wieder in Stand gesetzten Gourbi begeben. Auch das Wachthaus war wieder hergestellt und Galette und Zephir mit reichlicher Streu versorgt. Hier in dieser bescheidenen Hütte bot Hector Servadac seinen Gästen Unterkommen an, ebenso wie der kleinen, von ihrer Ziege begleiteten Nina. Unterwegs noch ergötzte sich Ben-Zouf an zwei herzhaften Küssen Ninas und Marzys, welche ihm diese beiden zutraulichen Wesen aus gutem Herzen gegeben hatten.

Nun wurde im Gourbi sofort eine Beratung abgehalten, was wohl zunächst vorzunehmen sei.

Als brennendste Frage trat dabei vor allen die nach der zukünftigen Wohnung hervor. Wie sollte man sich auf der Insel einrichten, um der furchtbaren Kälte zu trotzen, welche die Gallia auf ihrer interplanetarischen Fahrt jedenfalls heimsuchen würde, und deren Dauer man gar nicht abzuschätzen wußte? Diese Zeitdauer hing offenbar von der Exzentrizität der von dem Asteroiden durchlaufenen Bahn ab, und es konnten vielleicht viele Jahre vergehen, bevor dieser wieder in seine Sonnennähe zurückkehrte. Dazu besaß man keineswegs reichliche Vorräte an Heizmaterial, Kohle z. B. gab es gar nicht, Bäume nur wenige, wohl aber die betrübende Aussicht, daß während der Periode der gewiß exzessiven Kälte gar nichts wachsen werde. Was war zu tun? Wie konnte man sich vor diesem drohenden Verhängnis am besten schützen? Ein Ausweg mußte, und zwar in kürzester Frist, gefunden werden.

Die Ernährungsfrage der Kolonie bot weniger unmittelbare Schwierigkeiten; auch bezüglich des notwendigen Getränkes war gewiß nichts zu fürchten. Über die Ebene rannen ja mehrere Bäche, deren Wasser verschiedene Zisternen füllte. Durch andauernde Kälte mußte auch das Meer der Gallia gefrieren und trinkbares Wasser in Überfluß liefern, da Eis ja bekanntlich kein Körnchen Salz mehr enthält.

Die Nahrung im strengsten Sinne des Wortes, d. h. ein Vorrat an den zur Erhaltung des Lebens notwendigen stickstoffhaltigen Materialien war für lange Zeit gesichert. Einesteils lieferten die Cerealien, welche nur der Einbringung harrten, andererseits die auf der Insel zerstreuten Herden einen hinreichenden Vorrat. Während der Kälteperiode mußte das Land natürlich unfruchtbar bleiben und konnte an eine weitere Futterernte zur Ernährung der Haustiere nicht gedacht werden. Dieser Umstand nötigte zu gewissen Maßregeln, und wenn es gelang, die Dauer des Umlaufs der Gallia um das Zentrum der Attraktion zu berechnen, so wollte man danach die Zahl der während der Winterperiode zu haltenden Tiere berechnen.

Die eigentliche Bevölkerung der Gallia aber bestand, abgesehen von den dreizehn Engländern in Gibraltar, aus acht Russen, zwei Franzosen und einer kleinen Italienerin. Elf Bewohner hatte die Insel Gourbi also zu ernähren.

Nach Feststellung dieser Zahl durch Hector Servadac ließ sich aber plötzlich Ben-Zouf noch vernehmen.

»Nein, mein Kapitän«, rief er, »es tut mir leid, Ihnen widersprechen zu müssen. Ihre Rechnung stimmt noch nicht.«

»Wieso?«

»Ich muß Ihnen melden, daß wir dreiundzwanzig Einwohner sind!«

»Hier auf der Insel?«

»Jawohl.«

»Erkläre dich näher, Ben-Zouf.«

»Bis jetzt fand ich noch keine Gelegenheit, meinen Rapport abzustatten. Während Ihrer Abwesenheit hab' ich Tischgäste bekommen.«

»Tischgäste?«

»Freilich . . . Doch, zur Sache«, fuhr Ben-Zouf fort. »Sehen Sie sich einmal um, und auch Sie, meine Herren Russen. Die Erntearbeiten sind gewiß schon weit vorgeschritten und dazu hätten doch meine zwei Arme beim besten Willen nicht genügt.«

»Das sehe ich ein«, bemerkte Leutnant Prokop.

»Kommen Sie alle mit. Es ist nicht weit von hier. Nur zwei Kilometer. Doch die Gewehre wollen wir mitnehmen.«

»Um uns zu verteidigen? . . .« fragte Kapitän Servadac.

»Nicht gegen Menschen«, beruhigte ihn Ben-Zouf, »aber gegen die verwünschten Vögel.«

Neugierig erregt folgten Kapitän Servadac, Graf Timascheff und Leutnant Prokop der Ordonnanz, während sie die kleine Nina nebst ihrer Ziege im Gourbi zurückließen.

Unterwegs unterhielten Kapitän Servadac und seine Begleiter ein wohlgezieltes Gewehrfeuer gegen die Wolke von Vögeln, welche über ihnen hin- und herschwebte. Letztere bestand aus Abertausenden wilder und langgeschwänzter Enten, Wasserschnepfen, Lerchen, Krähen, Schwalben und anderen, zu denen sich die Seevögel, wie Trauerenten, Sturmvögel, Möwen, und von Federwild Wachteln, Rebhühner, Schnepfen und andere mischten. Kein Schuß ging fehl, zu Dutzenden fielen die Getroffenen. Es war keine Jagd, vielmehr die Ausrottung einer frechen Räuberbande.

Statt der nördlichen Küste der Insel zu folgen, schlug Ben-Zouf einen Weg quer über die Ebene ein. Nach zehn Minuten schon hatten, dank ihres verminderten spezifischen Gewichtes, Kapitän Servadac und seine Begleiter die zwei Kilometer, von denen Ben-Zouf vorher sprach, zurückgelegt, und erreichten damit ein umfängliches Dickicht von Sykomoren und Eukalypten, welches sich anmutig längs des Fußes eines kleinen Hügels hin erstreckte. Hier machten sie halt.

»Oh, diese Schurken! Diese Banditen! Diese Beduinen!« reif Ben-Zouf den Boden stampfend.

»Meinst du damit immer wieder die Vögel?« fragte Kapitän Servadac.

»Ei nein, mein Kapitän! Ich rede von diesen vermaledeiten Faulenzern hier, die schon wieder ihre Arbeit im Stiche gelassen haben! Da, sehen Sie nur!«

Ben-Zouf wies bei diesen Worten auf verschiedene Sicheln, Sensen, Rechen und andere Werkzeuge und Geräte, welche auf der Erde umherlagen.

»Nun, zum Kuckuck, Meister Ben-Zouf, wirst du dich bald erklären, um was es sich hier handelt?« fragte Kapitän Servadac, dem allmählich die Geduld ausging.

»Still, mein Kapitän, hören Sie, hören Sie!« erwiderte Ben-Zouf. Nein, ich täuschte mich nicht.«

Bei schärferem Aufhorchen konnten Hector Servadac und seine beiden Gefährten eine singende Stimme, eine schnarrende Gitarre und taktmäßig klappernde Kastagnetten hören.

»Spanier!« rief Kapitän Servadac.

»Und das ist noch gar nichts«, sagte Ben-Zouf, »die Leute schlagen ihre Kastagnetten noch vor der Mündung einer Kanone!«

»Aber was bedeutet das alles? . . .«

»Hören Sie erst, jetzt kommt der Alte an die Reihe.«

Eine andere Stimme, welche nicht sang, ließ sich mit heftigen Vorwürfen vernehmen.

Kapitän Servadac verstand als geborener Gaskogner hinlänglich spanisch. Nach einem Verse, welcher wie folgt:

Tu sandungo y cigarro,
Y una cana de Jerez,
Mi jamelgo y un trabuco,
Que mas gloria puede haver.*

lautete, hörte man die andere scharfklingende Stimme wiederholt rufen:

»Mein Geld! Mein Geld! Werd ich endlich erhalten mein Geld, das ihr mir schuldig seid, ihr erbärmlichen Majos!« Darauf erklang das Lied weiter:

Para Alcarrazas, Chiclana,
Para trigo, Trebujena,
Y para ninas bonitas,
San Lucar de Barrameda.**

»Ja, ihr sollt mir bezahlen meine Forderung, ihr Spitzbuben!« erscholl wieder jene Stimme unter dem Geräusch der Kastagnetten. Ihr werdet sie mir zahlen bei dem Gotte Abrahams, Isaaks und Jakobs!«

»Ei zum Teufel, das ist ja ein Jude!« rief Kapitän Servadac.

»Ja, und was das Schlimmste ist, ein deutscher Jude.«

Gerade als die beiden Franzosen und die zwei Russen aber sich in das Baumdickicht begeben wollten, hielt sie ein

---

*Deine Gunst und eine Zigarre, ein Glas Xeres, mein Roß und meine Büchse, was gibt's noch Besseres in der Welt. (Nach der Übersetzung von Ch. Davillier.)

**Bei den Alcarrazas, Chiclana, dem blühenden Weizen, Trebujena, den schönsten Mädchen, San Lucar de Barrameda.

merkwürdiges Schauspiel an dessen Rande zurück. Die Spanier begannen eben einen echt nationalen Fandango entsprechend ihrer Gewichtsabnahme, wie der aller auf der Gallia befindlichen Gegenstände, sprangen sie dabei wohl dreißig bis vierzig Fuß in die Höhe und wurden somit oberhalb der Bäume sichtbar, was einen unbeschreiblich komischen Anblick gewährte. Es waren ihrer drei muskulöse Majos, die einen alten Mann mit sich emporhoben, der sich sehr wider Willen in solch ungewohnte Höhe versetzt zu sehen schien. Man sah ihn erscheinen und verschwinden, wie es einst dem Sancho Pansa erging, als ihn die lustigen Tuchmacher von Segovia im Übermute prellten.

Hector Servadac, Graf Timascheff, Prokop und Ben-Zouf betraten neugierig das Gehölz und gelangten bald nach einer kleinen Lichtung. Dort wanden sich ein Gitarrespieler und ein Kastagnettenschläger, welche am Boden lagen, vor Lachen und feuerten die Tänzer immer mehr und mehr an.

Beim Anblick Kapitän Servadacs und seiner Begleiter verstummten die Musiker plötzlich, und die Tänzer fielen, ihr unglückliches Opfer in der Mitte, sanft zur Erde nieder.

Atemlos und ganz außer sich eilte der Jude sofort auf den Stabsoffizier zu und redete ihn jetzt französisch, doch mit sehr deutschtümelndem Dialekt an.

»Ah, Herr Generalgouverneur!« rief er, »diese Schurken wollen mir stehlen mein Hab und Gut. Aber beim ewigen Gott, Sie werden mir helfen zu meinem Rechte!«

Verwundert sah Kapitän Servadac auf Ben-Zouf, als wolle er diesen fragen, wie er zu dieser ehrenvollen Titulatur komme, und letzterer schien durch eine bezeichnende Kopfbewegung zu antworten:

»Lassen Sie das nur gut sein, mein Kapitän; Sie sind jetzt hier Generalgouverneur. Ich habe das einmal so arrangiert!«

Kapitän Servadac bedeutete dem Juden, zu schweigen, und dieser neigte ehrfurchtsvoll den Kopf und kreuzte die Arme über der Brust.

Jetzt konnte man in nach Belieben mustern.

Es war ein Mann von fünfzig Jahren, den man leicht für

sechzig halten konnte. Klein und hager von Gestalt, mit lebhaften, aber falschen Augen, gebogener Nase, gelblich-rotem Barte, struppigem Haar, großen Füßen, langen, krallenartigen Händen, zeigte er ganz den Typus des deutschen Juden, der sich von allen anderen leicht unterscheidet. Das war der Wucherer mit dem Katzenbuckel und kalten Herzen, der Münzenkipper, der zusammenscharrende Geizhals von oben bis unten.

Silber hatte auf diesen Menschen ebensoviel Anziehungskraft wie der Magnet auf Eisen, und wenn es diesem Shylock gelungen wäre, sich auf die bekannte Weise von seinem Schuldner bezahlt zu machen, so hätte er dessen Fleisch gewiß noch einmal weiter verschachert. Obwohl von Geburt Israelit, spielte er in mohannedanischen Ländern den Mohammedaner und wäre Heide geworden, wenn ihm das »mehr abgeworfen« hätte.

Dieser Jude nannte sich Isaak Hakhabut und stammte aus Köln, war also erst Preuße und in zweiter Linie Deutscher. Nach seiner Mitteilung gegen Kapitän Servadac befand er sich das ganze Jahr über in Handelsgeschäften auf der Reise, wobei er Küstenhandel längs der Umgebungen des Mittelmeeres betrieb. Sein Magazin – eine Tartane von zweihundert Tonnen, ein wahrhafter fliegender Kramladen – versorgte die Küstenorte mit tausenderlei verschiedenen Artikeln, von den Streichhölzchen an bis zu den bunten Bilderbogen aus Frankfurt oder Epinal.

Isaak Hakhabut hatte keinen anderen Wohnsitz als seine Tartane, die »Hansa«. Unbeweibt und kinderlos lebte er an Bord. Ein Obersteuermann und drei Mann Besatzung genügten zur Führung des leichten Fahrzeuges, welches bei seinen kurzen Küstenfahrten Algerien, Tunis, Ägypten, die Türkei, Griechenland und alle Stapelplätze der Levante berührte. Mit Vorräten an Kaffee, Zucker, Reis, Tabak, Pulver, Kleidungsstoffen usw. reichlich versehen, verkaufte, vertauschte und trödelte Isaak Hakhabut überall mit größtem Eifer und gewann dabei ein gut Stück Geld.

Die Hansa ankerte zufällig in Ceuta, an der vorspringendsten Spitze Marokkos, als die Katastrophe eintrat. Der

Obersteuermann und seine drei Leute befanden sich in der Nacht vom 31. Dezember zum 1. Januar nicht an Bord und verschwanden damals spurlos, gleich so vielen anderen. Der Leser erinnert sich aber, daß die äußersten Felsen von Ceuta, gegenüber Gibraltar, damals verschont blieben, wenn man sich unter den obwaltenden Verhältnissen dieses Ausdruckes bedienen darf; mit und auf ihnen blieben auch zehn Spanier übrig, welche nicht im entferntesten ahnten, was vorgegangen war.

Diese Spanier, andalusische Majos (d. s. Gebirgsbewohner Andalusiens mit bunter, phantastischer Tracht und verrufene Raufer), unwissend von Natur, träge aus Liebhaberei, aber immer bei der Hand, Naraja oder Gitarre zu spielen, von Profession Ackerbauer, hatten einen gewissen Negrete zum Anführer, dessen Kenntnisse die der Übrigen nur deshalb ein wenig übertrafen, weil er früher etwas in der Welt umhergekommen war. Als sie sich auf dem Felsen von Ceuta allein sahen, kamen sie in nicht geringe Verlegenheit. Wohl war die Hansa samt ihrem Besitzer zur Stelle, und sie hätten gewiß keine Gewissensbisse darüber empfunden, sich zur Heimfahrt dieses Schiffes zu bemächtigen, nur fand sich leider kein Seemann unter ihnen. Nun konnten sie selbstverständlich doch nicht ewig auf diesem Felseneilande bleiben, und so zwangen sie nach Aufzehrung ihrer Vorräte Hakhabut, sie an Bord seines Schiffes aufzunehmen.

Mittlerweile erhielt Negrete den Besuch der beiden englischen Offiziere von Gibraltar, dessen im vorhergehenden Erwähnung geschah. Was damals zwischen den Engländern und den Spaniern gesprochen wurde, wußte der Jude nicht. Jedenfalls veranlaßte Negrete infolge dieses Besuches Hakhabut, unter Segel zu gehen, um ihn und seine Genossen nach dem nächsten Punkte der marokkanischen Küste überzuführen. Der Jude sah sich gezwungen, diesem Ansinnen zu entsprechen; bei seiner Gewohnheit aber, aus allem Nutzen zu ziehen, stipulierte er mit den Spaniern einen Preis für die Überfahrt, den diese ebenso schnell bewilligten, als sie fest entschlossen waren, keinen Real zu bezahlen.

Am 3. Februar segelte die Hansa ab. Bei dem herrschenden Westwinde war die Tartane leicht zu führen. Man brauchte eben nur den Wind in den Rücken derselben blasen zu lassen. So hatten die improvisierten Seeleute also nur die Segel aufzuziehen, um ohne ihr Wissen nach der einzigen Stelle der Erdkugel zu gelangen, welche ihnen noch eine Zuflucht zu bieten vermochte.

Infolgedessen bekam denn Ben-Zouf eines schönen Morgens ein Fahrzeug zu Gesicht, welches der Dobryna keinesweg ähnelte und das der Wind ganz sanft in den Hafen des Cheliff, an der ehemaligen rechten Seite des Flusses, hineintrieb.

Ben-Zouf unterzog sich des Berichtes über die Geschichte des Juden unter der Hinweisung, daß die noch sehr wohl assortierte Ladung der Hansa den Bewohnern der Insel von größtem Nutzen sein werde. Jedenfalls würde man Mühe haben, sich mit Isaak Hakhabut auseinanderzusetzen; unter den gegebenen Verhältnissen erschien es jedoch gewiß nicht ungerechtfertigt, dessen Warenvorräte zum allgemeinen Besten zu requirieren, da er sie doch nicht verkaufen konnte.

»Bezüglich der Streitfrage zwischen dem Eigentümer der Hansa und seiner Passagiere«, fügte Ben-Zouf noch hinzu, »habe ich die Verabredung getroffen, daß dieselben nach dem Ermessen Sr. Exzellenz des Herrn Generalgouverneurs ›bei Gelegenheit der nächsten Inspektionsreise‹ ihre Erledigung finden sollte.«

Hector Servadac konnte bei Ben-Zoufs Bericht ein Lächeln nicht unterdrücken. Er versprach jedoch dem Juden Hakhabut, daß ihm Gerechtigkeit werden solle, was endlich seine endlosen Beschwörungen »des Gottes Israels, Abrahams und Jakobs« verstummen ließ.

»Wie könnten diese Leute aber überhaupt bezahlen?« fragte Graf Timascheff, als der Jude zurückgetreten war.

»Oh, sie besitzen Geld«, antwortete Ben-Zouf.

»Spanier . . . Geld!« erwiderte Graf Timascheff. »Das ist kaum zu glauben.«

»Und doch ist es an dem«, behauptete Ben-Zouf, »ich sah mit eigenen Augen englische Münzen in ihren Händen.«

»Aha«, bemerkte Kapitän Servadac, der sich des Besuches der beiden englischen Offiziere in Ceuta erinnerte. »Doch immerhin. Das wird später geordnet werden. – Wissen Sie, Graf Timascheff, daß die Gallia jetzt sehr verschiedene Repräsentanten der Bewohnerschaft des alten Europa trägt?«

»Gewiß, Kapitän«, antwortete Graf Timascheff, »auf diesem Bruchstücke der früheren Erdkugel wandeln jetzt die Nationalitäten Frankreichs, Rußlands, Italiens, Spaniens, Englands und Deutschlands. Letzteres freilich ist durch jenen Juden nicht gerade am glücklichsten vertreten.«

»Jeder Vernünftige würde Ihnen darin recht geben, als Franzose kann ich das nicht!« bemerkte Kapitän Servadac.

Neunzehntes Kapitel

In welchem Kapitän Servadac einstimmig als Generalgouverneur der Gallia anerkannt wird.

An Bord der Hansa waren, einen zwölfjährigen Knaben, der ebenfalls dem Verderben entging, mitgezählt, damals zehn Spanier gekommen. Ehrfurchtsvoll empfingen sie denjenigen, den ihnen Ben-Zouf als den Generalgouverneur der Provinz bezeichnet hatte, und nahmen nach dessen Verlassen der Lichtung ihre Arbeiten wieder auf.

Kapitän Servadac und seine Begleiter, hinter ihnen in gebührender Entfernung Isaak Hakhabut, begaben sich nach dem Küstenpunkte, wo die Hansa ankerte.

Die Situation war nun vollständig bekannt. Von der früheren Erde existierten außer der Insel Gourbi noch vier Eilande: Gibraltar, im Besitze der Engländer; Ceuta, das die Spanier verlassen hatten; Madalena, wo man die kleine Italienerin auffand, und das Grabmal des heiligen Ludwig an der tunesischen Küste. Um diese Orte herum dehnte sich das Gallia-Meer, im Umfange etwa der Hälfte des alten Mittelmeeres, aus, um welches steile Felsenufer von unbekannter Substanz und Herkunft eine unübersteigliche Einrahmung bildeten.

Nur zwei von jenen Punkten waren bewohnt; der Felsen von Gibraltar, auf dem dreizehn für lange Jahre versorgte Engländer hausten, und die Insel Gourbi mit dreiundzwanzig Einwohnern, die sich von den eigenen Erzeugnissen ernähren mußten. Außerdem vegetierte jedenfalls auf irgendeinem bislang nicht aufgefundenen Eilande ein weiterer Überlebender von der alten Erde, der geheimnisvolle Urheber der von der Dobryna während ihrer Rundfahrt aufgefangenen Notizen. Der neue Asteroid besaß alles in allem demnach eine Bevölkerung von sechsunddreißig Seelen.

Angenommen, daß diese ganze kleine Gesellschaft sich einst auf der Insel Gourbi vereinigte, so mußte letztere mit ihren dreihundertfünfzig Hektar fruchtbaren Bodens, wenn dieser gut angebaut und wirtschaftlich ausgenutzt wurde, recht wohl zur Bestreitung aller Bedürfnisse der Kolonie ausreichen. Eine Hauptfrage blieb es nur, zu wissen, wann besagter Boden wieder produktionsfähig werden, oder mit anderen Worten, nach welchem Zeitraume die Gallia nicht mehr unter der furchtbaren Kälte des freien Weltraumes leiden und durch die erneute Annäherung zur Sonne ihre vegetative Kraft wieder erlangen würde.

Für die Bewohner der Gallia gab es also zwei Probleme zu lösen: 1. Folgte ihr Asteroid überhaupt einer Kurve, welche ihn jemals wieder dem Zentrum des Lichtes näher zu führen versprach? 2. Wenn das der Fall war, welche Ellipse beschrieb diese Kurve, d. h. nach welchem Zeitraume würde die Gallia nach Überschreitung ihres Aphels zur Sonne zurückkehren?

Leider vermochten die Bewohner der Gallia, denen es an allen Hilfsmitteln zu den hierbei notwendigen astronomischen Beobachtungen mangelte, diese Probleme auf keine Weise zu lösen.

Für jetzt konnte man nur auf die augenblicklich vorhandenen Vorräte zählen: Die Provisionen der Dobryna, nämlich Zucker, Wein, Branntwein, Konserven u. dergl., die für etwa zwei Monate ausreichen mochten und welche Graf Timascheff, ohne ein Wort zu verlieren, zum allgemeinen Besten abtrat, und die reiche Fracht der Hansa, welche der Jude Hakhabut früher oder später, mit oder gegen seinen Willen auszuliefern gezwungen sein würde, und endlich die Erzeugnisse des Pflanzen- und Tierreiches der Insel, die bei geregelter Ausnutzung der Bevölkerung auf lange Jahre hinaus die nötige Nahrung gewährleisten mußten.

Kapitän Servadac, Graf Timascheff, Leutnant Prokop und Ben-Zouf besprachen natürlich dieses wichtige Thema auf ihrem Wege nach dem Meere. Vorher noch aber wendete sich Graf Timascheff an den Stabsoffizier mit folgenden Worten:

»Kapitän, Sie sind jenen Leuten einmal als Generalgouverneur vorgestellt worden, und ich denke, Sie sollten diese Stellung auch für die Zukunft beibehalten. Sie sind Franzose; wir befinden uns hier auf dem übriggebliebenen Boden einer französischen Kolonie, und da jede Vereinigung von Menschen eines Vorstehers und Leiters bedarf, so erkläre ich hiermit, daß ich und meine Leute Sie von jetzt als solchen betrachten.«

»Meiner Treu, Herr Graf«, antwortete ohne Zögern Hector Servadac, »ich füge mich den Verhältnissen und unterziehe mich der ganzen Verantwortlichkeit dieses Amtes. Ich bin dabei der guten Hoffnung, daß wir einander immer verstehen und unser Bestes im allgemeinen Interesse tun werden. Zum Teufel, das Schlimmste scheint mir doch überstanden und ich rechne darauf, daß wir auch später nicht umkommen, wären wir von unseresgleichen auch für immer getrennt!«

Mit diesen Worten reichte Hector Servadac dem Grafen Timascheff die Hand. Dieser ergriff sie und neigte zustimmend leise den Kopf. Das war der erste Händedruck, den die beiden Männer seit ihrer Wiederbegegnung gewechselt hatten, während auch keine Anspielung auf ihre frühere Rivalität wieder vorgekommen war oder je verlauten sollte.

»Zunächst«, begann Kapitän Servadac, »haben wir uns über eine nicht ganz unwichtige Frage schlüssig zu machen.

Sollen wir jene Spanier über unsere tatsächliche Lage aufklären?«

»Ei nein, Herr Gouverneur«, antwortete lebhaft Ben-Zouf. »Diese Menschen sind von Natur zu weichlich. Wenn sie erführen, wie es um uns steht, würden sie verzweifeln und zu nichts mehr zu brauchen sein.«

»Dazu«, bemerkte Leutnant Prokop, »erscheinen sie mir auch so unwissend, daß sie absolut nichts von dem begreifen würden, was man ihnen über kosmographische Verhältnisse mitteilte.«

»Bah!« fiel Kapitän Servadac ein, »und wenn sie es begriffen, würden sie sich auch nicht besonders darum kümmern. Spanier sind, ganz wie die Orientalen, so ziemlich Fatalisten, und solche Leute lassen sich nicht allzuweit aus dem Gleichgewicht bringen. Ein Lied zur Gitarre, ein Fandango und etwas Kastagnettenklang, dann denken sie nicht viel an etwas anderes. Was meinen Sie dazu, Graf Timascheff?«

»Ich denke«, antwortete der Gefragte, »es ist besser, ihnen die Wahrheit zu sagen, wie ich es auch gegenüber meinen Leuten von der Dobryna gehalten habe.«

»Das ist auch meine Ansicht«, erklärte Kapitän Servadac, »und ich glaube nicht, daß wir daran guttun würden, denjenigen bezüglich unserer Lage die Wahrheit vorzuenthalten, welche berufen sind, deren Gefahren zu teilen. So unwissend jene Spanier allen Anzeichen nach auch sein mögen, so müssen sie doch notwendigerweise mindestens einige der eingetretenen physikalischen Veränderungen wahrgenommen haben, wie z. B. die Verkürzung der Tage, den Wechsel in der Bewegung der Sonne und die Verminderung der Schwere. Sagen wir ihnen nun also auch, daß sie jetzt fern von der Erde durch den Weltraum geführt werden, und daß von jener nichts als diese Insel übriggeblieben ist.«

»Nun gut, so wäre das also abgetan«, ließ sich Ben-Zouf vernehmen. »Wir sagen alles! Fort mit der Geheimniskrämerei! Aber weiden werd ich mich an dem Anblicke des Juden, wenn er erfährt, daß er sich einige hundert Millionen Lieues weit von der alten Erdkugel befindet, wo ein Wucherer, wie er, so manchen Schuldner sitzen haben wird. Nun lauf ihnen nach, mein Kerlchen, wenn du es kannst!«

Isaak Hakhabut befand sich fünfzig Schritt weiter rückwärts, konnte von diesem Gespräche also kein Wort verstehen. Er lief jenen halb vorgebeugt, greinend und den Gott Israels anrufend nach; manchmal aber schossen seine Augen grelle Blitze und seine Lippen preßten sich aufeinander, so daß von dem Munde nichts als eine schmale Linie übrigblieb.

Ihm waren jene neuen physikalischen Erscheinungen nicht entgangen, und mehr als einmal hatte er mit Ben-Zouf, dem er immer zu schmeicheln suchte, über dieselben gesprochen. Letzterer verhehlte allerdings seinen Widerwillen gegen diesen erbärmlichen Nachkommen Abrahams nicht im geringsten. Auf alle drängenden Fragen Hakhabuts antwortete er immer nur mit einem ausweichenden Scherze. So erklärte er ihm wiederholt, daß ein Jude seines Schlages bei dem jetzigen Zustande der Dinge ja gar nichts zu verlieren habe, denn statt, wie jeder Sohn Israels, hundert Jahre zu leben, werde er es jetzt auf zweihundert bringen, wobei ihm bei der allgemeinen Verminderung der Schwere auch die Last seiner späteren Jahre gar nicht so unerträglich erscheinen könne. Wenn der Mond jetzt gestohlen worden sei, sagter er ihm ein andermal, so müsse das einem Geizhals seines Schlages sehr gleichgültig sein, da er jedenfalls doch nichts darauf geborgt habe. Ferner versicherte er ihm, daß, wenn die Sonne jetzt an dem Punkte untergehe, wo sie sonst aufzugehen pflegte, so werde man eben ihr Ruhebett nach einer anderen Stelle geschafft haben – und tausend solche Albernheiten weiter. Wenn Isaak Hakhabut zu sehr in ihn drang, sagte er:

»Warte nur auf den Generalgouverneur, Alter! Er weiß alles und wird dir alles erklären!«

»Und wird er auch in Schutz nehmen meine Waren?«

»Natürlich, Naphtali! Er wird sie weit eher konfiszieren, als dir rauben lassen!«

Mit solchen wenig tröstlichen Antworten abgespeist, wartete der Jude, dem Ben-Zouf nach und nach alle ihm geläufigen israelitischen Namen beilegte, Tag für Tag auf die Ankunft des Generalgouverneurs.

Inzwischen waren Hector Servadac und seine Begleiter an das Ufer gekommen., Dort etwa in der Mitte der von der Inselküste gebildeten Hypothenuse lag die Hansa vor Anker. Hier schützten sie, bei der sonst ganz freien Lage, einige Felsen nur sehr unzulänglich, und jeder stärkere Westwind drohte die leichte Tartane an die Küste zu treiben und daselbst in kurzer Zeit zu zertrümmern. Offenbar durfte sie auf diesem Ankerplatze nicht verbleiben, sondern mußte je eher je lieber nach der Mündung des Cheliff neben die russische Goëlette verlegt werden.

Beim Wiedererblicken seiner Tartane hob der Jude mit seinen Klageliedern, und zwar so laut und von solchen Grimassen begleitet, von neuem an, daß ihm Kapitän Servadac Schweigen gebieten mußte. Dann schiffte er sich, während Graf Timascheff und Ben-Zouf am Ufer zurückblieben, mit Leutnant Prokop auf einem Boote der Hansa ein und besuchte diesen schwimmenden Kramladen.

Die Tartane erwies sich vollkommen wohl erhalten, und demnach konnte auch ihre Ladung nach keiner Seite Schaden gelitten haben, wovon man sich übrigens leicht zu überzeugen vermochte. Hier im Raume der Hansa fanden sich Zuckerhüte zu Hunderten, Teekisten, Säcke mit Kaffee, Ballen mit Tabak, Tönnchen mit Branntwein, Fässer voll Wein, geräucherte Heringe, allerlei Stoffe, Baumwolle, wollene Kleidungsstücke, ein Vorrat von Stiefeln für jeden Fuß und Mützen für jeden Kopf, Werkzeuge, Küchengeschirre, Porzellan- und Topfwaren, Papier, Tintenflaschen, Pakete mit Streichhölzchen, Hunderte von Kilos Salz, Pfeffer und andere Gewürze, eine Menge holländischer Käse, eine Sammlung Lütticher Almanachs – alles in allem Wertgegenstände für vielleicht hunderttausend Francs. Nur wenige Tage vor der Katastrophe hatte die Tartane in Marseille neue Vorräte eingenommen, um diese von Ceuta bis nach Tripolis hin, d. h. überall da abzusetzen, wo der listige und verschlagene Isaak einen günstigen Markt zu finden hoffen durfte.

»Diese prächtige Ladung wird für uns eine reiche Fundgrube werden«, sagte Kapitän Servadac.

»Mindestens, wenn der Eigentümer deren Ausbeutung zugesteht«, erwiderte achselzuckend Leutnant Prokop.

»Ei, Leutnant, was meinen Sie, daß der Jude mit diesen Reichtümern anfangen könne? Weiß er erst, daß er jetzt keine Franzosen, keine Marokkaner, keine Araber mehr übervorteilen kann, so wird er sich wohl oder übel fügen müssen.«

»Das mag wohl sein, auf jeden Fall wird er aber Bezahlung fordern für seine Waren.«

»Nun gut, wir werden ihn bezahlen, Leutnant, d. h. mit Wechseln auf die frühere Welt!«

»Im schlimmsten Falle, Kapitän«, fügte der Leutnant hinzu, »hätten Sie ein Recht zu Requisitionen.«

»Nein, Leutnant. Gerade weil dieser Mann ein Deutscher ist, möchte ich ihm auf andere Weise begegnen. Ich versichere Ihnen übrigens, daß er unserer bald mehr bedürfen wird als wir seiner. Sobald er weiß, daß er sich auf einem neuen Weltkörper befindet, ohne Hoffnung, nach dem alten zurückkehren zu können, wird er wohl mit sich reden lassen.«

»Wie dem auch sei«, antwortete Leutnant Prokop, »jedenfalls darf die Tartane nicht hier vor Anker liegenbleiben. Beim ersten schlechten Wetter müßte sie zugrunde gehen und würde sie schwerlich dem Drange der Eismassen Widerstand leisten, wenn das Meer, was ja nicht mehr lange ausbleiben kann, zufriert.«

»Schön, Leutnant; Sie und Ihre Leute werden sie also nach dem Hafen des Cheliff überführen.«

»Und zwar schon morgen, Kapitän«, versprach Leutnant Prokop, »denn die Zeit drängt.«

Nach Aufnahme des Inventars verließen Kapitän Servadac und der Leutnant die Hansa wieder. Man beschloß, daß die ganze kleine Kolonie sich im Wachtposten des Gourbi zusammenfinden solle, wohin sich auch die Spanier begeben sollten. Isaak Hakhabut wurde bedeutet, dem Gouverneur zu folgen, und gehorchte, nicht ohne einen sorgenvollen Blick nach seiner Tartane zurückzusenden.

Eine Stunde später fanden sich die zweiundzwanzig Bewohner der Insel in dem großen Zimmer des Wachthauses zusammen. Dort machte der junge Pablo zum ersten Male Bekanntschaft mit der kleinen Nina, welche sehr erfreut schien, in ihm einen Spielkameraden von passendem Alter zu finden.

Kapitän Servadac nahm das Wort und meldete so, daß er von dem Juden ebenso wie von den Spaniern verstanden werden konnte, daß er sie über die sehr ernsthafte Lage aufzuklären willens sei, in der sie sich alle befänden. Er fügte übrigens hinzu, daß er auf ihre Ergebung wie auf ihren Mut rechne und daß jetzt alle für das allgemeine Beste arbeiten müßten.

Die Spanier hörten ruhig zu, ohne eine Antwort zu geben, da sie sich noch unklar waren, was man von ihnen erwartete. Negrete allein glaubte eine Bemerkung machen zu müssen und wandte sich also an Kapitän Servadac.

»Herr Gouverneur«, sagte er, »bevor wir, ich und meine Gefährten, uns auf irgendwelche Abmachungen einlassen, möchten wir wissen, wann es möglich sein wird, uns nach Spanien zurückzuführen.«

»Sie nach Spanien zurückbringen, Herr Generalgouverneur!« rief der Jude in gutem Französisch. »Nicht eher, als bis sie meine Forderungen ausgeglichen haben. Diese Spitzbuben haben mir für die Person zwanzig Realen als Preis der Überfahrt auf der Hansa versprochen. Es sind ihrer zehn, das ergibt zweihundert Realen (etwa 35 Mark oder 17 ½ Gulden), welche sie mir schulden, ich nehme Sie zum Zeugen . . .«

»Wirst du schweigen, Mardoch!« rief Ben-Zouf.

»Ihr werdet bezahlt werden«, sagte Kapitän Servadac.

»Das ist auch nicht mehr als recht«, antwortete Isaak Hakhabut. »Jedem seinen Lohn, und wenn der russische Herr mir will leihen zwei oder drei seiner Matrosen, um meine Tartane nach Algier zu bringen, so werde auch ich bezahlen . . . ja, ich werde zahlen . . . wenn Sie nicht verlangen gar zuviel von mir!«

»Algier!« rief Ben-Zouf, der nicht mehr an sich halten

konnte, »so wisse denn ...«

»Laß mich den Leuten mitteilen, was sie noch nicht wissen, Ben-Zouf«, sagte Kapitän Servadac. Dann fuhr er in spanischer Sprache fort:

»Hört mich, meine Freunde. Ein Ereignis, das wir noch nicht zu erklären vermögen, hat uns von Spanien, Italien, Frankreich, überhaupt von ganz Europa abgerissen! Von allen Kontinenten ist nichts mehr übrig, als die Insel, auf der ihr euch hier befindet. Wir sind nicht mehr auf der Erde, aber wahrscheinlich auf einem Bruchstücke der Erdkugel, das uns mit sich fortführt, so daß es vorläufig unmöglich ist, zu sagen, ob wir jemals die übrige Welt wiedersehen werden!«

Hatten die Spanier diese Erklärung des Kapitän Servadac verstanden? Das war mindestens zweifelhaft, denn selbst Negrete bat um eine Wiederholung dieser Worte.

Hector Servadac tat sein Bestes, und so gelang es ihm unter Anwendung verschiedener, den unwissenden Spaniern geläufigerer Bilder ihnen ihre jetzige Lage klarzumachen. Nach einem kurzen Gespräche zwischen Negrete und seinen Genossen schien es jedenfalls, als ob sie die Sache mit einer gewissen Sorglosigkeit betrachteten.

Hakhabut seinerseits hörte Kapitän Servadac ruhig an und sagte kein Wort dazu; wohl aber verzogen sich seine Lippen, als suche er ein Lächeln zu unterdrücken.

Hector Servadac wendete sich noch direkt an ihn und fragte, ob er noch immer willens sei, in See zu gehen und seine Tartane nach dem Hafen von Algier, von dem keine Spur mehr existierte, zu führen.

Isaak Hakhabut lachte, aber so, daß er von den Spaniern nicht gesehen werden konnte. Dann richtete er seine Worte in russischer Sprache an den Grafen Timascheff, um nur von diesem und seinen Leuten verstanden zu werden.

»Das ist ja alles nicht wahr«, sagte er, »und seine Exzellenz der Herr Generalgouverneur muß selbst darüber lachen!«

Mit schlecht verhehltem Mißmute drehte Graf Timascheff dem widerlichen Menschen den Rücken zu.

Isaak Hakhabut wendete sich dann an Kapitän Servadac und sagte zu ihm französisch:

»Diese Geschichtchen sind für jene Spanier ganz gut. Sie werden dadurch hier zurückgehalten. Für micht liegt die Sache aber anders!«

Dann näherte er sich der kleinen Nina und sagte zu ihr italienisch:

»Nicht wahr, mein Schätzchen, das ist alles nicht wahr?«

Achselzuckend verließ er das Wachthaus.

»Ah, zum Teufel«, sagte Ben-Zouf, »der Kerl redet ja in allen Zungen.«

»Jawohl, Ben-Zouf«, erwiderte Kapitän Servadac, »aber ob er sich französisch, russisch, spanisch, italienisch oder deutsch ausdrückt, es spricht doch immer der Jude aus ihm!«

Zwanzigstes Kapitel

Welches den Beweis liefert, daß man stets ein Licht am Horizonte findet, wenn man nur ordentlich aufpaßt.

Am nächsten Tage, den 6. März, gab Kapitän Servadac, ohne sich weiter darum zu kümmern, ob Isaak Hakhabut ihm glaube oder nicht, Befehl, die Hansa nach dem Hafen des Cheliff zu schaffen. Der Jude unterließ jede Einwendung dagegen, da die Verlegung der Tartane seinem Interesse zu dienen schien. Immer hegte er aber die Hoffnung, heimlich zwei oder drei Matrosen auf seine Seite zu bringen, um nach Algier oder irgendeinen anderen Küstenplatz zu gelangen.

Angesichts der bevorstehenden Überwinterung wurden die notwendigen Arbeiten in Angriff genommen, wobei alle durch ihre jetzt größere Muskelkraft eine wesentliche Unterstützung erfuhren. An die Erscheinungen der verminderten Anziehungskraft hatten sie sich ebenso gewöhnt, wie an den geringeren Luftdruck, welcher ihre Atmung beschleunigte, ohne daß sie davon viel gewahr wurden.

Die Spanier und Russen gingen also eifrig an die Arbeit. Man begann zunächst damit, das Wachthaus für die Bedürfnisse der kleinen Kolonie in Stand zu setzen, da dieses bis auf weiteres zur allgemeinen Wohnung dienen sollte. Eigentlich bezogen es jetzt nur die Spanier, während die Russen auf der Goëlette blieben, wie der Jude an Bord seiner Tartane.

Die Schiffe sowohl, wie jenes Steingebäude konnten indes nur als provisorische Wohnstätten gelten. Wenn der Winter wirklich heranzog, mußte man einen wirksameren Schutz gegen die Kälte des interplanetarischen Raumes zu finden suchen, einen Zufluchtsort, welcher von Natur etwas warm blieb, da in demselben wegen Mangels an Heizmaterial an eine Erhöhung der Temperatur nicht zu denken war.

Einen hinreichenden Schutz konnten den Bewohnern der Insel Gourbi nur tiefe unterirdische Gänge gewähren. Wenn sich die Oberfläche der Gallia mit einer dicken Eiskruste bedeckte, so mußte diese als ein schlechter Wärmeleiter die Temperatur in der Tiefe auf einem erträglichen Grad erhalten. Dort würden Kapitän Servadac und seine Gefährten allerdings ein wahrhaftes Troglodytenleben führen, sie hatten aber bezüglich der Wohnung keine andere Wahl.

Zum Glück befanden sie sich nicht in derselben Lage wie die Forschungsreisenden oder Walfischfahrer in den Polarmeeren. Wenn diese zu überwintern gezwungen sind, fehlt ihnen meist der feste Boden unter den Füßen. Sie leben dann auf einem eisbedeckten Meere und sind nicht im Stande, in dessen Tiefe eine Zuflucht vor der Kälte zu suchen. Entweder verkriechen sie sich dann in ihre Schiffe oder errichten Blockhäuser von Holz und Schnee, sind aber in jedem Falle sehr ungenügend gegen die Einwirkung der Kälte geschützt.

Hier auf der Gallia dagegen bot sich ein fester Boden, und wenn sie sich ihre Winterwohnung einige hundert Fuß unter der Oberfläche aushöhlten, konnten die Bewohner der Gallia sicher sein, auch der strengsten Kälte ohne Beschwerde Trotz zu bieten.

Die Arbeiten wurden also sofort begonnen. Axt, Schaufel, Spaten und Werkzeuge der verschiedensten Art fehlten, wie wir wissen, in Gourbi nicht, und unter Leitung Ben-Zoufs als Werkführer gingen die spanischen Majos und die russischen Matrosen hurtig ans Werk.

Da sollten aber die Arbeiter und der Ingenieur Servadac eine unerwartete Enttäuschung erfahren.

Der zur Ausschachtung der Wohnung gewählte Ort lag rechts von dem Wachthause, wo der Erdboden in einer leichten Erhebung aufstieg. Am ersten Tage ging die Fortschaffung des Erdreiches ohne Schwierigkeiten vor sich. Als man aber eine Tiefe von etwa acht Fuß erreichte, stießen die Leute auf eine so harte Masse, daß ihre Werkzeuge derselben nicht das geringste anhaben konnten.

Ben-Zouf machte Hector Servadac und Graf Timascheff hiervon Meldung, und diese erkannten in der betreffenden Substanz sehr bald ganz dasselbe Material, welches ebensowohl die Küsten als auch den Untergrund des Gallia-Meeres bildete. Offenbar bestand aus ihr also auch die eigentliche Masse des ganzen neuen Weltkörpers. Auf jeden Fall mangelte es also an allen Mitteln, den Boden tief genug auszuhöhlen. Auch das gewöhnliche Schießpulver möchte kaum hingereicht haben, diese metallenen Unterlagen wirksam anzugreifen, welche bei ihrer Granithärte mindestens des Dynamits bedurft hätten, um sie zu sprengen.

»Zum Teufel, was mag das für ein Mineral sein?« rief Kapitän Servadac, »und wie kann ein Stück unserer alten Erdkugel dieses Material enthalten, das wir nicht einmal zu bezeichnen wissen?«

»Wahrhaftig, es ist ganz unerklärlich«, antwortete Graf Timascheff, »doch wenn es uns nicht gelingt, eine Wohnung im Boden auszuhöhlen, so steht uns der Tod bald vor der Tür!«

In der Tat beruhten die Zahlenangaben des aufgefangenen Dokumentes auf Wahrheit und vergrößerte sich nach den Gesetzen der Himmelsmechanik der Abstand der Gallia von der Sonne immer noch mehr, so mußte der Asteroid von letzterer jetzt wenigstens hundert Millionen Lieues (=

60 Mill. Meilen), entfernt sein, d. h. fast genau dreimal so weit, als die Erde während ihre Apheliums von dem Zentralkörper. Man begreift unschwer, in welchem Grade die Wärme und das Licht der Sonne unter diesen Verhältnissen abnehmen mußten. Freilich entfernte sich infolge der Achsenstellung der Gallia, welche nahezu neunzig Grad erreichte, die Sonne niemals von ihrem Äquator, und die Insel Gourbi genoß diese Vorteile, weil sie unter der Parallele Null lag. Unter dieser Zone mußte demnach ein ewiger Sommer herrschen, aber trotz alledem konnte die große Entfernung von der Sonne deshalb nicht ausgeglichen werden und die Lufttemperatur nahm dann auch zusehends ab. Schon bildete sich zum großen Leidwesen des kleinen Mädchens Eis auf dem Felsen, und es konnte nicht mehr lange währen, bis das ganze Meer zufror.

Bei der später zu erwartenden Kälte, welche 60 Grad (des hundertteiligen Thermometers) recht leicht noch übersteigen konnte, drohte aber allen, wenn eine geeignete Wohnung nicht zu beschaffen war, sicher ein baldiger Tod. Für jetzt hielt sich das Thermometer im Mittel auf sechs Grad unter Null, wobei der im Wachthause aufgestellte Ofen trotz reichlich zugeführten Brennmateriales doch nur eine mäßige Wärme verbreitete. Auf Holz, als Heizmaterial, war also nicht viel zu rechnen; es mußte jedenfalls eine andere Unterkunft aufgesucht werden, welche an sich Schutz gewährte gegen die Erniedrigung der Temperatur, bei der das Quecksilber, vielleicht gar der Alkohol der Thermometer zu gefrieren drohte.

Schon gegen die jetzige, ziemlich lebhafte Kälte erwiesen sich die beiden Schiffe, die Dobryna und die Hansa, als unzureichende Zufluchtsstätten, so daß man an ein dauerndes Bewohnen derselben gar nicht denken konnte. Wer vermochte übrigens vorauszusagen, was aus diesen beiden Fahrzeugen werden würde, wenn sich erst das Eis rings um sie in ungeheuren Massen auftürmte?

Wären Kapitän Servadac, Graf Timascheff und Leutnant Prokop die Männer dazu gewesen, leicht den Mut zu verlieren, jetzt hätten sie die beste Gelegenheit gehabt! In der Tat, was sollten sie ersinnen gegen die auffallende Härte des Bodenuntergrundes, die es ihnen unmöglich machte, sich in die Erde einzugraben?

Inzwischen gestalteten sich die Umstände immer drängender. Bei der zunehmenden Entfernung verkleinerte sich der scheinbare Durchmesser der Sonne immer mehr und mehr. Wenn sie den Zenit passierte, verbreiteten ihre lotrechten Strahlen zwar noch einige Wärme; während der Nacht dagegen machte sich die Kälte nun schon sehr empfindlich fühlbar.

Kapitän Servadac und Graf Timascheff durchstreiften mit Hilfe Zephirs und Galettes die ganze Insel, um ein zweckmäßiges Unterkommen aufzufinden. Die beiden Pferde überwanden alle Hindernisse, als ob sie Flügel hätten. Vergebens! Man versuchte Sondierungen an der und jener Stelle; immer trafen dieselben schon in geringer Tiefe auf dieselbe stahlharte Schicht, so daß man auf eine unterirdische Wohnung verzichten mußte.

Wegen Mangels einer so erwünschten Erdhöhle wurde also beschlossen, im Wachthause zu verbleiben und dasselbe bestmöglich gegen die äußere Kälte zu schützen. Es erging demnach die Anordnung, alles trockene oder grüne Holz, welches sich auf der Insel vorfand, aufzusammeln und die in der Ebene zerstreuten Bäume zu fällen. Jetzt galt es zu eilen. Alles ging denn auch unverzüglich an die Arbeit.

Und dennoch – Kapitän Servadac und seine Gefährten erkannten das recht wohl – konnte alles das nicht hinreichen. Das Brennmaterial drohte schnell genug zu Ende zu gehen. Im höchsten Grade beunruhigt, durchirrte der Stabsoffizier, ohne seine Befürchtungen laut werden zu lassen, die Insel und rief:

»Einen Gedanken! Einen Ausweg! Wer hilft hier!«

So wandte er sich eines Tages an Ben-Zouf.

»Alle Wetter!« rief er, »hast denn du keinen vernünftigen Gedanken?«

»Nein, mein Kapitän«, erwiderte trocken die Ordonnanz.

Dann fügte der Bursche hinzu:

»Oh, wären wir nur auf dem Montmartre! Da gibt es die

schönsten Steinbrüche und Höhlen in Hülle und Fülle.«

»Schwachkopf!« versetzte Kapitän Servadac, »wenn wir auf dem Montmartre wären, brauchte ich auch deine Steinbrüche nicht!«

Inzwischen sollte die Natur den Kolonisten die unumgänglich nötige Mithilfe gewähren, um gegen die Kälte des Weltraumes anzukämpfen. Auf folgende Art und Weise wurden sie darauf hingewiesen:

Am 10. März hatten Leutnant Prokop und Kapitän Servadac die Südwestspitze der Insel besichtigt. Unterwegs sprachen sie von den schweren Gefahren der nächsten Zukunft, und zwar ziemlich lebhaft, da sie über die Mittel und Wege, jenen zu steuern, nicht ein und derselben Ansicht waren. Der eine bestand hartnäckig darauf, eine geeignete, leider nirgends auffindbare Wohnung zu suchen, während der andere daran dachte, in der jetzt benutzten nur eine neue Heizungsmethode einzuführen. Leutnant Prokop vertrat die letztere Ansicht und suchte eben seine Gründe dafür darzulegen, als er plötzlich inmitten seiner Beweisführung innehielt. Er stand gerade nach Süden zu gewendet und Kapitän Servadac sah nur, wie jener mit der Hand über die Augen strich, wie um deren Sehkraft zu schärfen, und dann mit gespannter Aufmerksamkeit hinausblickte.

»Nein, ich täusche mich nicht!« rief er, »dort unten sehe in einen Lichtschein!«

»Einen Lichtschein?«

»Ja, da, in dieser Richtung.«

»Wahrhaftig«, antwortete Kapitän Servadac, der jetzt ebenfalls den bezeichneten Punkt wahrnahm.

Die Tatsache unterlag keinem Zweifel. Über dem südlichen Horizonte erhob sich ein erst mäßig, je dunkler es aber wurde, desto heller aufleuchtender Punkt.

»Sollte das ein Schiff sein?« fragte Kapitän Servadac.

»Dann müßte es mindestens in Flammen stehen«, antwortete Leutnant Prokop, »auf diese Entfernung und in solcher Höhe könnte kein Signallicht sichtbar sein.«

»Übrigens bleibt das Feuer an derselben Stelle«, setzte Hector Servadac hinzu, »und es dünkt mich sogar, als entwickle sich ein Widerschein an den Abendwolken.«

Eine kurze Zeit über beobachteten beide die unerwartete Erscheinung. Da fielen dem Stabsoffizier plötzlich die Schuppen von den Augen.

»Der Vulkan!« rief er. »Das ist der Vulkan, den wir bei der Rückkehr mit der Dobryna umschifft haben!«

Und wie inspiriert, setzte er hinzu:

»Leutnant Prokop, dort liegt die gesuchte Wohnung. Dort sorgt die Natur allein für die Heizung des Hauses! Ja! Jene unerschöpfliche, glühende Lava, welche der Berg auswirft, werden wir für alle Bedürfnisse verwenden können. Oh, Leutnant, der Himmel verläßt uns nicht. Kommen Sie, kommen Sie! Morgen müssen wir dort auf jener Küste sein und suchen, wenn es sein muß, die Wärme, d. h. das Leben, selbst bis in die Eingeweide der Gallia!«

Während Kapitän Servadac mit solch enthusiastischer Überzeugung sprach, suchte sich Leutnant Prokop über seine Erinnerungen klarzuwerden. Das Vorhandensein des Vulkanes in der bezeichneten Richtung schien auch ihm unbestreitbar. Er erinnerte sich von der Rückfahrt der Dobryna her, daß ihm auf der Tour längs der südlichen Küste des Gallia-Meeres ein langgedehntes Vorgebirge den Weg verlegte und bis zur früheren Breite von Oran hinauf zu steuern nötigte. Dort umschiffte man dann einen hohen, felsigen Berg mit rauchumlagertem Gipfel. Diesem Rauche war jedenfalls nun ein Ausbruch von Flammen und glühender Lava gefolgt, und eben dieser Ausbruch erleuchtete jetzt den Horizont im Süden und spiegelte sich an den Wolken wider.

»Sie haben recht, Kapitän«, sagte darauf Leutnant Prokop; »ja, das ist jener Vulkan. Morgen werden wir ihn in Augenschein nehmen!«

Hector Servadac und Leutnant Prokop kehrten eiligst nach dem Gourbi zurück und teilten von ihrem beabsichtigten Ausfluge vorläufig nur dem Grafen Timascheff das Nötige mit.

»Ich begleite euch«, erwiderte der Graf, »natürlich steht die Dobryna dazu zur Disposition.«

»Ich denke«, wendete Leutnant Prokop dagegen ein, »die Goëlette kann ruhig im Hafen des Cheliff bleiben. Bei dem jetzigen schönen Wetter wird ihre Dampfschaluppe zu der Überfahrt von höchstens zwölf Meilen vollkommen ausreichen.«

»Ordne alles ganz nach deinem Ermessen an, Prokop«, schloß Graf Timascheff.

Wie so viele jener verschwenderisch ausgestatteten Lust-Goëletten besaß auch die Dobryna eine sehr schnell fahrende Dampfschaluppe, deren Schraube durch einen kleinen, aber sehr vielen Dampf liefernden Kessel nach Oriolleschem Systeme in Betrieb gesetzt wurde. Bei seiner Unbekanntschaft mit der Gestaltung des Ufers, nach welchem er gehen wollte, gab Leutnant Prokop diesem kleinen, flachgehenden Fahrzeuge auch deshalb den Vorzug, weil es ihm den Besuch selbst der engsten Buchten der Küste gefahrlos zu ermöglichen versprach.

Am nächsten Tage, dem 11. März, wurde die Schaluppe also mit Kohlen versorgt, von denen sich etwa noch zehn Tonnen an Bord der Dobryna vorfanden. Dann dampfte das Schiffchen, mit dem Kapitän, dem Grafen und dem Leutnant an Bord, zu Ben-Zoufs größter Verwunderung (denn man hatte ihn gar nicht mit in das Geheimnis gezogen) aus dem Hafen des Cheliff hinaus. Die Ordonnanz blieb dabei aber mit den Vollmachten des Generalgouverneurs auf der Insel zurück, was unserem Helden nicht wenig schmeichelte.

Das schnelle Schiff legte den neunzig Kilometer langen Weg zwischen der Insel und dem Landvorsprunge, auf welchem der Vulkan sich erhob, in weniger als drei Stunden zurück. Der Gipfel des hohen Vorgebirges erschien ganz in Flammen gehüllt. Die Eruption war offenbar eine sehr starke. Verband sich hier der Sauerstoff aus der von der Gallia mit fortgerissenen Atmosphäre mit den Auswurfstoffen des Vulkanherdes, um dieses imposante Flammenmeer zu ernähren, oder, was noch wahrscheinlicher war, besaß dieser Vulkan, wie die feuerspeienden Berge des Mondes, eine ihm eigentümliche Sauerstoffquelle?

Die Schaluppe dampfte längs der Küste hin, um einen geeigneten Landeplatz aufzusuchen. Nach halbstündiger Fahrt entdeckte man denn auch einen halbmondförmigen Felsenausschnitt, eine Art kleinen Hafen, der der Goëlette und der Tartane einen hinlänglichen Schutz zu bieten versprach, wenn die Umstände deren Überführung hierher rätlich erscheinen lassen sollten.

Die Dampfschaluppe wurde festgelegt, und ihre Passagiere landeten an dem gegenüberliegenden Ufer, von dem aus der mächtige Lavastrom sich längs des Bergabhanges nach dem Meere hinabwälzte. Zu ihrer größten Befriedigung bemerkten Kapitän Servadac und seine Gefährten, wie sich die Temperatur der Atmosphäre merklich steigerte, je näher sie kamen. Vielleicht sollte die Hoffnung des Stabsoffiziers in Erfüllung gehen! Fand sich in dieser ungeheuren Bergmasse eine nur irgend bewohnbare Aushöhlung, so entgingen die Bewohner der Gallia vielleicht der am ernsthaftesten drohenden Gefahr.

Nun durchsuchten und durchstöberten sie alle Winkel und Spalten des Berges, erklommen die steilsten Abhänge, erkletterten die breiten Absätze und sprangen gleich flinken Gemsen, mit denen sie jetzt an spezifischer Leichtigkeit wetteiferten, von einem Block zum anderen, ohne aber jemals einen anderen Boden anzutreffen, als jene in hexagonalen Prismen angeschlossene Substanz, welche das einzige Mineral des Asteroides darzustellen schien.

Ihre Bemühungen sollten jedoch nicht vergeblich sein.

Hinter einer gewaltigen Felswand, deren Spitze gegen den Himmel pyramidenartig aufstieg, öffnete sich vor ihnen eine enge Galerie, richtiger ein langer, dunkler, in der Seite des Berges ausgehöhlter Schlauch. Ohne Zaudern traten sie durch seinen, etwa zwanzig Meter über der Meeresfläche gelegenen Eingang in denselben ein.

Kapitän Servadac und seine Gefährten mußten sich durch die tiefe Dunkelheit fast hindurchtasten, indem sie mit der Wand des Tunnels stets Fühlung behielten und mit den Füßen etwaige Vertiefungen des Bodens aufzuspüren suchten. An dem zunehmenden Grollen und Donnern erkannten sie, daß der Zentralkamin des Vulkanes von hier nicht fern sein könne. Am meisten fürchteten sie aber, durch eine unpassierbare Erdwand ihre Untersuchung unterbrochen zu sehen.

Kapitän Servadac bewahrte sich jedoch ein wahrhaft unerschütterliches Vertrauen, das sich je länger je mehr auch des Grafen Timascheff und des Leutnants Prokop bemächtigte.

»Vorwärts! Vorwärts!« drängte er. »Unter außergewöhnlichen Umständen gilt es auch, außerordentliche Hilfsmittel aufzusuchen. Das Feuer ist entfacht; der Ofen ist in der Nähe. Die Natur selbst liefert das Brennmaterial! Alle Teufel, wir werden uns billig eine warme Stube verschaffen!«

Die Lufttemperatur betrug jetzt mindestens fünfzehn Grad über Null. Legten die Männer hier die Hände dichter an die Wand, so fühlten sie, daß diese schon fast heiß war. Die den Berg bildende Felsmasse schien ein ebenso guter Wärmeleiter zu sein wie die Metalle.

»Da sehen Sie es ja«, wiederholte Hector Servadac mehrmals, »da unten steckt eine leibhaftige Calorifere!«

Als die Wanderer noch weiter eindrangen, erhellte ein glänzender Lichtschein den bis dahin dunklen Schacht und es zeigte sich eine große, blendend erleuchtete Höhle. Die Temperatur ihres Innern war zwar ziemlich hoch, aber doch erträglich.

Welcher Ursache verdankte wohl diese in der Gebirgsmasse ausgeschachtete Höhle ihren Glanz und ihre Wärme? Ganz einfach einem Lavastrome, der vor ihrer nach dem Meere zu weit offenstehenden Mündung herniederstürzte. Die Erscheinung erinnerte an die Wasserwand des Niagara, welche die berühmte Grotte der Winde mit einem feuchten, stahlgrünen Vorhange abschließt. Hier bestand dieser Vorhang nur nicht aus ungeheuren Wassermassen, sondern aus einem Flammenmeere, das vor der Höhlenöffnung lodernd herabfloß.

»O du hilfreicher Himmel!« rief Kapitän Servadac, »so viel hatte ich von dir ja gar nicht erbeten!«

Einundzwanzigstes Kapitel

In welchem der Leser erfährt, welch prächtige Überraschung die Natur eines schönen Tages den Bewohnern der Gallia bereitet.

Diese durchwärmte und hell erleuchtete Höhle bot der kleinen Welt der Gallia, welche darin untergebracht werden sollte, in der Tat eine prächtige Wohnung. Und nicht nur Hector Servadac nebst »seinen Untertanen«, wie Ben-Zouf zu sagen liebte, fand hier hinlänglich Platz, sondern es mußten auch die beiden Pferde des Kapitäns, sowie eine ausreichende Zahl der nötigen Haustiere darin Schutz gegen die Kälte des Gallia-Winters finden, wenn dieser Winter überhaupt jemals ein Ende hatte.

Man erkannte sehr bald, daß diese ganze geräumige Höhle eigentlich aus den vereinigten Ausläufern zwanzig verschiedener Schächte bestand, die sich weiter rückwärts in der Gesteinsmasse verzweigten und welche die erwärmte Luft in sehr hoher Temperatur durchstrich. Man hätte sagen können, daß die Wärme daselbst durch die mineralischen Poren des Berges hindurchschwitzte. Unter diesen dicken Gewölben mußten alle lebenden Wesen des neuen Weltkörpers, geschützt gegen jede Unbill eines polaren Klimas und gegen die Kälte des leeren Weltraumes, so tiefe Grade diese auch erreichen mochte, eine sichere Unterkunft finden, wenigstens solange die Tätigkeit des Vulkans anhielt. In bezug auf letztere Frage bemerkte Graf Timascheff aber ganz richtig, daß man doch während der Fahrt der Dobryna längs der Küste des neuen Meeres keinen weiteren feuerspeienden Berg angetroffen habe, und daß diese Eruption, wenn man hier nur die einzige Ausströmungsöffnung für das innere Feuer der Gallia vor sich habe, recht leicht Jahrhunderte hindurch andauern könne.

Jetzt galt es also, keinen Tag, nein, keine Stunde zu verlieren. Solange die Dobryna noch offenes Wasser fand, mußte man zunächst nach der Insel Gourbi zurückkehren, diese hurtig »ausräumen«, Menschen und Tiere ohne Säumen nach ihrer neuen Wohnstätte schaffen, daselbst Getreide, Feldfrüchte und Futterstoffe aufspeichern und sich endgültig in »Warm-Land« häuslich einrichten – so nämlich nannte man, gewiß ganz treffend, diesen vulkanischen Teil des Vorgebirges.

Noch an demselben Tage kehrte die Schaluppe zur Insel Gourbi zurück und schon am nächstfolgenden begannen die nötigen Arbeiten.

Es kam hier eine sehr lange Überwinterung in Frage, bei der man sich gegen alle Eventualitäten zu decken suchen mußte. Ja, eine schwierige, lange, vielleicht endlose Überwinterung mit ganz anderen Gefahren und Mühseligkeiten, als sie die sechs Monate Nacht und Winter den Polarfahrern drohen. Wer vermochte in vorliegendem Falle vorauszusehen, wann die Gallia aus den Fesseln des Eises befreit werden würde? Wer konnte sagen, ob ihre Bahn überhaupt eine in sich zurücklaufende Kurve beschrieb oder eine Ellipse, welche sie jemals nach der Sonne hin zurückführen würde?

Kapitän Servadac teilte nun den Übrigen die gemachte glückliche Entdeckung mit. Der Name »Warm-Land« fand vorzüglich bei Nina und den Spaniern den ungeteiltesten Beifall, und alle dankten aus freudigem Herzen der Vorsehung, welche die Umstände für sie so glücklich gestaltete.

Während der drei folgenden Tage legte die Dobryna drei Reisen zurück. Bis zur Höhe der Schanzkleidung beladen, transportierte sie zuerst die Vorräte an Cerealien und Futtergewächsen, welche in den tiefen, zu Magazinen bestimmten Schächten abgelagert wurden. Am 15. März bevölkerten sich dann die Felsenstallungen mit Haustieren, Ochsen, Kühen, Schafen und Schweinen, in der Anzahl von etwa einem halben Hundert Köpfen, deren Rassen man erhalten wollte. Von den anderen, denen die Kälte ohnehin mit baldiger Vernichtung drohte, sollte eine möglichst große Menge erlegt werden, da die rauhe Witterung das Fleisch derselben ja beliebig lange zu konservieren versprach. Die Gallia-Bewohner mußten also einen mehr als ausreichenden Vorrat an Nahrungsmitteln, wenigstens mit Rücksicht auf ihre dermalige Anzahl, erlangen.

Die Frage wegen der nötigen Getränke bot keine sonderliche Schwierigkeit. Freilich mußte man sich mit einfachem Süßwasser begnügen, dieses Wasser aber konnte niemals fehlen, weder im Sommer, wo es die Bäche und Zisternen der Insel Gourbi lieferten, noch im Winter, weil es dann die Kälte durch Gefrieren des Meerwassers erzeugte.

Während man auf der Insel in erwähnter Weise tätig war, beschäftigten sich Kapitän Servadac, Graf Timascheff und Leutnant Prokop mit der inneren Einrichtung der neuen Wohnstätte auf Warm-Land. Man mußte sich beeilen, denn schon widerstand das Eis selbst zu Mittag den lotrechten Strahlen der Sonne, und unzweifelhaft erschien es doch vorteilhafter, den Seeweg zu benützen, solange das Meer noch freiblieb, statt eines beschwerlichen Überganges über seine erstarrte Oberfläche.

Die Einrichtung der verschiedenen, in der Bergmasse des Vulkanes vorhandenen Aushöhlungen vollzog sich mit einsichtiger Benützung aller erreichbaren Vorteile. Wiederholte Nachsuchungen hatten zur Entdeckung noch mehrerer Gänge und Schächte geführt. Der ganze Berg glich einem riesenhaften Bienenstock mit einer ungeheuren Anzahl von Zellen. Die Bienen – d. h. hier die Kolonisten – mußten darin bequeme, ja mit hinreichendem Komfort ausgestattete Wohnungen finden. Zu Ehren des kleinen Mädchens nannte man das Ganze aufgrund jener inneren Anordnung den »Nina-Bau«.

Kapitän Servadacs und seiner Genossen erste Sorge war es nun, jene vulkanische, von der Natur so freigebig gelieferte Wärme den Bedürfnissen des täglichen Lebens nutzbar zu machen. Durch Eröffnung neuer kleiner Rinnen für die feurig-flüssige Lava wurde ein hinreichender Teil nach geeigneten Stellen abgeleitet. Als die Küche aus der Dobryna auf diese Weise an gelegenem Orte eingerichtet war, erhielt sie also ihre Feuerung durch die Lava, und Mochel, der Oberkoch der Goëlette, machte sich sehr bald mit dieser neuen Art von Herdfeuerung vertraut.

»He«, meinte Ben-Zouf, »wenn in der alten Welt jedes Haus so einen kleinen Vulkan als Wärmelieferanten haben könnte, der für seine Leistungen keinen Heller beansprucht, das wäre doch einmal ein Fortschritt!«

Die größte Höhle, jene Ausmündungsstelle, nach der die Schächte des Berginnern alle zusammenliefen, wurde zur gemeinsamen Wohnung bestimmt und mit den hauptsächlichen Möbeln des Gourbi und der Dobryna ausgestattet. Die Segel der Goëlette waren abgenommen und nach dem Nina-Bau geschafft worden, wo sie zu den verschiedensten Zwecken dienen sollten. Selbstverständlich fand auch die mit russischen und französischen Werken reichlich ausgestattete Schiffsbibliothek in dem großen Wohnraume Aufnahme. Tische, Stühle, Lampen usw. vervollständigten dessen Einrichtung, während die Wände mit den Seekarten der Dobryna geschmückt wurden.

Wir erwähnten schon, daß der Feuervorhang, welcher von der Öffnung der Haupthöhle herabfiel, dieselbe gleichzeitig erwärmte und erleuchtete. Dieser Lava-Katarakt stürzte sich in ein kleines, von einem Kranze zusammenhängender Klippen umschlossenes Bassin, das mit dem Meere in keinerlei Verbindung zu stehen schien, letzteres stellte offenbar die Ausmündung eines sehr tiefen Schlundes dar, dessen Wasser durch die glühenden Auswurfsmassen ohne Zweifel auch dann noch im flüssigen Zustande erhalten werden mußte, wenn die Kälte auch das ganze übrige Gallia-Meer in Fesseln und Banden schlug. Eine zweite, im Hintergrunde und links von dem allgemeinen Wohnraume sich anschließende Höhle wurde zum Privatgemach für Kapitän Servadac und Graf Timascheff hergerichtet. Der Leutnant Prokop und Ben-Zouf bewohnten zusammen eine andere, sich zur Rechten anschließende Felsenkammer, und ganz im Hintergrunde des Hauptraumes fand sich auch noch ein freilich nur beschränktes Stübchen für die kleine Nina. Die russischen Matrosen und die Spanier errichteten ihre Lagerstätten in den nach dem größeren Saale ausmündenden Gängen, für deren Erwärmung das Zentralfeuer des Berges hinlänglich sorgte. Diese Einzelräume zusammen bildeten den erwähnten »Nina-Bau«. Die kleine auf diese Weise untergebrachte Kolonie konnte nun ohne Zagen den langen, rauhen Winter erwarten, der sie im Berginnern von Warm-Land gefangenhalten mußte. Hier konnte sie ungestraft jede beliebige Erniedrigung der Außentemperatur aushalten. Wie weit letztere herabgehen konnte, im Fall die Gallia nur bis zur Bahn des Jupiter gelangen sollte, dafür gibt die Rechnung einen Anhalt, daß letztgenannter Planet nur noch den fünfundzwanzigsten Teil derjenigen Sonnenwärme erhält, welcher der Erde in ihrer Bahn zuströmt.

Was wurde denn aber während dieser Auszugsarbeiten, dieser fieberhaften Tätigkeit, welcher sich selbst die Spanier nicht entziehen konnten, aus Isaak Hakhabut, der starrsinnig am Ankerplatze der Insel Gourbi zurückblieb?

Immer ungläubig, trotz aller Beweise, welche man ihm aus Menschlichkeit darlegte, um sein Mißtrauen zu besiegen, harrte er an Bord seiner Tartane aus, wachte über seine Warenvorräte, wie der Geizhals über seine Schätze, murrte jetzt und jammerte dann, und spähte, freilich vergeblich, nach dem Horizonte hinaus, ob nicht ein anderes Schiff in Sicht der Insel erschiene. Die anderen waren nun wenigstens, und niemand beklagte sich darüber, von dem Anblick seiner abschreckenden Erscheinung vorläufig befreit. Der Jude hatte mit aller Bestimmtheit erklärt, er werde seine Waren nur gegen kursfähige Münze ausliefern. Infolgedessen verbot Kapitän Servadac strengstens, ihm irgend etwas zu nehmen, aber gleichzeitig auch, ihm nur das geringste abzukaufen. Man werde ja bald sehen, ob dieser Starrkopf nicht der zwingenden Notwendigkeit und den tatsächlichen Verhältnissen, über die ihm bald die Augen aufgehen mußten, nachgeben werde.

Offenbar glaubte Isaak Hakhabut jetzt noch ganz und gar nicht an die merkwürdige und furchtbare Lage, in welche sich die kleine Kolonie versetzt sah. Seiner Meinung nach befand er sich noch immer auf der Erdkugel, von welcher ein unerhörtes Naturereignis nur einige Teile verändert habe, und hoffte früher oder später Gelegenheit zu finden, die Insel Gourbi verlassen und seinen Handel längs der Küsten des Mittelmeeres wieder aufnehmen zu können. Bei seinem überall hervortretenden Mißtrauen bildete er sich ein, es bestehe gegen ihn ein Komplott mit der Absicht, ihm seine Güter zu rauben. Er wollte sich nun einmal, wie er sagte, nicht zum Besten haben lassen, verwarf also jene Hypothese bezüglich eines ungeheuren, von der Erde losgerissenen und in den Weltraum hinausgeschleuderten Blockes, und wollte sich nicht plündern lassen, weshalb er sein Schiff Tag und Nacht bewachte. Da aber bis jetzt alles damit übereinstimmte, die Existenz eines neuen, durch die Sonnenwelt wandelnden und nur von den Engländern in Gibraltar und den Ansiedlern der Insel Gourbi bewohnten Gestirns vorauszusetzen, so mochte Isaak Hakhabut sein altes, wie ein langgebrauchtes Ofenrohr geflicktes Fernrohr auf den Horizont richten, soviel er wollte, es zeigte sich doch kein Schiff, es traf kein Händler ein, der sein Geld gegen die Schätze der Hansa vertauscht hätte.

Dem Juden waren die Vorbereitungen für die projektierte Überwinterung nicht unbekannt geblieben. Seiner eingefleischten Gewohnheit nach wollte er zuerst überhaupt nicht daran glauben. Als er aber die häufigen nach Süden gerichteten Fahrten der Dobryna und die Fortschaffung der Ernten und der Haustiere sah, schloß er daraus nur, daß Kapitän Servadac und seine Gefährten im Begriff ständen, die Insel Gourbi zu verlassen.

Was drohte denn nun aus dem armen Hakhabut zu werden, wenn sich alles bestätigte, was er jetzt hartnäckig leugnete? Nicht mehr auf dem Mittelländischen, sondern auf dem Gallia-Meere zu sein! Sein schönes, deutsches Vaterland nicht wiederzusehen! In Tripoli und Tunis nicht sein »Profitchen« zu machen! – Oh, das mußte sein Untergang sein!

Nun sah man ihn wohl häufiger die Tartane verlassen und sich dort an eine Gruppe Russen oder Spanier herandrängen, die ihn mit irgendeinem schlechten Witze heimschickten. Er versuchte wohl auch Ben-Zouf zu kirren, indem er diesem einige Prisen Tabak anbot, welche die Ordonnanz »auf ergangenen Befehl« abschlug.

»Nichts da, alter Zabulon«, sagte er, »nicht einmal eine Prise! Du bist im Bann, du wirst deine Vorräte selbst essen und trinken, deinen Tabak selbst aufschnupfen, du ganz allein, alter Sardanapal!«

Als Isaak Hakhabut einsah, daß er von den »Heiligen« keine Aufklärung erlangen konnte, wandte er sich an deren »Gott« selbst und fragte eines Tages Kapitän Servadac, ob alles, was man ihm vorher gesagt, auf Wahrheit beruhe, indem er sich versichert halte, daß ein französischer Offizier einen armen Mann, wie ihn, nicht werde täuschen wollen.

»Zum Teufel, ja, das ist alles wahr«, antwortete Hector Servadac, dem ob solch hartnäckigen Unglaubens die Geduld ausging. »Ihr habt nur noch eins zu tun, nämlich nach dem Nina-Bau überzusiedeln.«

»Steh mir bei der ewige Gott und der Mohammed!« seufzte der Jude, der als halber Renegat beide Anrufungen vereinigte.

»Wollt Ihr drei oder vier Mann haben, die Hansa nach dem neuen Ankerplatz bei Warm-Land überzuführen?«

»Ich möchte gehen nach Algier!« erwiderte Hakhabut.

»Aber, ich wiederhole euch, Algier existiert hier nicht mehr.«

»Herrgott Israels, wäre das möglich?«

»Zum letzten Male also, wollt Ihr uns mit der Tartane nach Warm-Land folgen, wo wir zu überwintern denken?«

»Erbarmen! Erbarmen! Das geht um mein Hab und Gut.«

»Ihr wollt nicht? Nun wohl, so schaffen wir die Hansa wider euren Willen und ohne euch nach einer sicheren Stelle.«

»Wider meinen Willen, Herr Gouverneur?«

»Gewiß, denn ich kann nicht zugeben, daß diese ganze kostbare Ladung durch eure kurzsichtige Halsstarrigkeit zugrunde gehe, ohne irgend jemandem zu nützen.«

»Das ist mein Untergang!«

»Er wär' es noch sicherer, wenn wir euch gewähren ließen«, antwortete Hector Servadac achselzuckend, »und nun geht meinetwegen zum Teufel!«

Isaak Hakhabut kehrte nach seiner Tartane zurück, streckte die Arme gen Himmel und protestierte heulend gegen die unglaubliche Habgier der »schlechten Menschen«.

Am 20. März erreichten die letzten Arbeiten auf der Insel Gourbi ihr Ende. Man brauchte nur noch abzureisen. Das Thermometer war allmählich auf acht Grad unter Null gesunken. In der Zisterne verblieb kein Tropfen flüssigen Wassers mehr. Es ward demnach beschlossen, daß sich am folgenden Tage alle auf der Dobryna einschiffen und die Insel verlassen sollten, um im Nina-Bau eine Zuflucht zu suchen. Ebenso kam man überein, die Tartane, trotz der wiederholten Proteste ihres Eigentümers, dahin überzuführen. Leutnant Prokop hatte ausdrücklich erklärt, die Hansa werde bei weiterem Verweilen im Hafen des Cheliff dem Drucke des Eises hinreichenden Widerstand nicht bieten können und folglich zugrunde gehen. In jener Bucht von Warm-Land werde sie besser geschützt liegen, und jedenfalls, selbst wenn ihr der Untergang drohe, werde man mindestens ihre Ladung zu bergen im Stande sein.

Bald nachdem die Goëlette also die Anker gelichtet, bewegte sich auch die Hansa trotz der Wehklagen und Proteste Isaak Hakhabuts vorwärts. Vier russische Matrosen nahmen auf dem Schiffe Platz, das nach Entfaltung seines Großmarssegels, »ein schwimmender Kramladen«, wie Ben-Zouf sagte, sich nach Süden wandte.

Die fortwährenden Schimpfereien des Juden während der Überfahrt, seine ewige Wiederholung, daß man wider seinen Willen handle, daß er gar niemanden brauche und keinerlei Hilfe verlangt habe, lassen sich hier gar nicht wiedergeben. Er weinte, er klagte und wimmerte – wenigstens mit dem Munde –, denn er konnte es nicht unterdrücken, daß seine kleinen grauen Augen dann und wann Blitze schleuderten durch die heuchlerischen Tränen. Als er aber nach drei Stunden in der Bucht von Warm-Land wohl befestigt lag und sich und seine Ladung in Sicherheit wußte, da hätte jeder, der in seine Nähe kam, erstaunen müssen über die unzweideutige Befriedigung, die aus seinen Blicken sprach, und bei schärferer Aufmerksamkeit hätte er ihn murmeln hören können:

»Umsonst! Gott, der Gerechte! Über die Schwachköpfe! Sie haben mich umsonst hierher gelotst.«

In diesen Worten offenbarte sich der ganze Charakter dieses Menschen. Umsonst! Man hatte ihm einen Dienst »umsonst« erwiesen.

Die Insel Gourbi war nun von Menschen endgültig verlassen. Nichts verblieb mehr auf diesem letzten Reste einer ehemaligen Kolonie Frankreichs, außer dem Wild und Geflügel, das den Nachstellungen der Jäger noch entgangen und durch die zu erwartende Kälte dem baldigen Untergange verfallen war. Nachdem die Vögel irgendein anderes, ihnen günstigeres Land in der Ferne gesucht hatten, waren sie zur Insel zurückgekehrt, ein Beweis, daß nirgends ein anderes Gebiet existierte, das sie hätte ernähren können.

An genanntem Tage nahmen Kapitän Servadac und seine Gefährten von ihrer neuen Wohnstätte feierlich Besitz. Die innere Einrichtung des Nina-Baues fand allgemeinen Beifall, und jeder wünschte sich Glück, ein so bequemes und vorzüglich so angenehm durchwärmtes Unterkommen gefunden zu haben. Nur Isaak Hakhabut teilte die Befriedigung der übrigen nicht. Er weigerte sich sogar, überhaupt in die Gänge des Bergstockes mit einzutreten, und verblieb an Bord seiner Tartane.

»Er fürchtet ohne Zweifel, Mietzins zahlen zu sollen«, sagte Ben-Zouf. »Doch immerhin. Bald wird er ins Winterlager getrieben werden, der alte Fuchs; die Kälte wird ihm schon sein Loch verleiden!«

Gegen Abend wurden die Kessel eingehängt, und bald versammelte eine gute Mahlzeit, deren Gerichte über vulkanischem Feuer bereitet waren, die ganze kleine Welt in einem großen Saale. Mehrere Toaste, zu denen die Vorräte der Dobryna an französischen Weinen den nötigen Stoff lieferten, wurden dabei dem Generalgouverneur und seinem »Verwaltungsrate« ausgebracht. Ben-Zouf bezog natürlich ein gut Teil davon auf seine Person.

Es ging sehr lustig zu. Die Spanier vorzüglich wurden geradezu ausgelassen. Der eine holte die Gitarre hervor, ein anderer die Kastagnetten, und alle begannen im Chore zu singen. Ben-Zouf seinerseits gab das in der ganzen französischen Armee so bekannte »Lied des Zuaven« zum besten, dessen Reiz freilich nur der zu schätzen weiß, der es von einem Virituosen, wie die Ordonnanz des Kapitän Servadac, vortragen hörte. Es lautete übrigens:

Misti goth dar dar tire lyre!
Flic! floc! flac! lirette, lira!
Far la rira,
Tour tala rire,
Tour la Ribaud,
Ricandeau,
Sans repos, répit, répit repos, ripette!
Si vous attrapez mon refrain,
Fameux vous étes.*

Dann ward ein Ball improvisiert, gewiß der erste auf der Gallia. Die russischen Matrosen versuchten sich in einigen vaterländischen Tänzen, denen alle, selbst nach den bezaubernden Fandangos der Spanier, reichen Beifall zollten. Ben-Zouf exekutierte eine im Elysium des Montmartre sehr beliebte Tanzpiece mit solchem Geschicke und solcher Ausdauer, daß der liebenswürdige Choreograph die ernsthaftesten Komplimente Negretes erntete.

Um neun Uhr ging dieses Einzugsfest zu Ende. Jeder fühlte das Bedürfnis, frische Luft zu schöpfen, denn durch die Tänze und die schon vorher herrschende Temperatur war es im großen Saale etwas gar zu warm geworden.

Ben-Zouf ging den anderen voraus durch jenen Hauptgang, der an der Küste von Warm-Land auslief. Kapitän Servadac, Graf Timascheff und Leutnant Prokop folgten ihm langsameren Schrittes, als wiederholte Ausrufe von außerhalb sie zu größerer Eile antrieben. Sie hörten indessen, daß jene keine Ausrufe des Schreckens waren, sondern ein Freudengeschrei mit Hurras, welche in dieser trockenen und reinen Atmosphäre laut widerhallten.

Als Kapitän Servadac mit seinen beiden Begleitern den Ausgang der Galerie erreichte, sahen sie die anderen alle auf dem Felsen zusammenstehen. Ben-Zouf wies mit der Hand gen Himmel und schien ganz außer sich zu sein.

---

*Deutsch nicht wiederzugeben, da der größte Teil aus sinnlosen Silben besteht. Anm. d. Übers.

»Ah, Herr Generalgouverneur! Hier, gnädiger Herr!« rief er mit nicht wiederzugebender freudig erregter Stimme.

»Nun, was gibt es?« fragte Kapitän Servadac.

»Dort, dort, der Mond!« erwiderte Ben-Zouf.

In der Tat, da stieg der Mond auf aus den Nebeldünsten der Nacht und goß sein Licht zum ersten Male über die erstaunten Bewohner der Gallia.

Zweiundzwanzigstes Kapitel

Welches mit einem kleinen Experimente aus der unterhaltenden Physik endigt.

Der Mond! Doch wenn das der Mond war, warum war er so lange verschwunden? Und wenn er jetzt zurückkehrte, woher kam er? Bisher hatte noch kein Satellit der Gallia auf ihrer Bahn um die Sonne das Geleite gegeben. Verließ die ungetreue Diana jetzt etwa gar die Erde, um bei dem neuen Gestirn in Dienst zu treten?

»Nein, das ist unmöglich«, meinte Leutnant Prokop. »Die Erde steht mehrere Millionen Meilen von uns entfernt und ihr Mond gravitiert um sie gewiß noch ganz so wie früher.«

»Ja, darüber wissen wir nichts«, bemerkte Kapitän Servadac. »Warum sollte der Mond nicht in letzterer Zeit in den Attraktionsbereich der Gallia gekommen und deren Satellit geworden sein?«

»Er müßte sich dann an unserem Horizonte schon gezeigt haben«, mischte sich Graf Timascheff in das Gespräch, »und wir hätten nicht erst drei Monate zu warten gebraucht, um ihn wieder zu Gesicht zu bekommen.«

»Meiner Treu«, antwortete Kapitän Servadac, »es ist ja alles, was uns widerfuhr, gar so merkwürdig und sonderbar.«

»Herr Kapitän«, erwiderte Leutnant Prokop, »die Hypothese, daß die Attraktion der Gallia mächtig genug wäre, um die Erde ihres Satelliten zu berauben, ist absolut unzulässig.«

»Zugegeben, Leutnant«, entgegnete Hector Servadac. »Wer verbürgt Ihnen aber, daß dasselbe Ereignis, welches uns von der Erde ablöste, nicht gleichzeitig auch den Mond mit fortriß? Nach monatelangem Durchirren der Sonnenwelt sucht er sich nun an uns anzuschließen.«

»Nein, Herr Kapitän, gewiß nicht«, versicherte Leutnant Prokop, »und zwar aus einem ganz unwiderlegbaren Grunde.«

»Und der wäre?«

»Der, daß die Masse der Gallia eine weit geringere ist als die des Erdtrabanten. Infolgedessen müßte die Gallia eher dessen Mond werden, jener aber niemals der unsere.«

»Ich stimme Ihnen gerne zu, Leutnant«, sagte Hector Servadac, »wer aber vermag den Beweis zu führen, daß wir nicht wirklich den Mond des Mondes bewohnen und nur den Erdsatelliten auf einer neuen, ihm innerhalb der Planetenwelt zugewiesenen Bahn begleiten?«

»Verlangen Sie von mir ernstlich eine Widerlegung dieser neuen Hypothese?« fragte Leutnant Prokop.

»Nein«, erwiderte Kapitän Servadac lachend, »denn es ist ja einleuchtend, daß unser Asteroid als Unter-Satellit nicht wohl drei Monate nötig haben könne, um etwa einen Halbkreis um die nicht erleuchtete Oberfläche des Mondes zu beschreiben, und letztere müßte uns seit der allgemeinen Katastrophe wohl schon mehr als einmal erschienen sein.«

Während der Dauer dieser Unterhaltung stieg der Satellit der Gallia – mochte es nun ein Gestirn sein, welches es wollte – schnell am Horizonte empor, wodurch das letzte Argument des Kapitän Servadac eine unmittelbare Bestätigung fand. Man konnte jenen jetzt bequem beobachten. Schnell wurden die Fernrohre zur Stelle geschafft, und sehr bald überzeugte man sich, daß man hier die alte Phöbe der irdischen Nächte bestimmt nicht vor sich habe.

Obwohl dieser Satellit nämlich der Gallia weit näher zu stehen schien, als der Mond jemals der Erde steht, so war er doch offenbar nur sehr klein, und mochte nur den zehnten

Teil der Erdenmond-Oberfläche besitzen. Hier hatte man also nur einen sehr verkleinerten Mond vor sich, der das Licht der Sonne nur sehr schwach widerstrahlte und damit kaum dasjenige der Sterne achter Größe verdunkelt hätte. Er war übrigens im Westen, der augenblicklichen Stellung der Sonne gerade entgegengesetzt, aufgegangen, mußte jetzt also »voll« sein. Eine Verwechselung mit dem Monde war ganz unmöglich, Kapitän Servadac überzeugte sich bald von dem Nichtvorhandensein jener sogenannten Meere, Rillen, Krater, Berge und aller anderen Einzelheiten, welche man auf den selenographischen Karten so deutlich sieht. Das war nicht das freundliche Gesicht der Schwester Apollos, die nach dem einen jung und schön, nach anderen alt und runzelig, die sublunarischen Sterblichen seit unzählbaren Jahrhunderten schon ruhigen Blickes beobachtet.

Hier handelt es sich also um einen ihnen eigentümlichen Mond, wahrscheinlich, wie Graf Timascheff äußerte, um irgendeinen der Asteroiden, den die Gallia bei ihrem Laufe durch die Zone der teleskopischen Planeten an sich gezogen hatte. Ob das freilich wirklich einer der jenerzeit katalogisierten hundertneunundsechzig kleinen Planeten war, konnte natürlich niemand wissen, vielleicht gab die Zukunft hierüber Aufklärung. Es gibt in der Tat solche Asteroiden von so geringem Umfange, daß eine guter Fußgänger binnen vierundzwanzig Stunden um sie herum gelangen könnte. Ihre Masse erreichte in diesem Falle noch lange nicht die der Gallia, deren Attraktionskraft demnach hingereicht haben würde, einen dieser Miniatur-Mikrokosmen an sich zu fesseln.

Die erste im Nina-Bau verbrachte Nacht verlief ohne Zwischenfall. Am anderen Tage wurde das gemeinsame Leben endgültig organisiert. »Monseigneur, der Generalgouverneur«, wie Ben-Zouf sich emphatisch ausdrückte, duldete keinen Müßiggang, den Hector Servadac wirklich seiner Folgen wegen vor allem fürchtete. Man regelte also die tägliche Beschäftigung mit möglichster Sorgsamkeit, da es an Arbeit ja nicht fehlte. Einen großen Teil derselben nahm die Sorge für die Haustiere in Anspruch. Die Zubereitung konservierbarer Nahrungsmittel, der Fischfang, solange ihn das offene Wasser noch gestattete, die bessere Einrichtung der Galerien, welche der Bequemlichkeit halber an manchen Stellen erweitert wurden, endlich tausenderlei unvorhergesehene Abhaltungen ließen die Arme niemals feiern.

Wir fügen hierbei ein, daß in der kleinen Kolonie das vollkommenste Einvernehmen herrschte. Russen und Spanier fanden sich ineinander und begannen schon einige französische Worte, die offizielle Sprache auf der Gallia, zu benutzen.

Pablo und Nina wurden die Schüler des Kapitän Servadac, der sie eifrig unterrichtete, während es Ben-Zouf oblag, für ihre Zerstreuung zu sorgen. Die Ordonnanz lehrte sie nicht nur französisch, sondern, was noch weit mehr sagen will, »parisisch» sprechen. Er versprach ihnen auch, sie dereinst nach einer »am Fuße eines Berges erbauten Stadt« zu führen, die in der Welt nicht ihresgleichen habe und von der er die verlockendsten Schilderungen entwarf. Der Leser errät, welche Stadt der enthusiastische Lehrmeister im Sinne hatte.

Damals wurde auch eine gewisse Etiketten-Frage gelöst.

Man erinnert sich, daß Ben-Zouf seinen Herrn als Generalgouverneur der Kolonie vorgestellt hatte. Er begnügte sich aber nicht, ihm diesen Titel zu oktroyieren, sondern er nannte ihn bei jeder Gelegenheit auch noch »Monseigneur«. Hector Servadac berührte das endlich unangenehm, so daß er seiner Ordonnanz aufgab, ihm diesen Ehrentitel nicht ferner beizulegen.

»Aber, Monseigneur? . . .« antwortete unverdrossen Ben-Zouf.

»Wirst du schweigen, Kerl.«

»Ja, Monseigneur!«

Da sich Hector Servadac gegen Ben-Zoufs Trotzköpfigkeit nicht anders zu helfen wußte, nahm er ihn eines Tages beiseite und sagte:

»Wirst du endlich aufhören, mich Monseigneur zu nennen?«

»Ganz wie es Ihnen beliebt, Monseigneur«, antwortete

Ben-Zouf.

»Weißt du Querkopf denn, was du tust, wenn du mich so nennst?«

»Nein, Monseigneur.«

»Kennst du nicht die Bedeutung dieses Wortes, das du, wie es scheint, ohne Verstand im Munde führst?«

»Nein, Monseigneur.«

»Nun, dieses heißt im Lateinischen soviel wie: ›Mein Alter‹, und du verletzest den Respekt gegen deinen Vorgesetzten, wenn du mich ›Mein Alter‹ nennst.«

Seit dieser kleinen Lektion verschwand wirklich der Titel Monseigneur aus Ben-Zoufs Wortschatze.

Die erwartete strenge Kälte war mit der zweiten Hälfte des März noch nicht eingetreten, so daß Hector Servadac und seine Gefährten sich auch noch nicht von der Außenwelt abzuschließen brauchten. Man unternahm sogar einige Ausflüge längs des Ufers und über den neuen Kontinent, wodurch man sich über das Gebiet im Umkreise von fünf bis sechs Kilometer nähere Kenntnis verschaffte. Überall aber bestand Warm-Land aus einer Felsenwüste ohne jede Spur von Vegetation. Da und dort deuteten einige gefrorene kleine Wasserläufe oder mit Schnee bedeckte Stellen das Vorhandensein des flüssigen Elementes auf seiner Oberfläche an. Wie lange Zeit mußte aber der Niederschlag atmosphärischer Dünste fortdauern, bevor diese in Gestalt eines Flusses sich ein Bett in diesem steinigen Boden auszuhöhlen und ihre Wellen nach dem Meere zu entsenden im Stande sein würden! Bildete diese ganze, von den Gallia-Bewohnern Warm-Land genannte, homogene Masse überhaupt einen Kontinent, nur eine Insel, reichte sie vielleicht bis zum Südpole hinab? Wer hätte das entscheiden mögen, da eine Expedition über die metallischen Kristallisationen rein unmöglich erschien!

Kapitän Servadac und Graf Timascheff gelangten indes eines Tages dazu, sich eine allgemeine Vorstellung ihrer Umgebungen zu verschaffen, als sie dieselben vom Gipfel des Vulkanes aus beobachteten. Dieser Berg erhob sich bekanntlich am Ende des Vorgebirges von Warm-Land und maß etwa neunhundert Meter über dem Meere. Er stellte einen enormen, sehr regelmäßigen und in der Form eines abgestumpften Kegels erscheinenden Block dar. An dem stumpfen Gipfel gähnte der enge Krater, durch den die Eruptionsmassen ausflossen, welche fortwährend ein Riesenhelmbusch von Dunstwolken krönte.

Nach der alten Erde versetzt, hätte man diesen Vulkan gewiß nur mit größter Mühe besteigen können. Seine steilen Abhänge und schlüpfrig glatten schiefen Ebenen waren dazu angetan, auch die tollkühnsten Bergsteiger abzuschrecken. Jedenfalls wäre ein solcher Versuch mit den größten Schwierigkeiten verknüpft gewesen, ohne die Erreichung des letzten Zieles zu gewährleisten. Hier dagegen verrichteten Hector Servadac und Graf Timascheff, dank der bedeutenden Verminderung der Schwere und der daraus resultierenden, relativen Zunahme ihrer Muskelkraft, wahrhafte Wunder von Gewandtheit und Kraft. Eine Gemse hätte nicht behender von einem Felsstücke zum anderen springen, ein Vogel nicht sicherer als sie auf dem schmalen Kamme des Abgrundes dahingehen können. Kaum eine Stunde brauchten sie, um den Niveau-Unterschied von etwa dreitausend Fuß zwischen dem Fuß und dem Gipfel des Berges zu überwinden. Am Krater angelangt, fühlten sie sich nicht mehr ermüdet, als wären sie unter anderen Verhältnissen einen Kilometer weit gegangen. Offenbar bot das Bewohnen der Gallia neben verschiedenen Unbequemlichkeiten doch auch manches Angenehme.

Von der Höhe des Berges vermochten die beiden Beobachter mittels Fernrohres zu erkennen, daß das äußere Ansehen des Asteroiden sich überall gleich blieb. Nach Norden zu dehnte sich das große Gallia-Meer mit spiegelglatter Ebene aus, denn der Wind schwieg vollständig, als ob die Luftgase durch die Kälte der höheren Schichten erstarrt wären. Ein kleiner, leicht durch den Nebel der Ferne schimmernder Punkt bezeichnete die Stelle der Insel Gourbi. Nach Osten und Westen zu erstreckte sich die wie immer leere, schweigsame Wasserfläche.

Gegen Süden endlich verlor sich Warm-Land hinter den

Grenzen des Horizontes. Dieser Ausläufer des Kontinentes schien ein großes Dreieck zu bilden, dessen eine Spitze der Vulkan einnahm, während die gegenüberliegende Basis unsichtbar blieb. Von dieser alle kleinen Unebenheiten ausgleichenden Höhe aus zeigte es sich recht deutlich, daß dieses unbekannte Hinterland so gut wie ganz unwegsam war. Die Millionen schroff aufstrebender hexagonaler Lamellen hätten das Vorwärtskommen selbst eines einzelnen Fußgängers gewiß unmöglich gemacht.

»Einen Ballon oder Flügel!« rief Kapitän Servadac, »eines oder das andere brauchen wir, um dieses Territorium näher in Augenschein zu nehmen. Zum Kuckuck! Wir wandeln hier wahrhaftig auf einem nicht minder merkwürdigen chemischen Produkte, als die, welche man in Museen unter Glasglocken aufzubewahren pflegt.«

»Bemerken Sie auch«, sagte Graf Timascheff, »wie die Konvexität der Gallia hier weit augenfälliger erscheint und wie kurz infolgedessen die Entfernung zwischen uns und dem Horizonte ist?«

»Gewiß, Graf Timascheff«, antwortete Hector Servadac. »Es ist dieselbe Erscheinung, nur in verstärktem Maße, welche mir schon von den höheren Uferfelsen aus auffiel. Für einen Beobachter, dessen Standpunkt sich etwa tausend Meter über der alten Erdoberfläche befände, würde sich der Horizont erst in weit größerer Ferne abschließen.«

»Unsere Gallia ist doch im Vergleich mit dem Erdsphäroid ein recht winziges Kügelchen«, bemerkte Graf Timascheff.

»Ganz sicher, und dennoch reicht sie für ihre tatsächliche Bevölkerung vollkommen aus, trotzdem, daß der fruchtbare Teil derselben sich auf die dreihundertfünfzig Hektar kultivierten Landes auf der Insel Gourbi beschränkt.«

»Jawohl, Kapitän, fruchtbar während zwei oder drei Sommermonaten und unfruchtbar während einer mehrtausendjährigen Winterzeit!«

»Was klagen Sie?« fragte Hector Servadac lächelnd. »Es hat uns keiner vor unserer Einschiffung auf der Gallia um Rat gefragt, und wir werden wohl am besten tun, als Philosophen die Verhältnisse zu nehmen wie sie sind.«

»Nicht allein als Philosophen, Kapitän, sondern auch als Dankverpflichtete gegen den, dessen Hand die Lava dieses Vulkanes entzündete. Ohne diesen Feuerausbruch würden wir auf der Gallia gewiß sehr bald dem Tode des Erfrierens verfallen.«

»Und ich hege die feste Hoffnung, Graf Timascheff, daß diese Feuer nicht verlöschen werden vor dem Ende ... .«

»Welchem Ende, Kapitän?«

»Vor dem, das Gott gefällt! Er, nur er allein kennt es ja!«

Kapitän Servadac und Graf Timascheff schickten sich nach einem letzten Blicke über das Land und das Meer zur Rückkehr an. Vorher schenkten sie nur dem Krater des Vulkanes noch ihre besondere Aufmerksamkeit. Sie überzeugten sich dabei zunächst, daß die ganze Eruption in wahrhaft merkwürdiger Ruhe vor sich ging. Es begleitete sie kein regelloses Krachen, kein betäubender Donner, der sonst gewöhnlich den Auswurf vulkanischer Massen kennzeichnet. Diese relative Ruhe mußte ihnen notwendigerweise auffallen. Die Lava schien nicht einmal im Sieden zu sein. Diese feurig-flüssigen Massen stiegen im Krater in gleichmäßiger Bewegung in die Höhe und flossen ganz ruhig ab wie ein friedlicher See, der seinen Wasserüberfluß durch eine Schleuse abgibt. Der Krater glich – man verzeihe diesen Vergleich – nicht einem über hellem Feuer stehenden Kessel, dessen Wasser in wirbelnder Bewegung ist, sondern weit eher einer bis zum Rande gefüllten Cuvette, die sich ohne Gewalt und Geräusch entleert. Außer dieser Lava beobachtete man auch keinerlei andere Eruptionsmassen, kein Emporschleudern glühender Steine durch die Rauchwolkenkrone über dem Gipfel des Berges, keine Aschenbestandteile unter jener, wodurch sich auch das gänzliche Fehlen von Bimssteinen, Obsidianen und andren plutonischen Erzeugnissen, welche sonst die Umgebung der Vulkane zu bedecken pflegen, hinlänglich erklärte. Ebenso sah man auch nirgends einen sogenannten erratischen Block, da es auf dem Berge bis jetzt noch zu einer Gletscherbildung nicht gekommen war.

Diese Eigentümlichkeit erschien Kapitän Servadac, wie er sagte, von guter Vorbedeutung und ließ eine unbegrenzte Dauer der vulkanischen Eruption vermuten. Nach moralischen und physischen Gesetzen fehlt nur der Heftigkeit die Ausdauer. Die heftigsten Stürme, ebenso wie der blinde Jähzorn, währen niemals lange. Hier quoll dieser Feuerstrom mit solcher Regelmäßigkeit empor und floß mit solcher Ruhe ab, daß man eine so gut wie unerschöpfliche Quelle desselben annehmen mußte. Beim Anblicke der Niagarafälle, deren oberes Wasser so friedlich in seinem Trappsteinbette gleitet, kommt uns nie der Gedanke, daß sie jemals ein Ende haben könnten. Am Gipfel dieses Vulkanes hatte man dieselbe Empfindung und würde der Behauptung, daß die Lava nicht in Ewigkeit aus diesem Krater fließen könnte, gewiß ohne Bedenken widersprochen haben.

An diesem Tage trat auch eine Veränderung im physischen Zustande eines der Elemente der Gallia ein; wir bemerken aber im voraus, daß die Bewohner des Asteroiden jene selbst herbeiführten.

Nach vollendeter Einrichtung der ganzen Kolonie auf Warm-Land und der gänzlichen Räumung der Insel Gourbi, erschien es von Vorteil, die Erstarrung der Oberfläche des Gallia-Meeres zu beschleunigen. Das Eis mußte ja die Kommunikation mit der Insel erleichtern und den Jägern ein erweitertes Gebiet für ihre Ausflüge schaffen. Kapitän Servadac, Graf Timascheff und Leutnant Prokop riefen also die ganze Bevölkerung nach einem Uferfelsen an der Spitze des Vorgebirges zusammen.

Trotz der sehr niedrigen Temperatur war das Meer noch eisfrei. Dieser Zustand rührte von dessen vollkommener Ruhe her, da nicht der leiseste Windhauch seine Oberfläche kräuselte. Es ist aber bekannt, daß das Wasser unter diesen Verhältnissen sich bis weit unter den Nullpunkt des Thermometers abkühlen kann, ohne zu gefrieren. Eine einzige schwache Erschütterung freilich genügt dann, um es sofort in Eiskristallen anschießen zu lassen.

Auch die kleine Nina und Pablo fehlten bei dieser Zusammenkunft nicht.

»Würdest du, mein Schätzchen«, fragte Kapitän Servadac, »wohl ein Stückchen Eis bis ins Meer werfen können?«

»Ei freilich«, antwortete das Kind, »mein Freund Pablo würde es aber wohl weiter zu werfen vermögen.«

»Versuch es nur erst selbst«, fuhr Hector Servadac fort, indem er ein kleines Eisstückchen in Ninas Hände legte.

Dann setzte er hinzu:

»Gib wohl acht, Pablo! Du wirst jetzt sehen, welch mächtige Zauberin unsere kleine Nina ist!«

Nina schwenkte einige Male den Arm und schleuderte das Eisstück fort, welches richtig in das ruhige Wasser fiel...

Sofort entstand ein deutlich hörbares Knistern und Knirschen, das sich bis über die Grenzen des Horizontes hinaus verbreitete...

Das Meer der Gallia erstarrte in seiner ganzen Ausdehnung!

Dreiundzwanzigstes Kapitel

Welches von einem hochwichtigen Ereignis handelt, das die ganze Kolonie in Aufregung versetzt.

Drei Stunden nach Sonnenuntergang erhob sich am 23. März der Mond am entgegengesetzten Horizonte und zeigte sich den Blicken der Gallia-Bewohner schon im letzten Viertel.

Binnen vier Tagen war dieser Satellit also vom Syzigium nach der Quadratur vorgeschritten, woraus sich eine etwa eine Woche lang andauernde Periode der Sichtbarkeit desselben oder ein Mondwechsel nach je fünfzehn bis sechzehn Tagen ableiten ließ. Für die Gallia erschienen also die Mondmonate ebenso wie die Sonnentage auf die Hälfte verkürzt.

Drei Tage später, am 26. März, trat der Mond in Konjunktion zu der Sonne und entzog sich vorläufig der Beobachtung.

»Wird er denn wieder erscheinen?« fragte Ben-Zouf, der sich als dessen erster Entdecker sehr warm für den Satelliten interessierte.

Und wahrlich, nach so zahlreichen kosmischen Erscheinungen, deren Ursache noch jeder Erklärung trotzte, durfte man diese Bemerkung Ben-Zoufs nicht für eine ganz müßige halten.

Bei ganz heiterem Himmel und sehr trockener Atmosphäre sank das Thermometer am 26. bis auf zwölf Grad (C.) unter Null.

In welcher Entfernung von der Sonne mochte sich die Gallia jetzt befinden? Welchen Weg hatte sie wohl seit dem Datum zurückgelegt, welches das letzte aus dem Meere aufgefischte Dokument bezeichnete? Von den Gallia-Bewohnern hätte es keiner zu sagen vermocht, denn die scheinbare, weitere Verkleinerung der Sonnenscheibe konnte nicht einmal einer annähernden Abschätzung als Unterlage dienen. Es war sehr bedauerlich, daß der anonyme Gelehrte dem Meere nicht neuere Notizen mit den Resultaten seiner letzten Beobachtungen anvertraut hatte. Ganz vorzüglich beklagte Kapitän Servadac, daß diese eigentümliche Korrespondenz mit einem Landsmann – denn er blieb dabei, daß jener ein solcher sei – nicht ferner stattfinden könne.

»Übrigens«, äußerte er sich gegen seine Gefährten, »ist es recht gut möglich, daß er seine Etuis- oder Büchsen-Briefsendungen auch weiter fortgesetzt hat, aber keine an der Insel Gourbi oder der Küste des Warm-Landes angelangt ist. Jetzt nach Erstarrung des Meeres schwindet uns jede Hoffnung, einen ferneren Brief von diesem Originale zu erhalten.«

In der Tat war das Meer, wie der Leser weiß, vollkommen zugefroren. Dieser solide Zustand trat damals an die Stelle des flüssigen beim prächtigsten Wetter, als nicht der geringste Wind das Wasser des Gallia-Meeres bewegte. Infolge davon fror dessen Oberfläche auch ganz glatt zu, wie die eines Sees oder des Bassins eines Schlittschuhläufer-Clubs. Keine Erhöhung, keine Blase, kein Spalt zeigte sich hier. Es war eine reine, flecken- und fehlerlose Eisfläche, welche sich über Gesichtsweite hinaus erstreckte.

Welch gewaltiger Unterschied gegenüber dem gewöhnlichen Aussehen der erstarrten Polarmeere, vorzüglich dicht vor einer Packeismauer! Da sieht man nichts als Eisberge, Spitzhügel, übereinander getürmte und ohne alle Unterstützung des Gleichgewichtes schwebend erhaltene Blöcke. Die Eisfelder stellen in der Tat nichts anderes dar als eine Anhäufung regellos durcheinandergeworfener Eisstücke; Trümmer, welche die strenge Kälte für eine Zeitlang in der wunderlichsten gegenseitigen Lage zusammenkittet; Eisberge mit leicht zerbrechlicher Basis, deren Gipfel die höchsten Masten der Walfischfahrer überragt.

In diesen arktischen und antarktischen Meeren ist nichts stabil, nichts unbeweglich; das Packeis ist eben nicht aus Bronze gegossen; ein Windstoß, eine Temperaturveränderung erzeugen dort häufig sehr auffällige Veränderungen des ganzen Bildes. Das Ganze gleicht fast einer Reihenfolge feenhafter Dekorationen. Hier dagegen lag das Gallia-Meer bewegungslos in Fesseln und erschien noch ruhiger als im flüssigen Zustande, wo seine Oberfläche der Einwirkung des Windes unterlag. Die endlose weiße Fläche war ebener als die Plateaus der Sahara oder die Steppen Rußlands – gewiß wenigstens für sehr lange Zeit. Über diesen gleichsam gefangenen Meeresfluten verstärkte sich der Eispanzer mit der zunehmenden Kälte und mußte seine Festigkeit bewahren bis zum Tauwetter – wenn ein solches jemals wieder eintrat.

Die Russen waren den Anblick der gefrorenen nördlichen Meere gewöhnt, welche sich als sehr unregelmäßig kristallisierte Flächen darstellen. Sie betrachteten dieses, einem Binnensee gleich ebene Gallia-Meer also mit großer Verwunderung, aber auch mit großer Befriedigung, denn die vollkommen glatte Eisfläche lud ja geradezu zum Schlittschuhlaufen ein. Die Dobryna besaß auch ein ganzes Sortiment Schlittschuhe, welche den Liebhabern dieses Vergnügens zur Verfügung gestellt wurden. Solche Liebhaber ließen nicht auf sich warten. Die Russen unterrichteten die

Spanier, und bei diesen schönen Tagen mit zwar lebhafter, aber doch erträglicher Kälte gab es auf der Gallia bald niemanden mehr, der sich nicht in der Ausführung der elegantesten Kurven übte. Die kleine Nina und der junge Pablo vollbrachten wahre Wunderwerke und wurden mit herzlichen Bravos überschüttet. Der zu jeder gymnastischen Übung geschickte Kapitän Servadac tat es bald seinem Lehrmeister, dem Grafen Timascheff, gleich, und auch Ben-Zouf machte Fortschritte, freilich war er schon mehrmals auf dem großen Bassin des Montmartre-Platzes – »und das gab einem Meere nichts nach« – Schlittschuh gelaufen.

Diese an und für sich sehr heilsame Körperübung gewährte den Bewohnern von Warm-Land gleichzeitig eine nützliche Zerstreuung. Im Falle der Not konnte man sich ihrer als schnellen Beförderungsmittels bedienen. Wirklich legte Leutnant Prokop, allerdings der anerkannt vorzüglichste Schlittschuläufer von allen, die Strecke von Warm-Land bis zur Insel Gourbi, d. h. zehn Lieues oder sechs Meilen, mehrmals binnen zwei Stunden zurück.

»Das wird auf der Gallia also die Stelle der Eisenbahnen unserer alten Welt einnehmen«, sagte Kapitän Servadac. »Übrigens ist ja der Schlittschuh nichts als eine bewegliche, am Fuße des Fahrenden befestigte Schiene.«

Inzwischen fiel die Temperatur allmählich weiter und erreichte im Mittel fünfzehn bis sechzehn Grad unter Null. Gleichzeitig mit der Wärme verminderte sich auch das Licht, so als ob die Sonnenscheibe stets von dem Monde, wie bei einer partiellen Finsternis, bedeckt wäre. Über alle Gegenstände war nur eine Art Zwielicht gegossen, was einen recht betrübenden Anblick gewährte und moralisch so niederschlagend wirkte, daß man alle Ursache hatte, dagegen anzukämpfen. Wie sollten auch die von der Erdkugel Verbannten nicht an ihre Verlassenheit denken, da sie früher mitten im Strome des Menschenlebens existiert hatten? Wie hätten sie vergessen können, daß die schon so viele Millionen Meilen von der Gallia wandelnde Erde sich weiter und weiter von ihnen entfernte? Durften sie annehmen, jene überhaupt einmal wiederzusehen, da dieser von ihr losgesprengte Block immer tiefer und tiefer in den interplanetarischen Weltraum eindrang? Jetzt sicherte sie sogar noch nichts davor, daß sie einst aus der Sphäre der Sonnenattraktion heraustreten und sich nach dem Zentrum der Anziehung einer anderen Sonne zu bewegen könnten.

Graf Timascheff, Leutnant Prokop und Kapitän Servadac waren übrigens die einzigen Mitglieder der Gallia-Kolonie, welche sich eine solche Eventualität vorstellen konnten. Ihre Begleiter dagegen durchschauten die Geheimnisse und Gefahren der Zukunft nicht so weit und standen, fast ohne jede klare Vorstellung davon, nur unter dem Einflusse einer in den Annalen des Sonnensystems bis jetzt unerhörten Lage. Man mußte sich also entweder durch Arbeiten oder Vergnügungen zu zerstreuen suchen, und so bot jene Übung im Schlittschuhlaufen eine sehr glückliche Abwechslung gegen die Eintönigkeit der übrigen täglichen Arbeiten.

Wenn wir sagten, daß alle Bewohner von Warm-Land mehr oder weniger an jener gesundheitsfördernden Leibesübung teilnahmen, so erleidet das doch eine Ausnahme bezüglich Isaak Hakhabuts.

Trotz aller Rauheit der Temperatur war der Jude seit der Hierherfahrt von der Insel Gourbi noch nicht wieder zum Vorschein gekommen. Entsprechend Kapitän Servadacs Verbote, sich jedes Umganges mit ihm streng zu enthalten, hatte ihn auch niemand auf der Hansa aufgesucht. Eine dünne Rauchsäule nur, welche aus dem Ofenrohre seiner Kabine aufstieg, verriet noch seine Anwesenheit an Bord. Es kostete ihn das freilich seinen eigenen Vorrat an Heizmaterial, so gering dieser auch war, während ihm doch im Nina-Bau die vulkanische Wärme umsonst zur Verfügung stand. Er scheute aber sogar diese erhöhten Kosten nicht, um nur auf der Hansa bleiben zu können, statt das gemeinschaftliche Leben außerhalb der Tartane zu teilen. Wer hätte während seiner Abwesenheit denn die kostbare Ladung überwacht?

Übrigens lagen die Tartane und die Goëlette so vorzüglich, daß sie auch der Unbill eines überlangen Winters widerstehen konnten. Leutnant Prokop hatte auf die Sicherung der Schiffe die größte Sorgfalt verwendet. Fest vertäut in der geschützten Bucht und jetzt von dem starren Eispanzer umklammert, waren sie beide völlig unbeweglich. Man hatte auch die Vorsicht gebraucht, das Eis neben und unter ihrem Rumpfe schräg abzuhacken, so daß dieses nur am Kiel in direkter Verbindung stand, ein Verfahren, welches die Überwinternden in arktischen Meeren stets einzuhalten pflegen. So sicherte man die Fahrzeuge vor der Pressung des Eises, die sie sonst leicht eindrückt. Hob sich das ganze Eisfeld, so mußten Goëlette und Tartane mit emporsteigen, bei etwa eintretendem Tauwetter aber ebenso in ihre Schwimmlinie langsam zurücksinken.

Das Gallia-Meer war jetzt also in seiner ganzen Ausdehnung zugefroren, und hatte sich Leutnant Prokop gelegentlich seines letzten Besuches der Insel Gourbi auch überzeugen können, daß auch nach Norden, Osten und Westen keine Grenzen des Eisfeldes zu sehen waren.

Eine einzige Stelle dieses ungeheuren Bassins blieb allein von dieser Erstarrung frei: Jener Teich, wenn man so sagen darf, am Fuße der Hauptaushöhlung, in den sich ununterbrochen der glühende Lavastrom ergoß. Hier blieb das Wasser in seinem Felsenrahmen stets vollkommen offen und begannen sich da und dort unter dem Einflusse der strengen Kälte ja einige Eisnadeln zu bilden, so verzehrte sie das Feuer doch im nächsten Augenblicke wieder. Das Wasser zischte und verflüchtigte sich in Berührung mit der Lava, und eine Art immerwährenden Siedens hielt seine Moleküle stets in wallender Bewegung. Dieser kleine Meeresteil hätte den Fischern wohl gestattet, ihrer Kunst mit einigem Erfolge nachzugehen. Aber wie Ben-Zouf sagte, »die Fische darin waren zu hart gesotten, um anzubeißen!«

Mit den ersten Tagen des April änderte sich die Witterung; der Himmel bedeckte sich, ohne daß deshalb eine Steigerung der Temperatur stattfand. Der Thermometerfall stand hier eben nicht mit dem jeweiligen Zustande der Atmosphäre in Verbindung, noch auch mit der größeren oder geringeren Dunstmenge in derselben. Es verhielt sich mit der Gallia in der Tat nicht so, wie mit den Polarzonen der

Erdkugel, welche notwendig unter dem Einflusse des Atmosphärenzustandes stehen und deren Winter infolge der von einem Kompaßpunkte zum anderen springenden Luftströmungen doch gewisse Unterbrechungen aufweisen. Die Kälte des neuen Sphäroides vermochte keine fühlbaren thermometrischen Schwankungen zu veranlassen. Sie rührte in der Hauptsache ja nur von ihrer Entfernung von der Quelle alles Lichtes und aller Wärme her und mußte auch ferner zunehmen, bis sie die von Fourier als untere Temperaturgrenze des freien Weltraumes berechneten Grade erreichte.

Zu dieser Zeit entstand einmal auch ein wirklicher Sturm, ein Sturm zwar ohne Schnee oder Regen, während dessen Dauer aber der Wind mit fast unvergleichbarer Heftigkeit wütete. Als er sich auf die Feuermassen stürzte, welche den Hauptsaal äußerlich abschlossen, brachte er daselbst höchst merkwürdige Wirkungen hervor. Dabei mußte man sich gegen die Lavateile, die er nach innen blies, sorgsam schützen. Daß er das Feuer verlöschen sollte, daran war nicht im entferntesten zu denken. Im Gegenteil steigerte der Orkan dadurch, daß er die Lava mit Sauerstoff sättigte, nur noch die Glut, etwa wie ein ungeheurer Ventilator. Manchmal wuchs der Druck des Windes so sehr an, daß der flüssige Vorhang einen Augenblick zerriß und ein kalter Luftstrom in die Höhle eindrang; die Spalte schloß sich aber augenblicklich wieder, so daß man diese durchgreifende Lufterneuerung eher für günstig als für verderblich ansah.

Am 4. April begann der neuerdings erworbene Mond sich in Gestalt eines zarten Halbmondes wieder neben der Irradiation der Sonne abzuheben. Er tauchte also nach einer Periode von etwa acht Tagen wieder auf, ganz wie man es seiner schon beobachteten Bewegung nach vermutet hatte. Die mehr oder minder begründete Befürchtung, ihn niemals wiederzusehen, ging als zu Ben-Zoufs besonderer Freude nicht in Erfüllung, und der neue Satellit schien bestimmt, regelmäßig seine halbmonatliche Kreisbahn um die Gallia zu beschreiben.

Infolge des Verschwindens alles übrigen kultivierten Erdbodens hatten sich, wie wir wissen, alle in der Atmosphäre der Gallia mit entführten Vögel nach der Insel Gourbi geflüchtet. Dort hatte der angebaute Boden zu ihrer Ernährung während der schönen Tage wohl vollkommen hingereicht, und so sah man sie damals auch in Scharen von vielen Tausenden sich auf der Insel niederlassen.

Mit Eintritt der dauernden Kälte aber bedeckten sich die Felder dort sehr bald mit Schnee, der an der Oberfläche zu einer so harten Kruste zusammenfror, daß sie auch der kräftigste spitze Schnabel nicht mehr zu durchbrechen vermochte. Dieser Umstand veranlaßte wieder eine ganz allgemeine Auswanderung der Vögel, die sich nun, durch ihren Instinkt geleitet, Warm-Land zum Wohnsitz erkoren.

Dieser Kontinent hatte ihnen zwar auch keine Nahrung zu bieten, aber er war doch bewohnt. Statt die Menschen zu fliehen, suchten die Vögel sich diesen vielmehr zu nähern. Aller täglich außerhalb der Galerien abgelagerte Abfall verschwand augenblicklich, doch es hätte ungeheurer Mengen desselben bedurft, um diese Tausende von Individuen jeder Art zu sättigen. Bald wagten sich, durch Kälte und Hunger getrieben, einige hundert Stück Geflügel in den engen Tunnel und erwählten sogar die inneren Räume des Nina-Baues zu ihrer Wohnung.

Man mußte bei der Unerträglichkeit dieses Zustandes also wieder daran denken, auf jene Jagd zu machen. Es bot das wiederum eine Ablenkung von den täglichen Arbeiten, und die Jäger der kleinen Kolonie gingen denn auch fleißig ans Werk. Die Anzahl dieser Vögel war eine so bedeutende, daß ihr Einzug mehr einem massenhaften Überfall von Feinden glich. Sie waren so verhungert und infolgedessen so gierig, daß sie den Leuten, welche im großen Saale aßen, fast die Fleischschnitten und Brotstückchen aus der Hand rissen. Man verfolgte sie nun mit Steinwürfen, Stockschlägen, selbst mit Flintenschüssen, doch nur nach einer ganzen Reihe von Gefechten erreichte man es, sich dieser lästigen Gäste wenigstens teilweise zu entledigen, während man einige Pärchen zur Erhaltung der Rasse schonte.

Ben-Zouf spielte hierbei den Oberjägermeister. Oh, wie er

sich da fühlte und wie er kommandierte! Wieviel Soldatenkraftworte verschwendete er gegen die armen Vögel! Und wieviele verzehrte man im Laufe einiger Tage von den eßbaren Gattungen darunter, wie wilde und langgeschwänzte Enten, Rebhühner, Schnepfen, Bekassinen usw. Es schien sogar, als ob die Jäger diesen Arten mit verdoppeltem Eifer nachstellten.

Nach und nach ward wieder Ordnung im Nina-Bau. Nur etwa hundert Eindringlinge nisteten noch in schwer zugänglichen Löchern des Felsens. Allmählich betrachteten sich diese Eindringlinge als rechtmäßige Besitzer und verwehrten anderen selbst den Eingang. Es kam endlich scheinbar zu einem Waffenstillstand zwischen den um den Wohnsitz streitenden Teilen, und so überließ man durch schweigende Übereinkunft den Hitzköpfen gern die Polizeiverwaltung der Bergwohnung. Und wie wußten sie diese zu handhaben! Jeder unglückliche Vogel, der sich gegen Recht und Privilegium in die Galerien verirrte, wurde von seinen unerbitterlichen Stammverwandten entweder fortgetrieben oder umgebracht.

Eines Tages, es war am 15. April, hörte man am Ausgange der Hauptgalerie Nina laut um Hilfe rufen.

Pablo erkannte ihre Stimme und überholte sogar Ben-Zouf, um seiner kleinen Freundin zu Hilfe zu eilen.

»Komm! Komm schnell!« rief Nina, »sie werden mich töten!«

Pablo sah, als er nahe genug war, etwa ein halbes Dutzend großer Seemöwen das Mädchen wütend umflattern. Nur mit einem Stocke bewehrt, stürzte er sich in den ungleichen Kampf, und es gelang ihm auch, die beutegierigen Seevögel zu verjagen, freilich nicht ohne daß er einige empfindliche Schnabelhiebe davontrug.

»Was hast du denn, Nina?« fragte er.

»Da sieh, Pablo!« antwortet das kleine Mädchen, indem sie jenem einen Vogel wies, den sie zärtlich an die Brust drückte.

Ben-Zouf kam jetzt auch hinzu und nahm den Vogel aus den Händen des Mädchens.

»Das ist ja eine Taube!« rief er erfreut.

Es war in der Tat eine solche, und zwar eine Brieftaube, was ihre leicht bogenförmig geschweiften und am Ende abgestumpften Flügel bewiesen.

»Ah«, rief plötzlich Ben-Zouf, »bei allen Heiligen des Montmartre, sie trägt ein Beutelchen am Halse!«

Bald darauf wurde die Taube Hector Servadac übergeben, und alle liefen in der gemeinschaftlichen Wohnung, neugierig und verwundert über den unerwarteten Ankömmling, zusammen.

»Da kommt ja Nachricht von unserem gelehrten Herrn«, rief sogleich Hector Servadac. »Nach geschlossener Schifffahrt benutzt er Vögel als Briefboten. Wenn er nur dieses Mal seinen Namen und seine Adresse angegeben hätte!«

Der kleine Beutel war bei dem Kampfe der Taube gegen die Seemöwen etwas zerrissen worden. Bei dessen Eröffnung fand man darin folgende kurze, lakonisch abgefaßte Notiz:

> Gallia.
> Zurückgelegter Weg vom 1. März bis 1. April: 39 700 000 Lieues (22 ⅓ Millionen Meilen).
> Entfernung von der Sonne: 110 000 000 Lieues (66 Mill. Meilen).
> Im Vorübergange Nerina entführt.
> Lebensmittel gehen bald aus und . . .

Der von den Schnäbeln der Möwen zerrissene Rest der Depesche war nicht weiter lesbar.

»Oh, verteufeltes Pech!« rief Hector Servadac. »Hier standen gewiß noch Unterschrift, Datum und Ortsangabe! Heute ist auch der ganze Text in französischer Sprache abgefaßt, und gewiß ist, der ihn schrieb, ein Franzose, und wir sind außerstande, ihm zu Hilfe zu kommen!«

Graf Timascheff und Leutnant Prokop kehrten noch einmal nach dem Platze zurück, an dem die Vögel sich herumgebissen hatten, in der stillen Hoffnung, noch ein abgerissenes Papierstückchen, einen Namen, eine Unterschrift oder irgendeine Hindeutung zu finden, die ihnen auf die Spur des unbekannten Unglücklichen helfen könnte . . . ihre Bemühungen waren umsonst.

»Sollten wir denn niemals erfahren, wo sich dieser einzige Überlebende von der alten Erde aufhält?« fragte Kapitän Servadac.

»Ei«, rief da plötzlich die kleine Nina, »Freund Zouf, sieh einmal hier!«

Mit diesen Worten zeigte sie Ben-Zouf die Taube hin, die sie immer sorgfältig in den Händen hielt.

Auf dem linken Flügel des Vogels sah man sehr deutlich einen Farbenstempel-Abdruck, in welchem nur ein einziges Wort, aber gerade dasjenige, dem die höchste Bedeutung zukam, zu lesen war; es lautete: »Formentera«.

Vierundzwanzigstes Kapitel

In welchem dem Kapitän Servadac und Leutnant Prokop endlich die Lösung dieses kosmographischen Rätsels gelingt.

»Formentera!« riefen Graf Timascheff und Kapitän Servadac fast gleichzeitig aus.

Es war dies der Name einer kleinen Insel aus der Gruppe der Balearen im Mittelländische Meere. Der Ort, an dem sich der Urheber jener wiederholt aufgefangenen Schriftstücke befand, ward hierdurch hinlänglich genau bezeichnet. Was trieb aber dieser Franzose daselbst und war er jetzt auch noch am Leben?

Von Formentera aus hatte jener Gelehrte offenbar die verschiedenen Notizen abgesandt, in welchen er nacheinander die Positionen des von ihm »Gallia« genannten Bruchstückes der Erde angab.

Jedenfalls bewies das von der Taube überbrachte Dokument durch sein Datum des 1. April, daß jener vor vierzehn Tagen dort noch anwesend war. Die letzte Depesche unterschied sich von den früheren vor allem durch das Fehlen jedes Ausdrucks der Befriedigung des Verfassers. Sie schloß nicht mit *»Va bene«*, *»All right«* oder *»Nil desperandum!«*.

Dagegen enthielt die nur in französischen Ausdrücken abgefaßte Depesche mehr einen Hilferuf, da auf Formentera die Lebensmittel auszugehen anfingen.

Diese Bemerkungen äußerte Kapitän Servadac in kurzen Worten.

»Meine Freunde«, setzte er hinzu, »wir werden diesem Unglücklichen natürlich sofort zu Hilfe eilen . . .«

»Oder diesen Unglücklichen«, verbesserte Graf Timascheff. »Ich bin bereit, mit Ihnen aufzubrechen, Kapitän.«

»Ganz sicher ist die Dobryna«, bemerkte Leutnant Prokop, »nahe bei Formentera vorübergekommen, als wir nach der Balearengruppe suchten. Wenn wir dabei kein Land entdeckten, mag das daher rühren, daß nur ein sehr beschränktes Eiland, ganz wie in Gibraltar und Ceuta, von diesem Archipel übriggeblieben ist.«

»Und wäre es noch so klein, wir müssen es wiederfinden!« entgegnete Kapitän Servadac. »Wie weit mag es von Warm-Land bis Formentera sein, Leutnant Prokop?«

»Ungefähr hundertzwanzig Lieues (76 Meilen) Kapitän. Darf ich Sie aber fragen, wie Sie dahin gelangen wollen.«

»Nun, zu Fuß natürlich«, antwortete Hector Servadac, »da das Meer nicht fahrbar ist; das heißt, auf unseren Schlittschuhen! Nicht wahr, Graf Timascheff?«

»Reisen wir ab, Kapitän«, sagte der Graf, der einer Frage der Humanität gegenüber niemals indifferent oder unentschlossen war.

»Vater«, fiel da Leutnant Prokop ein, »ich möchte mir einen Einwurf erlauben, nicht um Sie an der Erfüllung der Menschenpflicht zu hindern, sondern nur um deren Erfüllung auch zu sichern.«

»Sprich, Prokop.«

»Kapitän Servadac und Sie wollen diese Reise wagen. Die Kälte ist schon sehr streng geworden; das Thermometer zeigt zweiundzwanzig Grad unter Null, und diese Temperatur wird bei der herrschenden steifen Brise aus Süd nahezu unerträglich. Angenommen, Sie legten zwölf Meilen täglich zurück, so wären sechs Tage nötig, um Formentera zu erreichen. Dazu bedarf es eines Lebensmittelvorrates, nicht allein für Sie selbst, sondern auch für diejenigen, denen Sie zu Hilfe springen wollen . . .«

»Wir reisen mit dem Futtersack auf dem Rücken, wie zwei echte Soldaten«, erwiderte schnell Kapitän Servadac, der nur die Schwierigkeit, nicht aber die Unmöglichkeit einer solchen waghalsigen Fahrt begriff.

»Zugegeben«, antwortete Leutnant Prokop sehr ruhig. »Sie werden unterwegs aber notwendigerweise mehrmals ausruhen müssen. Das Eisfeld nun ist völlig eben; Sie werden keine Gelegenheit haben, etwa nach Art der Eskimos eine Hütte in einem Eisberge herzustellen . . .«

»Wir reisen Tag und Nacht weiter, Leutnant«, entgegnete Hector Servadac, »und statt sechs Tage brauchen wir nur drei, nur zwei, um Formentera zu erreichen.«

»Auch das mag sein, Kapitän Servadac. Ich will einmal – was übrigens so gut wie unmöglich ist – annehmen, Sie kämen in der kurzen Frist von zwei Tagen dort an. Was beginnen Sie mit den etwaigen Bewohnern des Eilandes, die vielleicht nahe daran sind, vor Hunger und Kälte umzukommen? Wollten Sie diese sterbend mitnehmen, so dürften Sie nur Leichname nach Warm-Land bringen.«

Leutnant Prokops Worte verfehlten ihre Wirkung nicht. Die Unmöglichkeit einer unter solchen Umständen unternommenen Schlittschuhreise leuchtete endlich allen deutlich ein. Es lag auf der Hand, daß Kapitän Servadac und Graf Timascheff, denen auf dem ungeheuren Eisfelde kein schützendes Obdach winkte, zusammenbrechen würden, um nie wieder aufzustehen, wenn sie nur ein Schneesturm überfiel und unter seinen Flockenwirbeln begrub.

Nur Hector Servadac, den ein übertriebenes Gefühl von Edelmut und der Gedanke an die Erfüllung einer Pflicht verblendete, verschloß sich noch jeder Einsicht. Er widersetzte sich trotzig den kühlen Vernunftgründen des Leutnant Prokop. Sein getreuer Ben-Zouf unterstützte ihn eher noch darin, indem er sich bereit erklärte, mit dem Kapitän sofort seine Marschroute zu unterzeichnen, im Fall Graf Timascheff zögern sollte, mit abzureisen.

»Nun, Herr Graf?« fragte Hector Servadec.

»Ich bin zu allem, was Sie beschließen, bereit, Kapitän.«

»Wir können unseresgleichen unmöglich ohne Lebensmittel, ohne Obdach lassen!«

»Nein, das dürfen wir nicht«, bestätigte Graf Timascheff.

Dann wendete er sich gegen Prokop.

»Gibt es kein anderes Mittel, Formentera zu erreichen, als das, welches du verwirfst«, sagte er, »so werden wir uns doch dieses einzigen bedienen, Prokop, und Gott wird uns seinen Beistand leihen!«

In seine Gedanken vertieft, gab der Leutnant auf diese Äußerung des Grafen keine Antwort.

»Oh, hätten wir jetzt nur einen Schlitten!« rief da Ben-Zouf.

»Ein Schlitten wäre wohl leicht genug herzustellen«, antwortete Graf Timascheff, »woher aber nehmen wir Hunde oder Rentiere zu seiner Bespannung?«

»Haben wir nicht unsere beiden Pferde, die man mit geeigneten Hufen für das Eis versehen könnte?« rief Ben-Zouf.

»Sie würden diese strenge Kälte nicht aushalten und unterwegs stürzen«, erwiderte der Graf.

»Einerlei«, fiel Hector Servadac ein. »Hier gilt kein Zaudern. Laßt uns einen Schlitten bauen . . .«

»Der wäre schon vorhanden«, bemerkte Leutnant Prokop.

»Desto besser, so bespannen wir ihn . . .«

»Nein, Kapitän. Wir besitzen einen weit verläßlicheren und schneller fördernden Motor als Ihre Pferde, welche den Strapazen einer solchen Fahrt nicht widerstehen würden.«

»Und das wäre? . . .« fragte Graf Timascheff.

»Nun, der Wind«, belehrte ihn Leutnant Prokop.

Ja gewiß, der Wind! Die Amerikaner verstehen schon seit langem, ihn für ihre Segelschlitten mit großem Vorteil zu benutzen. In den endlosen Prärien der Union wetteifern diese Vehikel mit den Eilzügen der Eisenbahnen und erreichen manchmal eine Schnelligkeit von fünfzig Metern in der Sekunde oder hundertachtzig Kilometer (24 geogr. Meilen) in der Stunde. Eben jetzt wehte der Wind aus Süden recht frisch. Er konnte einem solchen Fahrzeuge wohl eine Schnelligkeit von sechs bis neun Meilen in der Stunde verleihen. Es erschien also möglich, in der Zeit zwischen zwei Sonnenaufgängen auf der Gallia die Balearen, oder richtiger das einzige Eiland zu erreichen, welches der allgemeinen Zerstörung entgangen war.

Der Motor also stand zum Arbeiten bereit. Gut, Prokop hatte aber gesagt, auch der Schlitten sei zu Abfahrt fertig. Und wahrlich, war nicht der gegen zwölf Fuß lange und fünf bis sechs Personen fassende You-You (ein kleines Reserveboot) der Dobryna ein ganz ausgezeichneter Segelschlitten?

Genügte es nicht, diesem zwei falsche eiserne Kiele anzusetzen, welche ebenso die Seitenwände stützten, wie sie als Schlittschuheisen für das Fahrzeug dienten? Wieviel Zeit brauchte der Mechaniker der Goëlette wohl, um diese beiden Kufen herzurichten? Höchstens wenige Stunden. Mußte das leichte Boot über das vollkommen ebene Eisfeld, das kein Hindernis, keine Erhöhung, keine in schiefe Lage gedrängten Schollen zeigte, mit dem Wind im Rücken nicht unvergleichlich schnell dahinfliegen? Dabei konnte man den You-You auch noch mit einem Bretterdache versehen und dieses mit starkem Leinen bedecken. So versprach es nicht nur die zu schützen, die es bei der Hinfahrt steuerten, sondern auch diejenigen, welche es bei der Rückfahrt mitbringen sollte. Ausgerüstet mit Pelzen, verschiedenen Nahrungsmitteln und Herzstärkungen, sowie mit einem kleinen, tragbaren, mittels Spiritus zu heizenden Ofen müßte es die günstigsten Bedingungen vereinigen, um jenes Eiland zu erreichen und die überlebenden Bewohner Formenteras hierher zu führen.

Etwas Besseres und Praktischeres war gar nicht zu ersinnen. Nur ein einziger Einwurf stand ihm entgegen.

Der Wind wehte jetzt günstig, um nach Norden zu segeln, doch wenn es dann darauf ankäme, nach Süden zu steuern . . .

»Das tut nichts«, erklärte Kapitän Servadac, »jetzt denken wir nur an die Hinfahrt! Wie wir zurückkehren, wird sich später finden.«

Vermochte der You-You nun auch nicht so scharf gegen den Wind zu segeln, wie ein vom Steuerruder regiertes Boot, und mußte man auch annehmen, daß er bei etwaigem Wechsel des Windes ein wenig abwiche, so erlaubten ihm seine in das Eis etwas einschneidenden Kufen doch, auch bei Seitenwind noch zu segeln. Selbst wenn der Wind also zur Zeit der Rückfahrt nicht umschlagen sollte, so war es möglich, gleichsam zu lavieren und auf diese Weise nach Süden vorwärts zu kommen. Doch davon konnte ja erst später die Rede sein.

Der Mechaniker der Dobryna ging, von einigen Matrosen unterstützt, sofort ans Werk. Gegen Abend war der You-You, der mit einer doppelten Armatur am Vorderteile aufgebogenen Eisens, einem leichten Dache in Form eines Roof (Deckschlafstätte der Schiffsmannschaft) und mit einem langen eisernen Bootsriemen versehen war, der ihn möglichst vor zu großer Abtrift bewahren sollte, zur Abfahrt bereit. Es versteht sich, daß man auch hinreichende Provision, Werkzeuge, Decken u. dgl. darin untergebracht hatte.

Jetzt meldete sich aber Leutnant Prokop, um an Graf Timascheffs Stelle neben Kapitän Servadac Platz zu nehmen. Einerseits durfte der You-You nur zwei Passagiere aufnehmen, wenn man etwa in die Lage käme, mehrere Personen mit sich zurückzuführen, andererseits verlangte die Handhabung des Segels und die Sicherung der einzuhaltenden Richtung die Hand- und Fachkenntnis eines Seemannes.

Graf Timascheff bestand zunächst zwar auf seinem Vorsatze, mußte sich aber Kapitän Servadacs dringendem Ersuchen, für ihn während seiner Abwesenheit als Stellvertreter zu fungieren, zuletzt doch fügen. Gewß war die Reise eine gewagte zu nennen. Den Passagieren des You-You drohten tausenderlei Gefahren. Schon einem mäßigen Sturme konnte das schwache Gefährt ja kaum standhalten, und sollte Kapitän Servadac vielleicht überhaupt nicht wiederkehren, so konnte nur Graf Timascheff der natürliche Chef der kleinen Kolonie sein. Er stimmte also endlich bei, zurückzubleiben.

Seinen eigenen Platz hatte Kapitän Servadac ihm auch nicht abtreten wollen. Unzweifelhaft war der Hilfesuchende Franzose; ihm, als französischen Offizier, kam es also zu, jenem beizuspringen und zu helfen.

Am 16. April schifften sich, wenn dieser Ausdruck hier erlaubt ist, Kapitän Servadac und Leutnant Prokop mit Tagesanbruch auf dem You-You ein. Sie sagten ihren Gefährten Lebewohl, deren Erregung nicht gering war, als sie die beiden fertig sahen, bei einer Kälte von fünfundzwanzig Grad in die grenzenlose, weiße Ebene hinauszugleiten.

Die russischen Matrosen und die Spanier, alle wollten dem Kapitän und dem Leutnant noch einmal die Hände drücken. Graf Timascheff zog den edelmütigen Kapitän an seine Brust und umarmte seinen braven Prokop. Ein herzlicher Kuß der kleinen Nina, deren große Augen die hervorquellenden Tränen nur mühsam zurückhielten, beschloß diese rührende Abschiedsszene. Einige Minuten später war der You-You, den seine Segel wie ein großer, mächtiger Flügel pfeilschnell entführten, schon jenseits des Horizontes verschwunden.

Das Segelwerk des You-You bestand aus einer Brigantine und einem Klüversegel. Diese wurden so eingestellt, um mit dem vollen Rückenwind fahren zu können. Die Geschwindigkeit des leichten Fahrzeugs war eine ganz erstaunliche und schätzten sie dieselbe zu mindestens zwölf Lieues (etwas über 7 geogr. Meilen) in der Stunde. Eine am hinteren Ende des Deckes ausgesparte Öffnung gestattete Leutnant Prokop, den wohl verhüllten Kopf nach außen zu stecken, ohne sich mehr als nötig der Kälte auszusetzen, und mit Hilfe des Kompasses die gerade Linie nach Formentera einzuhalten.

Der You-You bewegte sich ungemein sanft vorwärts. Er zeigte nicht einmal jenes unangenehme Erzittern, welches man beim Fahren in den Waggons selbst der bestgebauten Eisenbahn empfindet. Leichter auf der Oberfläche der Gallia, als er auf der der Erde gewesen wäre, glitt der You-You ohne Rollen und Stampfen dahin und gleichzeitig zehnmal so schnell, als es in seinem gewöhnlichen Elemente der Fall gewesen wäre. Kapitän Servadac und Leutnant Prokop glaubten manchmal in die Luft gehoben zu sein und von einem Aerostaten oberhalb des Eisfeldes dahingeführt zu werden. Und doch blieben sie stets auf dessen Fläche, deren oberste Schicht die eiserne Armatur des Segelschlittens pulverisierte, so daß eine endlose Wolke von Schneestaub hinter ihnen herzog.

Hier überzeugte man sich nur sehr bald davon, daß das Aussehen dieses gefrorenen Meeres überall dasselbe war. Kein atmendes Wesen belebte diese Einöde, die einen recht niederschlagenden Eindruck hervorbrachte. Denoch fehlte dem meist eintönigen Bilde nicht ein gewisser poetischer Reiz, der auf beide Reisegefährten je nach ihrem Charakter verschieden einwirkte. Leutnant Prokop beobachtete mehr als Mann der Wissenschaft, Kapitän Servadac als ein für alles Neue empfänglicher Künstler. Als die Sonne dann zur Ruhe ging und ihre schräg auf den You-You fallenden Strahlen zur Linken desselben die langgezogenen Schatten seiner Segel zeichnete, und endlich die Nacht fast ohne Dämmerung den Tag verdrängte, da rückten die beiden Männer, wie von einer unwiderstehlichen Kraft getrieben, näher zueinander und drückten sich verständnisinnig die Hände.

Da seit dem vorhergehenden Tage Neumond war, wurde die Nacht vollkommen dunkel, nur die Sternbilder leuchteten desto herrlicher an dem schwarzen Himmelsgewölbe. Beim Mangel eines Kompasses hätte Leutnant Prokop sich ebenso leicht nach dem Polarsterne richten können, der sehr nahe dem Horizonte glänzte. Man begreift ja leicht, daß, so groß auch die Entfernung zwischen Gallia und Sonne wurde, diese doch im Vergleich zu der unermeßbaren Entfernung der Fixsterne eine völlig verschwindende blieb.

Der jetzige Abstand der Gallia war schon ein sehr beträchtlicher. Die letztempfangene Notiz gab darüber deutliche Auskunft. Hiermit beschäftigen sich vor allem Leutnant Prokops Gedanken, während Kapitän Servadac, einem anderen Ideengange folgend, nur an den oder die seiner Landsleute dachte, welchen er zu Hilfe eilte.

Entsprechend dem zweiten Keplerschen Gesetze hatte sich die Geschwindigkeit der Gallia in ihrer Bahn vom 1. März bis zum 1. April um zwanzig Millioen Lieues (= 12 Millionen Meilen) verringert. Ihr Abstand von der Sonne war in demselben Zeitraume um zweiunddreißig Millionen Lieues (= 19 ⅕ Millionen Meilen) gewachsen. Sie befand sich demnach jetzt nahezu in der Mitte der teleskopischen Planeten, welche zwischen den Bahnen des Mars und des Jupiter kreisen. Hierdurch erklärte sich auch die Entführung jenes Satelliten, nach der letzten Nachricht, der Nerina, d. i. einer der erst jüngst entdeckten Planetoiden.

Die Gallia entfernte sich also nach einem ganz bestimmten Gesetze immer weiter von ihrem Mittelpunkte der Anziehung. Konnte man wohl hoffen, daß es dem Verfasser jener Dokumente gelingen werde, ihre Bahn zu berechnen und mit mathematischer Sicherheit den Zeitpunkt anzugeben, an dem der Asteroid sein Aphelium erreichen würde, wenn er überhaupt eine elliptische Bahn beschrieb? Dieser Augenblick fiel dann mit dem größten Sonnenabstande zusammen, von da ab mußte er sich dem Tagesgestirn wieder nähern. Dann ließ sich sowohl die Dauer des Gallia-Jahres, als auch die Anzahl der Tage desselben genau berechnen.

Leutnant Prokop grübelte über alle diese beunruhigenden Probleme, als ihn der plötzliche Tagesanbruch überraschte. Kapitän Servadac und er berieten sich. Da sie die seit ihrer Abfahrt in schnurgerader Linie zurückgelegte Entfernung auf mindestens sechzig Meilen schätzten, beschlossen sie, die Schnelligkeit des You-You zu vermindern. Die Segel wurden also etwas eingezogen und die beiden Männer sandten, trotz der bitteren Kälte, ihre Blicke, ruhig und sorgsam prüfend, über die weiße Ebene.

Diese erwies sich noch immer vollkommen öde. Nicht ein Berg oder Felsen unterbrach ihre tadellose Gleichförmigkeit.

»Befinden wir uns nicht etwa im Westen von Formentera?« fragte Kapitän Servadac, nachdem er die einschlägige Karte gemustert.

»Das mag sein«, antwortete Leutnant Prokop, »denn wie

bei einer Seefahrt achtete ich auch jetzt darauf, mich unter dem Winde der Insel zu halten. Jetzt werden wir besser auf diese zusegeln können.«

»O tun sie es, Leutnant«, drängte Kapitän Servadac, »lassen Sie uns keine kostbare Minute verlieren!«

Der Kurs der You-You wurde nach Nordosten verändert. Hector Servadac stand trotz des scharfen Windes immer auf dem Vorderteile. Alle seine Kräfte konzentrierten sich in seinen Augen. Dabei suchte er in der Luft nicht etwa eine Rauchsäule zu entdecken, die ihm den Zufluchtsort des unglücklichen Gelehrten verriete, dem es an Brennmaterial wahrscheinlich ebenso wie an Nahrungsmitteln fehlte. Nein! Er bemühte sich nur den Gipfel eines über das Eisfeld emporragenden Eilandes aufzufinden, das die immer gerade Linie des Horizontes unterbräche.

Plötzlich leuchtete Kapitän Servadacs Auge auf und er wies mit der Hand hinaus in die Ferne.

»Dort! Dort!« rief er.

Er zeigte dabei nach einer Art Holzgerüst, das sich von hier aus gesehen in der kreisförmigen Verbindungslinie zwischen Himmel und Eisfeld erhob.

Leutnant Prokop ergriff das Fernrohr.

»Ja wahrlich«, sagte er, »da ... da ... das ist ein Holzturm, der zum Zwecke irgendwelcher geodätischen Arbeiten errichtet erscheint.«

Hier war kein Zweifel möglich. Die Segel wurden wieder völlig entfaltet und der You-You, der sich nur gegen sechs Kilometer von dem bezeichneten Punkte befand, schoß mit wunderbarer Schnelligkeit darauf zu.

Kapitän Servadac und Leutnant Prokop vermochten, von ihren Gefühlen überwältigt, kein Wort zu sprechen. Das Holzgerüst wuchs für ihre Augen zusehends, und bald nahmen sie auch einen Haufen niedriger Felsen wahr, auf welchen jener Holzbau stand und die mit ihrem Fuß die weiße Ebene des Eisfeldes berührten.

Wie es Kapitän Servadac vermutet, wirbelte hier keine Rauchsäule empor. Angesichts dieser überaus strengen Kälte schwand die Illusion. Sicher war es nur noch ein

Grab, auf das der You-You mit vollen Segeln zueilte.

Zehn Minuten später, etwa ein Kilometer vor dem Ziele, zog Leutnant Prokop die Brigantine ein, da die einmal erlangte Schnelligkeit des Fahrzeuges hinreichen mußte, es bis nach den Felsen zu treiben.

Kapitän Servadac fühlte, wie die Beklommenheit seines Herzens unter der wachsenden Erwartung zunahm.

An der Spitze des Turmes flatterte im Winde ein Stück blaues Fahnentuch ... das letzte Überbleibsel einer französischen Flagge.

Der You-You stieß gegen die ersten Felsenstücke. Das Eiland hatte kaum einen halben Kilometer Umfang. Von Formentera, überhaupt von dem ganzen Archipel der Balearen, war keine weitere Spur zu sehen.

Am Fuße jenes Turmes erhob sich auch eine unscheinbare, hölzerne Hütte mit dicht geschlossenen Fensterläden.

Mit Blitzeseile schwangen sich Kapitän Servadac und Leutnant Prokop auf die Felsen, erklommen die glatten Steine und erreichten die Hütte.

Mit wuchtigem Faustschlage donnerte Hector Servadac an ihre von innen verriegelte Tür.

Er rief. Keine Antwort.

»Hierher, Leutnant!« sagte Kapitän Servadac.

Beide stemmten die Schultern ein und hoben die halb wurmstichige Tür aus den Angeln.

In dem einzigen Raume der Hütte herrschte tiefe Finsternis und vollständige Ruhe.

Entweder hatte der letzte Inwohner das Gemach schon verlassen oder er war noch darin, aber – als Leiche.

Die Läden wurden aufgestoßen; es ward hell in dem Zimmer.

Auf dem Kaminherde fand sich nichts, außer etwas längst erkaltete Asche.

Da, in einer Ecke stand ein Bett; auf ihm lag ein menschlicher Körper.

Kapitän Servadac trat hinzu, und unwillkürlich entrang sich ein Schrei seinen Lippen.

»Tot vor Kälte! Tot vor Hunger!«

Leutnant Prokop beugte sich über den Körper des Armen.

»Er lebt noch!« rief er.

Schnell entkorkte er ein Fläschchen mit einer kräftigen Herzstärkung und wußte dem Sterbenden einige Tropfen derselben zwischen den Lippen einzuflößen.

Da ließ sich ein schwacher Seufzer vernehmen und bald darauf noch wenige kaum hörbar hingehauchte Worte.

»Gallia?«

»Ja . . . jawohl! . . . Gallia! . . .« antwortete Kapitän Servadac, »das ist . . .«

»Das ist mein Komet, der meine, mein Komet!«

Nach diesen Worten sank der Halbtote in tiefe Betäubung zurück, während Kapitän Servadac murmelte:

»Aber ich kenne doch diesen Mann! Wo in aller Welt bin ich ihm früher wohl begegnet?«

An Hilfe und Rettung vom Tode war in dieser Hütte, der es geradezu an allem fehlte, von Anfang an nicht zu denken. Hector Servadac und Leutnant Prokop kamen schnell zu einem Entschlusse. In wenigen Augenblicken wurde der Sterbende nebst seinen physikalischen und astronomischen Instrumenten, Kleidungsstücken, Büchern und einer alten Tür, die ihm als Rechentafel gedient hatte, in dem You-You untergebracht.

Der Wind war zum Glück um drei Viertel umgesprungen und fast günstig zu nennen. Man machte sich ihn zu Nutze, setzte Segel bei und verließ das einzige von den Balearen übriggebliebene Felseneiland.

Am 19. April, sechsunddreißig Stunden später, wurde der erstarrte Gelehrte, ohne daß er jemals ein Auge aufgetan oder den Mund geöffnet hätte, im Hauptraume des Nina-Baues niedergelegt, wo die Kolonisten ihre kühnen Gefährten, auf deren Rückkehr sie schon sehnsüchtig harrten, mit lautschallendem Hurra begrüßten.

COLLECTION JULES VERNE

1. Von der Erde zum Mond
Direkte Fahrt in 97 Stunden 20 Minuten
2. Reise um den Mond
3. Reise um die Erde in 80 Tagen
4. Reise zum Mittelpunkt der Erde
5. Fünf Wochen im Ballon
6./7. Zwanzigtausend Meilen unter dem Meer
8. Abenteuer von drei Russen und drei Engländern in Süd-Afrika
9./10. Abenteuer des Kapitän Hatteras
11./12./13. Die Kinder des Kapitän Grant
14./15./16. Die geheimnisvolle Insel
17./18. Das Land der Pelze
19. Eine schwimmende Stadt
Die Blockadebrecher
20. Eine Idee des Doktor Ox
Meister Zacharius
Ein Drama in den Lüften
Eine Überwinterung im Eis
Eine Mont-Blanc-Besteigung
21. Der Chancellor
Tagebuch des Passagier J. R. Kazallon
22./23. Der Kurier des Zaren
Michael Strogoff
24. Schwarz Indien
25./26. Reise durch die Sonnenwelt
27./28. Ein Kapitän von 15 Jahren
29./30./31. Die Entdeckung der Erde
32. Die fünfhundert Millionen der Begum
33. Die Leiden eines Chinesen in China
34./35. Die großen Seefahrer des 18. Jahrhunderts
36./37. Das Dampfhaus

38./39. Der Triumph des 19. Jahrhunderts
40./41. Die Jangada
42. Die Schule der Robinsons
43. Der grüne Strahl
44./45. Keraban der Starrkopf
46. Der Südstern oder das Land der Diamanten
47. Der Archipel in Flammen
48./49./50. Mathias Sandorf
51. Robur der Sieger
52. Ein Lotterie-Los
53./54. Nord gegen Süd
55./56. Zwei Jahre Ferien
57. Kein Durcheinander
58./59. Die Familie ohne Namen
60./61 Mistreß Branican
62. Das Karpatenschloß
63. Claudius Bombarnac
Notizbuch eines Reporters
64./65. Der Findling
66./67. Meister Antisers wunderbare Abenteuer
68./69. Die Propeller-Insel
70. Vor der Flagge des Vaterlandes
71. Clovis Dardentor
72./73. Die Eissphinx
74./75. Der stolze Orinoco
76./77. Das Testament eines Exzentrischen
78./79. Das zweite Vaterland
80. Das Dorf in den Lüften
81. Die Historien von Jean-Marie Cabidoulin
82./83. Die Gebrüder Kip
84./85. Reisestipendien
86. Ein Drama in Livland
87. Der Herr der Welt
88. Der Einbruch des Meeres
89. Der Leuchtturm am Ende der Welt
90./91. Der Goldvulkan
92./93. Reisebüro Thompson & Co.
94. Die Jagd nach dem Meteor
95. Der Pilot von der Donau
96./97. Die Schiffbrüchigen der Jonathan
98. Wilhelm Storitz' Geheimnis
99./100. Cäsar Cascabel